訳文庫

訴訟

カフカ

丘沢静也訳

kobunsha classics

光文社

目次について

これまで『審判』というタイトルで邦訳されてきた『訴訟』は、カフカの未完の小説の草稿です。『訴訟』のテキストと思われる草稿は、16束。本書の底本である「史的批判版」（1997年）は、「カフカが残したままの形で」にこだわり、16束の草稿を16分冊にして、ひとつの箱に収めています。分冊の表紙にはそれぞれ、作業中のパソコンのファイル名のようにタイトル（？）がつけられているが、順番をしめす番号はありません。

古典新訳文庫では、『訴訟』を1冊の本として出すため、それぞれの分冊をひとつの章としてあつかい、「批判版」（1990年）の章の並べ方に準拠して——じつはこの並べ方にも問題があるのですが——並べました。というわけで、ここに用意した『訴訟』の〈目次〉は、あくまで仮のものにすぎません。詳しいことは、巻末の解説と訳者あとがきをお読みください。

目次

訴訟

誰かがヨーゼフ・Kを中傷したにちがいなかった

誰かがヨーゼフ・Kを中傷したにちがいなかった。悪いこともしていないのに、ある朝、逮捕されたのだ。Kはグルーバハ夫人に部屋を借りていた。毎朝8時ごろには朝食をもってきてくれる料理女が、この朝は来なかった。そんなことはこれまで一度もなかった。Kはもうちょっと待った。枕に頭をのせたまま、年寄りの女を見ていた。向かい側の建物に住んでいる女で、異常な好奇心をもってKのことを観察している。だがKは、おかしいなと思い、腹もへっていたので、ベルを鳴らした。すぐにノックの音がして、男が入ってきた。この家でこれまで見たことのない顔だ。やせているが、がっしりしている。細身の黒い服を着ていた。旅行用スーツに似ていて、いろんなひだや、ポケットや、留め金や、ボタンや、ベルトがついていたので、どういう用途の服なのかわからなかったけれど、特別に実用的な服に見えた。「どなたですか？」とたずね、Kはすぐにベッドのうえで上半身を起こした。男は、自分がやってきたのは当然だというような顔をして、Kの質問を無視し、「ベルを鳴らしただろ？」と、ぶっきらぼうに言った。「アンナに朝食をもってきてもらおうと思って」と、Kは言った。そしてそれ以上はなにも言わずに、この男が何者なのか、じっくり注意深く確かめようとした。だが男は、そのままじっとKの視線にさらされることはせず、向きを変えて、ドアをちょっと開けた。そして、ドアの陰にくっつくように立っていたらしい誰かにむかって、言った。「アンナに朝食もってきてもらうんだってさ」。小さな笑い声が隣の部屋でした。笑い声だけでは、そこに何人いるのか、はっきりしない。見知らぬ男は、あいかわらずなにも確認できないまま、報告口調でKに、「駄目ですね」と言った。「こんなこと、はじめてだ」と言って、Kはベッドからとびだし、急いでズボンをはいた。「どんなやつが隣の部屋にいるのか、見てやろう。こんな邪魔が入ったことに、グルーバハさんがどんな責任をとってくれるのか、も」。Kはすぐに気づいた。声に出して言う必要はなかったな。おれの発言によって、見知らぬ男に、いわば見張りの権利を認めてしまったぞ。だがそれも、いまは重要なことには思えなかった。どっちにしても見知らぬ男はそう解釈したわけで、こう言ったのだ。「ここにいてもらいましょうか」。「ここにいる気はないぞ。それに、話しかけられたくもない。自己紹介もしないような人間からは」。「親切で言ってやったのに」と言って、見知らぬ男は、こんどは自分からドアを開けた。隣の部屋にKは、自分で考えていたスピードよりゆっくり入った。見たところ、きのうの晩とほとんど変わりがない。グルーバハ夫人の居間だ。家具やテーブル掛けや陶器や写真がぎっしり置かれている。その部屋は、今日はもしかしたら、いつもよりちょっと広かったかもしれないが、すぐには気がつかなかった。なにしろそこには、ひとりの男がいたのだ。そんな変化があったせいで、よけい気がつかなかった。男は開いた窓のところにすわっていたが、もっていた本から目を上げた。「自分の部屋にいるべきだった！ フランツにそう言われなかったかね？」。「ああ、でも、なんの用です？」と言って、Kは、新顔の男を見ていた目を、フランツと呼ばれた男のほうにむけてから、また目をもとに戻した。

開いた窓から、またあの年寄りの女の姿が見えた。老人特有の好奇心で、ちょうど向かい側の窓のところに移動していた。これから起きることも全部見るつもりなのだ。「やっぱりグルーバハさんにこのことを――」と言って、Kは、ふたりの男が離れたところにいたにもかかわらず、身をもぎ離すような動きをして、前に進もうとした。「駄目だ」と言って、窓のところにいた男が本を小さなテーブルに投げつけ、立ち上がった。「出ていっちゃいけない。君は捕まってるんだ」。「そうらしいな」と、Kが言った。「でも、なぜなんだ?」と、さらにたずねた。「わけを話せとは言われていない。部屋に戻って、待つんだ。手続きはもう開始されている。そのうちすべてを知ることになるだろう。こんなに親切に話をすると、私は任務を逸脱したことになる。フランツ以外に聞いてるやつがいないといいが。フランツだって規定に違反して君に親切だろ。われわれが君の監視をすることになったように、これからも君が幸運に恵まれるなら、大丈夫だ」。Kはすわりたかったが、どこを見てもこの部屋には、窓のところの椅子のほかにすわる場所がなかった。「本当だってことが、いまにわかるさ」と、フランツは言って、もうひとりの男と同時に、Kのほうに近づいてきた。とくにこちらの男はKよりずっと背が高く、何度もKの肩をたたいた。ふたりの男はKのパジャマをじろじろとながめてから、言った。これからは、もっと安物のパジャマを着てもらうことになるだろう。そのパジャマは、ほかの下着といっしょに保管しておいてやる。お前の一件が落着したら、返してやるからな。「われわれに預けるほうが、保管所に渡すより、いいぞ」と、ふたりは言った。「保管所だと、よく横領される。それだけじゃない。どんなものでも時間がたつと、売却される。問題の手続きが終わったのかどうかなんか気にもせずにだ。それにな、この種の訴訟はとくに最近、ものすごく長引くんだ！　しかし最後には、保管所から売上金を受け取ることになるだろう。だがな、その売上金、まず第一に額が小さい。売るときの決め手は、品物の金額じゃなく、賄賂の金額だからだ。それから第二に、そういう売上金は経験上、手から手に渡り、年がたつにつれて、目減りするからな」。Kは話をほとんど聞いていなかった。持ち物を処分する権利は、まだ自分にあるのかもしれないが、大した問題ではなかった。はるかに重要なのは、自分の置かれている状況をはっきり知ることだった。だがこの連中のいるところでは、じっくり考えることもできなかった。くり返し2番目の監視人の腹が――そう、ふたりとも監視人にすぎなかったわけだが――、じつに友好的な感じでKにぶつかってきた。Kが目を上げると、太った体には似ても似つかない、骨張って干からびた顔が見えた。がっしりした鼻が横にねじれている。その顔がKの頭越しに、もうひとりの監視人とコミュニケーションをとっている。こいつら、どういう連中なんだろう？　なにを話しているんだろう？　どこの役所の人間なんだろう？　おれが住んでいるのは法治国家のはずだ。どこも平和で、法はちゃんと機能している。いったい誰が、家で寝ているおれを襲おうとするのか？　Kはいつも、どんなこともできるだけ軽く考え、最悪のことが起きたときにはじめて最悪だと思い、事態が切迫しても先の心配はしないことにしていた。しかし今回は、いつもと調子がちがうように思えた。たしかにすべてを冗談だと見なすことができる。たちの悪い冗談を、理由はわからないのだが、もしかしたら今日がKの30歳の誕生日だからかもしれないが、銀行の同僚が仕掛けたのかもしれない。もちろんそういう可能性はあった。もしかしたら、なにかのやり方で監視人たちに正面から笑いかけてやれば、ふたりの監視人もいっしょに笑うのかもしれない。もしかしたらふたりは、街角の使い走りかもしれない。そんな使い走りに似ていなくもなかった。——それにもかかわらずKは、今回、監視人フランツを最初に見たときからすでに固く決心していた。この連中にたいしておれに有利な点があるなら、どんなにわずかなものでも、手放さないぞ、と。あいつは冗談のわからんやつだ、と後から言われるかもしれないが、Kにとってそんなことは取るに足りない危険にすぎない。しかしながらKは思い出した。——経験から学習することは、いつものKの流儀ではなかったのだが——大して重要でもない2、3のケースで、Kは、しっかり者の友人とちがって、結果のことなど気にせず、無鉄砲にふるまって、そのため罰を受けたことがあった。あんなことは二度とあってはならない。すくなくとも今回はあってはならない。これが喜劇なら、おれも演じようじゃないか。

まだ自由だった。「失礼」と言って、Kは急いで監視人のあいだを通って、自分の部屋に戻った。「話のわかるやつみたいだ」という声を背中で聞いた。部屋ではすぐに机の引き出しを開けた。なにもかもきちんと整理されている。しかし肝心の身分証明書を探しても、興奮のせいですぐに見つけられなかった。ようやく自転車登録証を見つけ、それをもって監視人のところへ行こうとしたが、あまりにも貧弱な書類に思えた。さらに探しつづけて、出生証明書を見つけた。隣の部屋に戻ったとき、向かい側のドアがちょうど開いて、グルーバハ夫人が入ろうとしていた。姿は一瞬のあいだしか見えなかった。というのも夫人は、Kだとわかるとすぐ、明らかにどぎまぎして、ごめんなさいと言い、姿を隠して、用心深くそうっとドアを閉めたからだ。「入ってくればいいのに」と言うことしか、Kにはできなかった。さて、書類を手にもって部屋のまん中に立って、ドアを見つめていたが、ドアの開く気配はない。ようやく監視人たちに声をかけられ、驚いてふり返って見ると、ふたりは、開いた窓のそばの小さなテーブルについて、Kの朝食を平らげているところだった。「なんでグルーバハさん、入ってこなかったのかね？」と、Kがたずねた。「入ってきちゃ駄目なんだ」と、背の高いほうの監視人が言った。「お前が逮捕されてるからな」。「どうして私は逮捕されてるんだ？　しかもこんなやり方で？」。「おや、またその質問か」と言って、監視人はバターパンをハチミツの容器にひたした。「その種の質問には答えません」。「いや、答えてもらわなくては」と、Kは言った。「ここに私の身分証明書がある。だから君たちのも見せてもらおうか。とくに逮捕状をさ」。「やれやれ、なんてこった！」と、監視人が言った。「自分の置かれている立場が受けいれられないんだな。いまのところ、われわれがたぶん一番身近な人間なのに、そのわれわれをわざわざ刺激したいようじゃないか」。「そうだよ。いい加減、信じたらどうだ」と言って、フランツは、手にもっているコーヒーカップを口に運ばず、Kをじっと見つめた。その視線には意味がありそうだが、どういう意味なのかわからない。Kは、望みもしないのに、フランツと視線で会話をすることになったが、もっている書類をたたいて、「ここに私の身分証明書がある」と言った。「それがどうした？」と、背の高いほうの監視人がすかさず叫んだ。「子どもよりタチが悪いな。ん、どうしたいんだ？　われわれ監視人と、証明書や逮捕状のことで議論して、糞いまいましい訴訟に急いで決着をつけたいのか？　われわれは下っ端だ。身分証明書のことなんか、知るか。あんたの事件にだって無関係さ。毎日10時間、あんたを見張って、それで給料をもらってる。そんな者にすぎん。だがな、われわれにだってよくわかってる。われわれを雇っている役所のほうは、こういう逮捕を指示する前に、逮捕の理由や逮捕者の人物をちゃんと詳しく調べてるものなんだ。この点にまちがいはない。われわれの役所はな、といってもおれの知ってるかぎりの話だし、おれは一番下の段階のことしか知らないが、住民の罪を嗅ぎまわったりはしない。法に書いてあるように、罪に引き寄せられて、われわれ監視人を派遣してるにちがいない。それが法だ。どこにまちがいがあるというのかね？」。「そんな法なんて、知るもんか」と、Kは言った。「だったらなおさら、まずいじゃないか」と、監視人が言った。「そんなの、君たちの頭のなかにしか存在しない法だろ」と、Kは言った。なんとかして監視人の考えのなかに忍びこみ、その考えを自分に有利な方向に転換させようと思った。あるいは、自分をその考えのなかに住まわせようと思った。だが監視人は、拒絶するようにこう言っただけだった。「そのうち肌で感じるようになる」。フランツが割り込んできた。「おい、ヴィレム、こいつはさ、法なんて知らない、って言っておきながら、自分は無罪だと主張してるぜ」。「まったくな。こいつには、なんにもわからせることができないぞ」と、ヴィレムが言った。Kは答えるのをやめた。——連中は自分から下っ端だと言っているが——こんな連中のおしゃべりに巻き込まれて、混乱させられる必要があるのだろうか？　わかってもいないことをペラペラしゃべっているだけじゃないか。馬鹿だから安心してられるんだ。こんな連中と長々としゃべるより、おれとおんなじレベルの人間とちょっと話をすれば、ずっとはっきりするだろう。Kは何度か、部屋の空いているスペースを行ったり来たりした。向こう側の建物では年寄りの女が、自分よりもっと年寄りの老人を窓のところまで引っぱってきて、抱きかかえてこちらを見ている。Kは思った。こんな見世物、終わりにしなければ。「上役のところへ連れていってもらいたい」と、Kは言った。「連れてこい、と言われてからだ」と、監視人が言った。

ヴィレムと呼ばれた男だ。「忠告してやろうか」と、ヴィレムがつけ加えた。「部屋に戻って、おとなしく待つんだな。そのうち、あんたをどうするか指示がある。忠告してやろうか。つまらんことを考えて気をまぎらすんじゃなく、気持ちを落ち着かせておけ。そのうち、大変なことを要求されるだろう。親切にしてやったのに、あんたの態度はなんだ。忘れちゃったのかね。どんなに下っ端でも、すくなくともいまは、われわれのほうが自由な人間なんだぞ。そのちがいは小さくはない。しかし、金を出すなら、あそこの喫茶店で朝食でも買ってきてやってもいいが」

そう言われたが返事もせず、Kはしばらくじっと立っていた。もしかしたら、Kがつぎの部屋のドアを開けても、いや、さらに玄関ホールのドアを開けても、ふたりは邪魔しようとはしないかもしれない。もしかしたら、極端なことをするのが、一番簡単な解決策かもしれない。だが、もしかしたら、ふたりがつかみかかってくるかもしれない。そうやって負けてしまうと、いまふたりにたいしてなんとか保っている優越感が、すっかり消えてしまう。だからKは、自然のなりゆきで生まれるにちがいない解決策よりも、安全のほうを優先して、自分の部屋に戻った。Kの側からも、監視人の側からも、言葉が漏れなくなった。

ベッドに倒れこみ、ナイトテーブルからきれいなリンゴを1個とった。きのうの晩、朝食用に用意しておいたやつだ。いまやリンゴが唯一の朝食だった。どっちにしても、ガブッとかじって確信した。監視人の厚意によってありつけたかもしれない、きたならしい深夜喫茶の朝食なんかより、リンゴのほうがずっといい。気分がよくなり、自信もわいてきた。銀行の仕事は、今日の午前中は休んだが、銀行で自分がかなり高いポストにいることを考えれば、簡単に許してもらえる。本当の理由を言って許してもらうべきか？　Kはそのつもりだった。もしも、自分の言うことが信じてもらえないなら――今回はその可能性もあるが――、グルーバハ夫人に証人になってもらえばいい。場合によっては、向かい側の建物の、あのふたりの老人に証人になってもらってもいいのだ。ふたりはいま、この部屋と真向かいの窓にむかって行進していることだろう。Kには不思議に思えたことがある。すくなくとも監視人の思考回路からすれば、不思議に思えるのだが、おれは自分の部屋に追い戻されて、ひとりにされている。自殺する可能性が10倍になるじゃないか。だが、不思議に思えたと同時に、Kは、ともかく自分の思考回路から自問した。自殺するとしたら、どんな理由によるのだろうか。たとえば、ふたりがそばにすわっていて、Kの朝食を横取りしたという理由で？　そんなことで自殺するのはあまりにも馬鹿ばかしいから、たとえ自殺したいと思っていても、その馬鹿ばかしさゆえに自殺できなかっただろう。監視人の頭は誰が見ても大丈夫粗末だったので、監視人がKと同様に確信して、Kをひとりにしておいても大丈夫だと思った、などとは考えられない。その気になれば、ふたりにはいま、Kが壁ぎわの小さな戸棚のところへ行くのが見えるだろう。戸棚には上等のシュナップスが置いてある。まず朝食のかわりにグラスで1杯目を飲みほし、元気を出すために2杯目を飲みほした。2杯目は、そんな場合はなさそうだが、元気が必要となる場合に備えて飲んでおいた。

このとき、隣の部屋から声がした。Kは驚き、歯をグラスにぶつけてしまった。「監督が呼んでるぞ」と言われたのだ。叫んでいるようにしか聞こえなかったので、驚いた。監視人のフランツが軍隊調に鋭く短く叫ぶとは思いもよらなかった。命令の内容は大歓迎だった。「ようやく来たか」と返事をし、壁の戸棚を閉めて、隣の部屋へ急いだ。そこにはふたりの監視人が立っていて、Kを、さも当然のような顔をして、Kの部屋に追い返した。「なにを考えてるんだ?」と、ふたりは叫んだ。「シャツのまま監督に会うつもりか? 鞭で打たれるぞ。われわれも巻き添えだ!」。「いいじゃないか、くそっ」と、Kは叫んだ。もう洋服ダンスのところにまで押し戻されていた。「寝ているところを襲われたんだから、ドレスアップなんかしているわけないだろう」。「つべこべ言うな」と、ふたりの監視人が言った。ふたりは、Kが叫ぶたびに、ますます冷静になり、いや、ほとんど悲しそうな顔になった。そのためKは混乱した。ある意味では正気に戻った。「馬鹿ばかしい儀式だ！」とつぶやきながら、上着を椅子からとりあげ、しばらくのあいだ両手で広げてみせた。監視人の判断を仰いでいるかのようだ。監視人は首をふった。「黒い上着じゃないと駄目だ」と言った。それを聞いてKは上着を床に投げつけて、――どういう意味でそう言ったのか、自分でもわからないまま――こう言った。「公判じゃないんだろ」。ふたりの監視人はニヤッとしたが、「黒い上着じゃないと駄目だ」とくり返した。「それで早く決着がつくなら、まあ、いいだろう」と言って、Kは自分で洋服ダンスを開け、時間をかけて探し、たくさんの服のなかから最上の黒い服を選び出した。ジャケットだ。そのウエストラインが知り合いのあいだで評判になった代物だ。シャツも別のシャツに着替え、ていねいに身なりをととのえた。時間が節約できたぞ、とKはひそかに思った。監視人に風呂に入れと言われなかったからだ。もしかしたら催促されるのではないか、と観察していたのだが、もちろんふたりは思いつきもせず、そのかわりヴィレムは忘れず、フランツを監督のところへやって、Kが身なりをととのえていることを報告させた。

すっかり着替えが終わると、Kはヴィレムにぴったりつき添われて、空っぽの隣の部屋を通って、つぎの部屋まで歩かされた。両開きのドアは、すでに開いていた。Kもよく知っていたのだが、その部屋にはちょっと前から、タイピストのビュルストナーという女性が住んでいた。朝早くから仕事に出かける習慣で、夜遅くに帰ってくるので、Kは挨拶したことがあるだけだった。いまはベッドから、小さなナイトテーブルが審理用のテーブルとして、部屋の中央まで動かされ、監督がその向こうにすわっていた。脚を組み、片方の腕を椅子の背もたれに置いていた。部屋の片隅には3人の若い男が立ったまま、ウォールポケットに差し込まれているビュルストナー嬢の写真を見ていた。開けた窓の取っ手には白いブラウスがかかっていた。向かい側の建物の窓には、また例のふたりの年寄りがいたが、仲間がふえている。ふたりの後ろには、はるかに背の高い男が立っていた。シャツの胸元をはだけ、赤みがかった、とがったあごひげを押したり、ひねったりしている。

「ヨーゼフ・Kか？」と、監督が聞いた。そう聞いたのはただ、落ち着きのないK

の視線を自分のほうにむけさせるためだったのかもしれない。Kはうなずいた。「今朝の出来事には、ずいぶん驚いただろう?」とたずねながら、監督は、ロウソクと小さなマッチ、本、針箱など、ナイトテーブルにのっていたものの位置を、まるで審理に必要であるかのように、両手でずらした。「もちろん」と、Kは言った。ようやくまともな人間とむきあうことができ、今回の問題が話せるのだと思うと、気持ちが晴れた。「もちろん驚きました。でも、非常に驚いたわけじゃない」。「非常に驚いたわけじゃない?」とたずねて、監督はロウソクをナイトテーブルの中央に立て、そのまわりにほかのものを並べた。「私は誤解されてるのかもしれません」と、Kは発言を急いだ。「つまりですね――」。そう言ったままKは、まわりを見まわし、椅子を探した。「私もすわりたいのですが?」と、言った。「すわらないことになっている」と、監督に言われた。「つまりですね」と、間をおかずにKは言った。「非常に驚きましたよ。でも、30歳にもなった人間で、私のようにひとりでやってこなくちゃならなかった者には、驚くことなんか慣れっこで、深刻には受け取らないんです。とくに今日みたいなことなんか」。「なぜ、とくに今日みたいなことなんか、なんだね?」。「これは冗談だろう、と言うつもりはない。冗談にしては、仕組まれたことが大掛かりすぎる。

ここに下宿している全員が加担してなきゃならない。あなた方もみんな。となると、冗談の枠をはみ出してるわけで。だから、冗談だなんて言うつもりはないんですよ」。「その通り」と言って、監督は、小さなマッチ箱にマッチが何本入っているのか、確かめた。「しかしその一方」と、Kは言葉をつづけ、今回は、部屋にいる全員に顔をむけた。できることなら写真を見ている3人にも顔をむけたかった。「しかしその一方、そんなに重要な問題でもないだろう。と、私が見当をつけたのはですね、告訴されているのに、告訴されるような罪をこれっぽっちも見つけることができないからです。でもそんなことは枝葉の問題。問題の根幹は、誰が私を告訴したか？　どこの役所が審理を担当するのか？　あなた方は役人なのか？　みなさん、制服を着てませんね。その服を」――と言って、Kはフランツのほうを見た。――「制服と呼ぶのなら別だけど。でも、どちらかというと旅行服でしょ。以上の質問について、はっきりした説明がほしい。ちゃんと説明してもらえたら、名残を惜しみながらお別れできるはずだと思ってるんですから」。監督はマッチ箱をテーブルにたたきつけた。「とんだ勘違いだ」と、監督が言った。「ここにいる人たちも私も、あなたの件では付録みたいなものだ。実際われわれは、あなたの件について、ほとんどなにも知らない。ちゃんとした制服を着ることもできるが、着たところであなたの問題がひどくなるわけでもない。それに、私は、あなたが告訴されている、とは絶対に言えない。むしろ、あなたが告訴されているのかどうか、知らないんだ。あなたは逮捕されている。それは確かだ。それ以上のことは知らない。もしかしたら監視人がちがうことをしゃべったかもしれない。だとしても、それはおしゃべりにすぎない。あなたの質問には答えられないが、忠告ならできる。われわれのことなんか考えるな。あなたの身に起きたことも考えるな。そんなことより、もっと自分自身のことを考えるんだ。それから、自分には罪がないのにと思ってあんまり騒ぎ立てないこと。印象が悪くなるぞ。ほかの点ではそれほど悪くないんだから。それに、話をするときは、もっと控え目にしたほうがいい。これまであなたが言ったことは、ほとんど全部、ほんの数語のときでも、あなたの態度から十分に察することができたんだよ。おまけにあなたの発言は、あなたにとってすごく有利に働いたわけじゃない」

Ｋは監督を見つめた。学校で聞かされるようなお説教を、もしかしたら自分より若い、こんなやつから聞かされるのか？　はっきり言ったから、叱責されるのか？　おまけに逮捕の理由や、逮捕を命じた者については教えてもらえないのか？　Ｋはちょっと興奮して、行ったり来たりしたが、誰にも邪魔されなかった。カフスを開いて、たくし上げ、胸に手を当て、髪の毛をなでつけ、3人の男のそばを通って、「馬鹿ばかしい」と言った。男たちはふり返って、歓迎しながらも真剣な顔でKを見つめた。Kはようやく監督のテーブルのところに戻って、立ち止まった。「検事のハステラーは、私の友人だ」と、Kは言った。「電話してもいいかな?」。「もちろん」と、監督は言った。「でも私には、どんな意味があるのか、わかりませんが。なにかプライベートな問題で相談がある、というわけですね、きっと」。「どんな意味が、だと?」と、Kは叫んだ。腹が立ったというよりも、びっくりした。「あなた、何者なんだ? 意味を要求しておきながら、まったく無意味なことをやってるじゃないか? 痛ましい話じゃないか? そこのふたりがまず私を襲った。そしていまは、すわっていたり、歩き回ったりして、私にあなたの前で高等馬術をやらせている。私は逮捕されてるらしいのに、私が検事に電話することにどんな意味があるのか、だって? いいよ。電話なんかしないから」。「いや、そう言わずに」と言って、監督は手を伸ばして玄関ホールのほうを指した。そこに電話があるのだ。「さ、どうぞ電話を」。「いや、もうしない」と言って、Kは窓のところへ行った。向かい側の窓にはまだ人が集まっていたが、Kが窓に近づいたことによって、静かな見物をちょっと邪魔されたみたいだ。ふたりの年寄りが立ち上がろうとしたが、後ろにいる男に押しとどめられている。「あそこにも見物してるやつがいる」と、Kは大声で監督にむかって叫び、人差し指で外を指した。「消えろ」と、向こうの窓にむかって叫んだ。向こうの3人はすぐに2、3歩後退した。しかも、ふたりの年寄りは男の後ろにまわった。男は広い背中でふたりを隠してやり、口の動きからすると、なにか言っているが、距離があるため、なにを言っているのかわからない。しかし3人は、完全に姿を消したわけではなく、気づかれないように窓に近づける瞬間を待っているようだ。「図々しいやつらだ。遠慮知らずめ！」と言い、Kはふり返って室内を見た。Kは横目で確認したように思ったのだが、監督ももしかしたら、Kの言葉に賛成したのかもしれない。しかし監督がKの言葉を聞いていなかった、ということも十分に考えられる。片手をしっかりテーブルに押しつけていて、指の長さを比べているみたいだ。2人の監視人は、飾り布をかけたトランクにすわって、膝をさすっている。3人の若者は両手を腰に当てていて、ぼんやりまわりを見ている。どこかの忘れられたオフィスのようにしーんとしていた。「さて、みなさん」と、Kは叫んだ。まるで一瞬のあいだ、みんなを自分の肩にかついでいるように思えた。「どうやら私の一件は終わったらしい。私の意見ではですね、みなさんのとった態度が正当であるのかどうか、もう考えないことにして、今回のことは、おたがい握手して、めでたく終わりにするのが一番です。もしも賛成してもらえるなら、さ、どうぞ——」と、Kは監督のテーブルに寄っていって、手を差しだした。監督は目を上げ、くちびるを嚙み、Kが差しだした手を見つめた。あいかわらずKは、監督が握手してくるものだと思っていた。しかし監督は立ち上がり、ビュルストナー嬢のベッドのうえに置いていた固くて丸い帽子をとり、新しい帽子を試すような手つきで、両方の手を使ってていねいにかぶった。「じつに簡単なことだと思ってるみたいだな！」と、Kに言った。「今回のことは、めでたく終わりにする、と言ったね？　いや、いや、そんなわけにはいかない。だからといって、絶望してもらおうなどと、言うつもりもない。どうして絶望する必要がある？　あなたは逮捕されている。ただそれだけのことだ。それを、私は伝える必要があった。私は伝えた。あなたがそれを受けいれたことも、この目で見た。今日はこれで十分です。お別れしてかまわない。ただし、さしあたり、ですがね。これから銀行に出かけるつもりなんでしょう？」。「銀行に？」と、Kがたずねた。「逮捕された、と思ってたのに」。ちょっと意地になって、そう言った。握手は拒否されたけれど、Kは、監督が立ち上がってからはとくに、ほかの連中からはますます自由になった気がしていた。ゲームをしている気分だ。みんなが帰るなら、玄関まで追いかけていって、逮捕してくれ、と頼むつもりだ。だから、くり返した。「どうやって銀行に行けるわけ？　逮捕されてるのに」。「ああ、そうだな」と、すでにドアのところにいた監督が言った。「あなた、私の言ったことを誤解したんだ。あなたは逮捕されている。たしかにそうだ。でも、仕事をするのは妨げられてはいない。いつものように生活することも、妨げられてはいないんです」。「だったら、逮捕もそんなに悪いわけじゃない」と言って、Kは監督のそばに寄った。「そういう意味で言ってたわけだが」と、監督が言った。「じゃ、逮捕の通知だって必要じゃなかったみたいじゃないか」と言って、Kはもっとそばに寄った。ほかのみんなもそばに寄ってきていた。みんなが、いま、ドアのところの狭いスペースに集まっている。「私の義務だったんだ」と、監督が言った。「馬鹿ばかしい義務だ」と、Kがしつこく言った。「そうかも」と、監督が答えた。「しかし、こんなおしゃべりで時間を無駄にするのはやめましょう。あなたが銀行に行きたがってる、と思ってたのでね。あなたは言葉にうるさいから、つけ加えておきますが、銀行に行けと強制してるわけじゃない。ただ、銀行に行きたがってる、と思っただけなんだ。それで、あなたが銀行に行きやすいように、また、銀行に着いてもできるだけ目立たないように、ここにいる3人の方を呼んでおいたわけだ。あなたの同僚です」。「えっ？」と叫んで、Kは3人をぼうぜんと見つめた。パッとしない貧血気味の3人の若い男は、写真を見ていたグループという記憶しかなかったが、実際、Kの銀行の行員だった。同僚というのは言いすぎで、監督がなんでも知っているわけではないことを証明していたが、ともかく下っ端の行員だった。どうして気がつかなかったのだろうか？どうして監督と監視人に気をとられて、この3人のことがわからなかったのだろうか？ぎこちなく、両手をぶらぶらさせているラーベンシュタイナー。ブロンドで奥目のクリッヒ。口元の慢性的なひきつりのせいで、嫌みなほほ笑みを浮かべているように見えるカミーナー。「おはよう！」と、Kはちょっと間をおいてから言った。きっちりお辞儀をする3人に手を差しだした。「まるでわからなかったよ。じゃ、仕事に出かけるとしようか？」。それをずっと待っていたかのように、3人は笑いながらしきりにうなずいた。しかし、Kが自分の部屋に帽子を忘れてきたことに気づくと、3人は先を争って帽子をとりに駆けだした。その様子から、ともかく3人の当惑ぶりがわかる。Kは立ったまま見送った。開いた2枚扉のドアを3人が通っていく。びりは、もちろん投げやりなラーベンシュタイナーで、優雅な速足《はやあし》をやっているだけだった。カミーナーが帽子を渡してくれた。カミーナーのほほ笑みが意図したものではなく、そもそもほほ笑もうとしてもほほ笑むことができないことを、Kは、しっかり自分に言い聞かせる必要があった。ところでそういう確認は、銀行でもしばしば必要なことなのだ。玄関ホールではグルーバハ夫人が、みんなのために玄関ドアを開けてくれた。とくに後ろめたさを感じているようには見えない。Kは、いつものように夫人のエプロンを見おろした。ひもが太った体に必要以上に食い込んでいる。下におりてKは、手にした時計を見て、クルマに乗ろうと決心した。もう30分の遅刻だが、これ以上遅れるわけにはいかない。カミーナーは角まで走って、クルマをつかまえようとした。あとの2人はKを退屈させないようにしようとしているらしい。突然クリッヒは、向かい側の玄関ドアを指さした。あのブロンドの、とがったあごひげの男が姿をあらわしている。最初、男は、全身を見られてしまったので、ちょっときまり悪そうに後退して、壁にもたれかかった。ふたりの年寄りはまだ階段の途中なのだろう。Kはクリッヒに腹を立てた。K自身が以前に見ていて、姿をあらわすのを待っていた男を、クリッヒがわざわざ指さしたからだ。「見るんじゃないよ」と、Kは口走った。一人前の男にむかってそんな言い方が変に聞こえることには気がつかなかった。だが弁解の必要はなかった。ちょうどクルマがやってきたからだ。クルマに乗り込み、走り出した。そのときKは、立ち去っていく監督と監視人にまったく気づかなかったことを思い出した。前は監督に気をとられて3人の銀行員のことを忘れてしまったが、こんどは3人の銀行員に気をとられて監督のことを忘れてしまった。ぼんやりしていた。こういうことは、もっと精確に観察しようと思った。無意識のうちにふり返り、もしかして監督や監視人の姿が見えないものかと、後部座席から身を乗り出した。しかし、誰かを探そうともせず、すぐ元の姿勢に戻り、クルマの隅に気持ちよさそうに寄りかかった。そんなふうには見えなかったが、いまこそKには慰めの言葉が必要だった。だが3人の銀行員は疲れているみたいだ。ラーベンシュタイナーはクルマの右を見ていた。クリッヒは左を見ていた。カミーナーだけがニヤッと笑いを浮かべて、なにかいた。言われるのを待っていた。しかしその笑いをネタに冗談を言うのは、残念ながら人間として許されないことだ。

この春、Kの夜のすごし方はつぎのような具合だった。仕事が終わってまだ時間がある場合——たいてい9時までオフィスにいたのだが——、ひとりで、または知り合いとちょっと散歩をしてから、小さなビアホールに行き、年輩の紳士が多い常連のテーブルで普段は11時まで飲んでいた。だがそういうすごし方にも例外があった。たとえば、Kは銀行の頭取から仕事の能力と信頼できる人柄を高く評価されていたのだが、その頭取にドライブや別荘での夕食に招待されることがあった。そのほか週に1回、エルザという名前の女のところに行った。夜から朝遅くまでワイン酒場でウエイトレスをやっていて、昼はベッドからでしか客を迎えなかった。

しかしその日の夜は——日中は仕事が忙しく、たくさんの人から「誕生日、おめでとうございます」とか「誕生日だね、おめでとう」と言われて、あっという間に時間がすぎたので——すぐに帰宅するつもりだった。日中、仕事と仕事のあいだにちょっと時間が空くたびに、帰宅することを考えていた。なんのつもりなのか、はっきりわからなかったが、今朝の出来事のせいでグルーバハ夫人の下宿全体の秩序がひどく乱されたように思え、張本人の自分が秩序を回復する必要があるのではないかと思えたのだ。秩序を回復しさえすれば、あの出来事の跡もすっかり消され、すべてが元通りに動くようになる。とくにあの3人の行員にかんしてはなにも心配はなかった。3人とも銀行の大きな組織のなかに埋没していて、なんの変化も見られなかった。何度もKは3人を観察するだけの目的で、自分のオフィスにひとりずつ、または3人いっしょに呼びつけた。そのたびにKは安心して、3人を帰すことができた。

夜の9時半に、自分の住んでいる家の前に着くと、玄関のところに若い男が足を広げて立ち、パイプをふかしていた。「どなた?」と、Kはすぐにたずねて、顔を若い男に近づけたが、玄関の薄暗がりではよく見えない。「この家の管理人の息子なんですが」と答えて、若い男はパイプを口から離して、脇に寄った。「管理人の息子さん?」と言って、Kはいらいらしながらステッキで床をたたいた。「なにかご用でも? 父を呼んできましょうか?」。「いや、いいんだ」と、Kは言った。その声には、なにか悪いことをしでかした若者を許してやるかのような響きがあった。「大丈夫だよ」と言って、歩きつづけたが、階段をのぼる前に、もう一度ふり返った。

自分の部屋に直行することもできたが、グルーバハ夫人と話をしようと思って、夫人の部屋のドアをノックした。グルーバハ夫人はテーブルでニットの靴下をつくろっていた。テーブルには古い靴下が山のように積まれていた。こんな遅くにすみません、とKは気もそぞろに謝ったが、グルーバハ夫人はとても愛想よく、いいえ、気にしなくていいのよ、という顔をした。あなたとなら、いつでもお話しできますよ。ご存じでしょうが、うちじゃ、あなたが最高の間借り人さんなんですから。Kは部屋のなかを見まわした。すっかり元通りになっている。朝、窓のそばの小さなテーブルのうえに置いてあった朝食の食器も、片づけられていた。女の手というものは黙ってさっさと片づけるものなんだな、とKは思った。自分だったら、食器をその場でこわしてしまったかもしれないが、運び出すことはきっとできなかっただろう。感謝するような目でグルーバハ夫人を見つめた。「どうしてこんな遅くまで仕事をしてるんです？」と、たずねた。ふたりともテーブルにむかってすわっていた。Kはときどき片手を靴下の山に突っこんだ。「たくさん仕事があるのよ」と、グルーバハ夫人が言った。「日中は間借り人さんのお世話でしょ。自分のことを片づけようとしたら、夜しかないのよ」。「きょうはそれに私がよけいな手間をかけちゃいました」。「どうしてまた？」と、グルーバハ夫人がちょっとむきになって言って、仕事の手を休めた。「今朝ここにやってきた男たちのことですよ」。「あら」と言って、グルーバハ夫人は落ち着きをとり戻した。「大したことじゃなかったわ」。グルーバハ夫人がふたたび靴下をつくろいはじめるのを、Kは黙って見ていた。おれがあのことを話すのを、不思議がってるらしいなと、Kは思った。おれがあのことを話すのを、不都合だと思ってるらしいな。だからよけい、おれが話すことが大事になってくるわけだ。こういう年寄りの女としか、あのことは話せないぞ。「いえ、やっぱり手間をとらせたはずです」と、Kは言った。「でも、もう二度とないでしょうから」。「そうですよ、二度もあるわけないわ」と、グルーバハ夫人がはげますように言って、もの悲しそうな顔でKにほほ笑んだ。「ほんとにそう思いますか?」と、Kはたずねた。「ええ」と、グルーバハ夫人は声をひそめた。「でもね、ともかくあんまり深刻に考えちゃ駄目。世の中、なにが起きるかしれないわけだから! Kさんがこんなに親しく話してくれるので、正直に言いましょう。私はね、ドアの陰でちょっと盗み聞きしてたんです。ふたりの監視人からもちょっと教えてもらった。あなたの幸せにかかわることなのよ。だから本当に気になって。部屋を貸しているだけだから、出すぎた真似かもしれないけど。で、ちょっと聞いたんだけど、特別にひどいことだとは言えないわ。そうなのよ。あなたは逮捕されてるけれど、泥棒みたいに逮捕されたわけじゃない。泥棒みたいに逮捕されれば、ひどいことだけど、でも、今回の逮捕は――。学問みたいなことのように思えるの。馬鹿なこと言ってるなら、ごめんなさい。でもね、学問みたいなことのように思えるわけ。私にはわからないけれど、また、わかる必要もないんだけれど」

「グルーバハさんが言ったことは、馬鹿なことなんかじゃありませんよ。すくなくとも部分的には、私もグルーバハさんとおなじ意見です。ただし、私のほうがもっと厳しい判断をしている。つまり、今回のことは学問みたいなことですらなく、まったくなんでもない問題だと考えてるわけですから。私はね、不意を衝《つ》かれた。それだけのことです。目が覚めてすぐ、アンナがぐずぐずしていることなんかに惑わされず、起きあがっていたなら。それからね、私の邪魔をしにきたやつのことなんか無視して、すぐにグルーバハさんのところへ行き、いつもとはちがって台所ででも朝食を食べていたなら。それからね、グルーバハさんに私の部屋から洋服をもってきてもらっていたなら。要するに、私が賢く行動していたら、別になにも起きなかったでしょう。起きようとしていたことだって、息の根を止められていたでしょう。たとえば銀行でなら、ちゃんと用意ができてるんだ。あんなことは起きなかったでしょう。私には専属の秘書がいて、外線電話と内線電話が私のデスクにあって、ひっきりなしに人がやってくる。契約の相手とか、行員とか。それだけじゃない。銀行では、なんといっても私は仕事をしているわけだから、頭が動いている。銀行で今朝のようなことが起きていたら、愉快だったでしょうね。でも、もう終わったことだし、もともとこんなことは話すつもりはなかったのですが、ただグルーバハさんみたいに賢明な女性の判断を聞きたかったんです。意見が一致して、とてもうれしい。手を出してもらえませんか。こんなふうに意見が一致したんだから、握手して確認しておかなくちゃ」

手を出してもらえるだろうか？　監督は手を出してくれなかったな、とKは思って、グルーバハ夫人を以前とちがい、チェックするようにじっと見た。Kが立ち上がっていたから、夫人も立ち上がった。Kの言ったことが全部わかったわけではなかったから、ちょっと当惑していた。当惑していたので、言うつもりなどなかった場違いなことを言った。「あんまり深刻に考えないことよ、Kさん」。涙声になっていて、もちろん握手するのを忘れた。「深刻になんか考えてませんよ」と、Kは言った。突然、どっと疲れが出てきた。グルーバハ夫人と意見が一致しなかったのがわかった。

ドアのところで、Kはさらにたずねた。「ビュルストナーさん、帰ってます？」。

「いいえ」と言って、グルーバハ夫人がほほ笑んだ。そっけない返事をしてから、遅ればせながらまともな対応をした。「芝居、見に行ってるのよ。なにか用でも？　伝言しておきましょうか？」。「いや、ちょっと話をしたかっただけなんで」。「いつ帰ってくるか、わからないのよね。芝居のときは、たいてい遅くなるけど」。「大したことじゃないんで」と言って、Kはうなだれたままドアのほうにむかい、出て行こうとした。「ちょっと謝っておきたかっただけなんです。きょう、ビュルストナーさんの部屋、使っちゃったので」。「そんな心配いらないわよ。Kさんは気をつかいすぎる。ビュルストナーさんなら、なんにも気がつきませんよ。朝早くから出かけていて、部屋は元通りになってるんだから。ほら、ごらんなさい」。グルーバハ夫人がビュルストナー嬢の部屋のドアを開けた。「開けてもらわなくても、よかったのに」と、Kは言ったけれど、開いたドアのところまで行った。静かに月が暗い部屋に差しこんでいた。見たところ、本当になにもかも元通りだった。ブラウスも窓の取っ手にはかかっていない。盛り上がっていて目についたのはベッドの枕《クッション》だった。一部分が月の光に照らされている。「ビュルストナーさんの帰りは、よく遅くなりますね」と、Kは言って、まるでその責任がグルーバハ夫人にあるかのように、夫人の顔をじっと見た。「若い人はみんなそうですよ！」と、グルーバハ夫人が弁解するように言った。「ええ、そうなんですよね」と、Kは言った。「しかし度を超してしまうこともある」。「そうなんです」と、グルーバハ夫人が言った。「Kさんの言うとおりだわ。もしかしたら今回だって。ビュルストナーさんをね、中傷するつもりはないんですよ。気立てがよくて、かわいらしい娘さんで、親切で、きちんとしていて、時間は守るし、働き者で。そういう点じゃ、とてもいいと思うんだけど、ただひとつ、もっとプライドをもって、控え目にしたほうがいいと思うの。今月だってもう2回も、町はずれで、ちがう男と歩いてた。とても言いにくいことなので、本当にKさんにしかお話ししないんだけど、そのうちビュルストナーさんにも直接、注意することになっちゃうでしょうね。それはそうと、怪しいのは、それだけじゃない」。「グルーバハさん、おかしいですよ」と、Kは怒って言った。ほとんど怒りを隠すことができない。「それはそうと、私がビュルストナーさんについて言ったこと、誤解されちゃったみたいだな。そんなつもりで言ったんじゃない。はっきり警告しておきますが、ビュルストナーさんには、そんなこと言わないように。グルーバハさんは完全に勘違いしてるんだ。ビュルストナーさんのことはよく知ってるけれど、グルーバハさんの言ったことは本当じゃない。それはそうと私も言いすぎたかもしれない。グルーバハさんは、言いたいことを言えばいいんです。邪魔するつもりはありませんよ。では、おやすみなさい」。「Kさん」と、グルーバハ夫人はすがるように言って、Kの部屋のドアのところまで追いかけてきた。すでにドアは開いていたのだが。「私はね、ビュルストナーさんと話をする気なんてないんですよ。話をするなら、もちろん、ちゃんと観察をつづけてから。ただKさんには、知っていることを伝えておきたかっただけ。なんといっても下宿人さんたちのことを考えているからなんですよ。下宿をきれいにしておこうとするのも、そう。家主としてはそれしか頭にないんです」。「きれいにしておく！」と、Kはドアのすき間から叫んだ。「下宿をきれいにしておきたいんなら、まずこの私を追い出さなきゃ」。そう言って、Kはドアをぱたんと閉めた。小さなノックの音がしたが、無視した。

そのかわりに、まるで寝る気がしなかったから、起きていようと思った。いつビュルストナー嬢が帰ってくるのか、この機会に確かめてやろうと思った。もしかしたら、非常識な時間になるかもしれないが、ちょっと話ができるかもしれない。窓のところで横になり、疲れた目を閉じた。一瞬、こんなことまで考えた。グルーバハ夫人を罰するために、ビュルストナー嬢を説得して、いっしょに下宿を解約するのはどうだろう。だがすぐに、それは恐ろしく極端な行動に思えた。おまけに、今朝の出来事のために引っ越しするつもりになったのだろう、と自分で自分を疑うことにすらなった。これほど馬鹿なことはなかっただろう。とくにこれほど役にも立たず、軽蔑すべきこともなかっただろう。

誰もいない通りをながめるのに飽きたので、ソファーに横になった。横になる前に玄関ホールのドアをちょっと開けておいた。誰かが家に入ってくれば、すぐにソファーから見ることができる。11時ごろまでゆったり葉巻をふかしながらソファーで横になっていた。それからは我慢できなくなって、玄関ホールにちょっと出てみた。そうすることでビュルストナー嬢の帰宅を早めることができるかのように。ビュルストナー嬢にたいして特別の気持ちがあったわけではない。どんな顔をしているのかさえ、よく覚えていなかった。だが話をしたいと思った。ビュルストナー嬢の遅い帰宅によって、この日の終わりに不安と無秩序がもたらされることに、腹が立った。きょう、夕食を食べなかったのも、予定していたエルザ訪問を中止したのも、あいつのせいだ。しかし両方とも取り返すことができる。これから、エルザがウエイトレスをしているワイン酒場に行けばいいのだ。だがそれは、ビュルストナー嬢と話をしてからにしようと思った。

11時半すぎ、階段室に足音が聞こえた。Kは、玄関ホールを自分の部屋のように思って、考えにふけりながら、音を立てて歩きまわっていたのだが、あわてて自分の部屋のドアの陰に隠れた。帰ってきたのは、ビュルストナー嬢だった。ドアに錠をおろすとき、ふるえながら、絹のショールを細い肩に巻きつけた。つぎの瞬間には自分の部屋に入ってしまうにちがいないが、こんな真夜中にKが押しかけるわけにはいかない。だから、いま話しかけるしかないわけだが、不運にも自分の部屋の電灯をつけ忘れていたので、暗い部屋から出ていくと、襲撃だと思われるかもしれない。すくなくとも非常にびっくりさせるにちがいない。どうしようもなく、一刻の猶予もならなかったので、ドアのすき間からささやいた。「ビュルストナーさん」。呼びかけるのではなく、頼みごとをするような声になった。「誰かいるの?」と言って、ビュルストナー嬢が大きな目であたりを見まわした。「私です」と言って、Kは前に出た。「あら、Kさん!」と、ビュルストナー嬢はほほ笑みながら言った。「こんばんは」。Kに手を差しだした。「ちょっとお話があるんです。いま、いいですか?」。「いま?」と、ビュルストナー嬢がたずねた。「いまじゃなきゃ駄目? ちょっと変じゃないかしら?」。「9時からずっと待ってたんですよ」。「あら、あたし、芝居を見てたのよ。待たれてるなんて知らなかったし」。「お話ししたいのは、きょう起きたことなんです」。「そう、だったら、まあ、いいわ。でもね、あたし、疲れていて倒れちゃいそう。じゃ、2、3分、部屋にどうぞ。ここじゃ話もできないわ。みんなを起こしちゃうし、そんなことになると、あたしたちのほうが不愉快な思いをするでしょ。待ってて、部屋の明かり、つけるから。ここの明かり、消してちょうだい」。Kは、言われたとおりにして、待っていると、ビュルストナー嬢の部屋から小声で呼ばれた。「どうぞ、すわって」と言われ、オットマンを指さされた。本人は、さっき疲れていると言ったのに、ベッドの柱脚《ポスト》にもたれて立っている。小さいけれど、いっぱい花で飾った帽子すら、脱がないでいた。「で、どういうことかしら? 聞かせてほしいわ」。軽く足を交差させた。「もしかしたらですね」と、Kが話しはじめた。「いま話をするほど緊急の用件じゃない、って言われるかもしれませんが——」。「前置きは結構よ」と、ビュルストナー嬢が言った。「そう言われると、気が楽になる」と、Kが言った。「あなたの部屋が今朝、いわば私のせいで、ちょっと荒らされたんです。頼みもしないのに荒らしたのは見知らぬ連中だけど、さっき言ったように、私のせいなんです。だからどうかお許しください」。「あたしの部屋が?」と、ビュルストナー嬢が言って、部屋のかわりにKをじろじろ見つめた。「そうなんです」と、Kが言った。いま、はじめてふたりは目を合わせた。「どんなふうに荒らされたのかは、話すほどのことじゃありません」。「でも、それこそ知りたいことだわ」と、ビュルストナー嬢が言った。「いや、話すほどのことじゃない」と、Kは言った。「だったら」と、ビュルストナー嬢が言った。「秘密には立ち入らないことにする。話すほどのことじゃない、って言うんだったら、反論するつもりもないわ。許してほしい、って言うのなら、喜んで許してあげる。だって、荒らされた形跡、どこにもないんだもの」。ビュルストナー嬢は両方の手のひらを腰にギュッと押しつけて、部屋を一周した。ウォールポケットに差し込まれている写真のところで立ち止まった。「あらっ!」と叫んだ。「あたしの写真、ほんと、ごちゃごちゃになってる。嫌だな。やっぱり誰かが勝手に部屋に入ってきたんだ」。Kはうなずき、ひそかに行員のカミーナーに腹を立てた。いつも、むやみやたら動いていないと気がすまない男なのだ。「変だな」と、ビュルストナー嬢が言った。「あなたが自分に禁じなきゃならないことを、あたしがあなたに禁じなきゃならなくなっちゃってる。あたしがいないとき、部屋に入らないでよ」。「だから説明してるんですよ」と言って、Kも写真のところへ行った。「写真をごちゃごちゃにしたのは、私じゃない。信じてもらえないのなら、白状しちゃいますが、審理委員会が銀行員を3人、連れてきたんです。そのうちのひとりが、ですね、そいつはすぐに銀行から追い出してやるつもりだけど、写真をさわったらしいんだ」。質問するような目でビュルストナー嬢に見つめられたので、Kはつけ加えた。「ええ、審理委員会があったんです、ここで」。「あなたのことで？」と、ビュルストナー嬢がたずねた。「ええ」と、Kが答えた。「嘘でしょう」と叫んで、ビュルストナー嬢が笑った。「いや、本当です」と、Kは言った。「私に罪がないと思うわけですか？」。「罪がないなんて言われても……」と、ビュルストナー嬢が言った。「大変な結果を招くかもしれない判断を、すぐに言うつもりなんかないわ。あなたのこと、よく知らないし。どっちにしても、すぐに審理委員会をよこすなんて、重大な犯罪にちがいないわけね。でも、あなた、自由の身だから——だってすくなくとも、落ち着いてるから、脱獄してきた人じゃないことは、わかるし——、重大な犯罪をおかしたわけじゃない」。「うん」と、Kは言った。「でも審理委員会も、私に罪がないことがわかったんだと思う。あるいはね、想定していたほどの罪はない、と」。「たしかに、そうかも」と、ビュルストナー嬢が非常に注意深く言った。「ほらね」と、Kは言った。「あなただって裁判のこと、あんまり知らないでしょ」。「知らないわ」と、ビュルストナー嬢が言った。「これまでだって、残念な思いをしたことがよくあった。なんでも知りたいからね、あたし。とくに裁判のことは、ものすごく興味がある。裁判って、独特の魅力があるでしょ？　あたしね、その方面の知識、確実なものにするつもりなの。来月から弁護士事務所で事務やるんだから」。「おお、それはいい」と、Kは言った。「だったら私の訴訟でちょっと力になってもらうこともできるわけだ」。「かもしれない」と、ビュルストナー嬢が言った。「そうよね。喜んで力になるわ」。「本気で言ってるんですよ、私は」と、Kは言った。「あるいは、あなたと同様、すくなくとも半分は本気で。弁護士を頼むにしては、あまりにも些細な問題だけど、助言してくれる人は必要になるだろうから」。「そうね、助言するんだったら、どういう問題なのか、知っておかなきゃ」と、ビュルストナー嬢が言った。「それがむずかしいんだ」と、Kは言った。「私も知らない」。「じゃ、あたしをからかってたわけね」と、ビュルストナー嬢がひどくがっかりして言った。「そんな話をこんな夜更けにするなんて、ほんとに余計なお世話だこと」。ビュルストナー嬢は、長いあいだ写真にくっつくように立っていたが、写真から離れた。「ちがうんですよ、ビュルストナーさん」と、Kは言った。「冗談じゃないですよ。私の言うこと、信じてくれないんですね！　私の知ってることは全部、話しましたよ。いや、知らないことまで話した。だって審理委員会なんかじゃなかったんだ。ほかに言いようがなかったから、そう呼んだだけでね。取り調べなんかされなかった。私は逮捕されただけ。なにかの委員会に」。オットマンにすわっていたビュルストナー嬢が、また笑って、「どんなふうに？」とたずねた。「ひどい話なんだ」と、Kは言った。だがいまは、そのことはまったく頭になく、ビュルストナー嬢の姿から目を離せなくなっていた。顔を片方の手で支え——ひじをオットマンのクッションに置き——、もう一方の手がゆっくり腰をなでている。「ひどい話なんだと言われても、具体的じゃないわ」と、ビュルストナー嬢が言った。「どこが具体的じゃないんです？」と、Kはたずねた。そして思い出して、「どんな具合だったか、やって見せましょうか？」とたずねた。Kは体を動かそうとしたが、部屋を出ていこうとはしなかった。「もう疲れてるのよ」と、ビュルストナー嬢が言った。「帰ってくるのが遅いから」と、Kは言った。「結局、こうやって非難されるわけね。仕方ないわ。あなたを部屋に入れなきゃよかったんだから。そんな必要なかったんだ。いまわかったけれど」。「必要だったんですよ。これから見てもらいますが」と、Kは言った。「そのナイトテーブル、ベッドから離してもいいですか?」。「なに考えてるの?」と、ビュルストナー嬢が言った。「もちろん駄目よ!」。「だったら見せることができない」と、Kは言った。駄目と言われて、測りしれない損害を加えられたかのように興奮していた。「じゃ、説明に必要なら、ナイトテーブル、動かしてもいいわ」と、ビュルストナー嬢が言って、しばらくしてから弱々しい声でつけ加えた。「すごく疲れてるから、余計なことまで許しちゃうんだな」。Kは小さなナイトテーブルを部屋のまん中に置いて、その向こう側にすわった。「人物の配置をちゃんと想像してもらわなきゃね。これが非常におもしろい。私が監督で、あそこのトランクに2人の監視人がすわっている。写真のところには3人の若い男。窓の取っ手には、ついでに言っておくと、白いブラウスがかかっている。さて、はじめるぞ。そうだ、忘れてた。一番重要な人物、つまり私は、このナイトテーブルの前に立っている。監督はじつにリラックスしてすわっている。脚を組み、腕をこの背もたれからダラッと垂らして、特別の悪党だ。さて、これから本当にはじまる。監督が大声を出す。私を起こさなければならないかのように。まさに叫ぶんだ。これをわかってもらうには、残念ながら私も叫ばなきゃならない。ところで監督が叫ぶのは、私の名前だけなんだが」。笑いながら聞いていたビュルストナー嬢が、人差し指を口にあてて、Kが叫ぶのを止めようとしたが、遅かった。Kはすっかり役にはまっていた。ゆっくり大声を出した。「ヨーゼフ・K！」。ところでそれは、Kが脅かしたほどの大声ではなかったが、突然に出されてから、ようやくゆっくり部屋に広がっていくみたいだった。

そのとき隣の部屋のドアを2、3回ノックする音がした。強く、短く、規則的に。ビュルストナー嬢は青ざめて、手を胸にあてた。Kもびっくりした。しばらくのあいだは、今朝の出来事と、それを演じてみせている娘のことしか頭に浮かべることができなかったから、特別にびっくりした。驚きがおさまるやいなや、ビュルストナー嬢のところへ飛んでいき、その手を握った。「怖がることはない」とささやいた。「すぐ片づけるから。しかし誰なんだろう？　隣は居間しかなくて、誰も寝てないはずだが」。「ちがうのよ」と、ビュルストナー嬢がささやいた。「きのうからグルーバハさんの甥が寝てるの。大尉よ。ほかに空いてる部屋がなくて。私も忘れてた。あんな声で叫んじゃうんだから！　困ったことになったな」。「困る理由なんてないよ」と言って、Kは、ビュルストナー嬢がクッションに倒れこんだとき、額《ひたい》にキスをした。「やめて、やめて」と言って、ビュルストナー嬢は急いで体を起こした。「帰りなさいよ、帰りなさいよ。なにがしたいのよ。ドアのところで聞かれてるわ。なにもかも聞かれてるわ。困らせないで！」。「あなたがもうちょっと落ち着くまで」と、Kは言った。「帰らないよ。あそこの隅に行こう。あそこだと聞かれる心配がない」。ビュルストナー嬢は隅に連れていかれた。「よく考えてみて」と、Kは言った。「あなたには不愉快だけど、危険なことじゃないんだよ。このことはね、グルーバハさんが決めることだ。なにしろ大尉が甥だからね。だが私はグルーバハさんに尊敬されている。なにを言っても、絶対に信じてもらえる。ほかの点でも、私の言いなりだ。結構な額《がく》を貸してるからね。こうやっていっしょにいることについて、あなたがどんな説明を考えついても、ちょっとでも使えそうなら、私はそれを採用する。で、その説明をグルーバハさんに、表向きにだけじゃなく、本当に心の底から信じこませてみせる。私のことはぜんぜん気にしなくていい。私があなたを襲った、という噂を広めたけりゃ、グルーバハさんにそう言えばいい。グルーバハさんは信じるだろうけれど、私への信頼をなくすことはない。それくらい私を信奉してくれている」。ビュルストナー嬢は静かに、ちょっと沈みがちに目の前の床を見ていた。「私があなたを襲った、とグルーバハさんが信じてもかまわないでしょ」と、Kはつけ加えた。目の前にはビュルストナー嬢の赤みがかった髪の毛が見えた。分け目をつけて、ちょっと膨らませて、きつく束ねている。こちらに視線をむけるかと思ったが、ビュルストナー嬢は姿勢を変えずに言った。「ごめんなさい。突然のノックにびっくりしちゃって。大尉がいるから問題になるかもしれないと思って、びっくりしたわけじゃない。あなたが叫んだ後、すごく静かだった。そのときノックの音がしたので、すごくびっくりしたの。ドアの近くにすわってたので、ほとんどすぐ横で聞こえた。提案はありがたいけれど、いらないわ。自分の部屋で起きたことは、全部、あたしが責任をとるわ。誰にたいしてもね。あたしがおかしいと思うのは、あなた、あなたの提案がどんなにあたしを侮辱しているのか、気づいてないでしょ。もちろんあなたの善意は認めるけれど。さ、帰ってちょうだい。ひとりになりたいの。さっきよりもずっと。2、3分のつもりが、もう半時間以上たってるわ」。Kはビュルストナー嬢の手をとり、それから手首をつかんだ。「怒ってるわけじゃないでしょ?」と言った。ビュルストナー嬢はKの手をそっと払って、答えた。「いえいえ、あたし一度も、誰にも怒ったことないわ」。Kはビュルストナー嬢の手首をふたたびつかんだ。ビュルストナー嬢は今度は手首をつかまれたまま、Kをドアのところまで連れていった。Kは帰る決心をしていた。だがドアの前で、こんなところにドアがあるとは思わなかったかのような顔をして、立ち止まった。その瞬間を利用して、ビュルストナー嬢は身をもぎ離し、ドアを開け、玄関ホールにすべり込んで、Kに小声で言った。「さ、こっちよ。ほら」——大尉の部屋のドアを指さした。ドアのしたから明かりが洩れていた。——「明かり、つけたんだ。あたしたちのこと、おもしろがって聞いてるんだわ」。「すぐ行く」と言って、Kは駆けだし、ビュルストナー嬢をつかまえ、くちびるにキスをし、それから、まるで喉の渇いた動物がようやく見つけた泉の水を舌でなめつくすように、顔じゅうにキスをした。最後に、首筋の喉のあたりにキスをして、くちびるをそのまま押しつけていた。大尉の部屋で物音がしたので、Kは顔を上げた。「さ、帰るぞ」と、Kは言った。ビュルストナー嬢を洗礼名で呼びたかったが、知らなかった。ビュルストナー嬢はぐったりしてうなずき、体を半分そむけたまま、手にキスをされたが、なにをされたのかわからない様子で、前かがみの姿勢で自分の部屋に入った。そのすぐ後、Kは自分のベッドで横になっていた。あっという間に眠りこんだ。眠りこむ前に、ほんのしばらくのあいだ、自分のとった行動をふり返った。満足だった。だが、もっと満足していないことが不思議だった。大尉のせいで、ビュルストナー嬢のことが本気で心配になった。

最初の審理

Kは電話で知らされた。つぎの日曜日、ちょっとした審理をすることになったという。それからこんな注意もされた。審理はこれから定期的に、毎週ということはないかもしれないけれど頻繁につづける予定である。一方では誰もが、訴訟を迅速に終わらせるべきだと考えている。しかし他方、審理はあらゆる面で徹底的にするべきだが、それにともなう緊張を考えれば、長くつづける必要もない。だから今回は、短い審理をつづけてやるという方式にした。審理の日を日曜にしたのは、Kの仕事の邪魔をしないためである。これで了解されるものと考えているが、別の日を希望するなら、できるかぎり希望に添うつもりだ。たとえば夜の審理も可能だが、たぶんKは疲れているだろう。ともかく、異議がないかぎり、日曜日ということにしておこう。かならず出頭すべきことは当然なんだから、わざわざ注意するまでもないことだが。Kには、出頭すべき建物の所番地が告げられた。へんぴな町はずれにある建物で、Kはそれまで一度も行ったことのない場所だ。

この連絡を聞いてから、Kはなにも答えずに受話器を置いた。日曜日に行こうと、すぐに決心した。たしかにそうするしかなかった。訴訟は動きだしていて、Kは対処する必要があった。今回の最初の審理を最後の審理にしてしまおう。あれこれ考えながら電話のそばに立っていると、後ろで頭取代理の声が聞こえた。電話をかけようとしていたのに、Kが邪魔をしていたのだ。「悪い知らせかね?」と、頭取代理が軽く聞いた。なにかを聞きたかったからではなく、Kを電話のそばから離れさせるためだ。「いえ、いえ」と言って、Kは脇によけたが、その場を離れなかった。頭取代理は受話器をはずし、電話がつながるのを待っているあいだ、受話器ごしに言った。「あのね、K君、日曜の朝、ぼくのヨットでパーティーやるんだ。来ないか? いろんな人がやってくるぞ。もちろん君の知り合いも。そうそう、検事のハステラーも来る。どうだい？ おいでよ！」。Kは、頭取代理が言ったことを考えてみようとした。Kにとっては無視できない発言だ。頭取代理とはこれまであまりいい関係ではなかったのだが、その頭取代理から招待された。ということは、頭取代理のほうから仲良しになろうという合図ではないか。これには別の意味もあった。つまり、Kはそれだけ銀行で重要な人間になっていたのだ。そして銀行でナンバー2の人物にとって、Kと親しいか、すくなくともKとは敵でないことが、大事なことに思われたのだ。電話がつながるのを待っているあいだに受話器ごしで言ったとしても、この招待は、頭取代理にとって屈辱的なのである。だがKはもう一度、頭取代理に屈辱的な思いをさせることになった。「ありがとうございます！ 残念ながら日曜日は、時間がないんですよ。先約がありまして」。「残念」と言って、頭取代理は、つながったばかりの電話にむかって話をした。短い電話ではなかったが、そのあいだKは、ぼんやりしたまま電話のそばに立っていた。頭取代理が受話器を置いてはじめて、Kは驚き、用もないのにつっ立っていたことをちょっと弁解した。「さっきですね、電話がかかってきて、出向いてこいと言われたんですが、時間を聞き忘れちゃって」。「じゃ、聞き直せばいいじゃないか」と、頭取代理が言った。「大した用事じゃないんですが」と、Kは言った。だがそう言ったことによって、さっきのいい加減な弁解をますます駄目なものにした。頭取代理が立ち去っていくとき、話題を変えたので、Kもなんとか答えようとしたが、頭のなかは別のことでいっぱいだった。日曜は午前9時に出かけるのが一番だろうな、と考えていたのだ。平日はその時間にどの裁判も開始されていたのだから。

日曜日はどんよりした天気だった。前の日、夜遅くまで酒場で常連とわいわい飲んでいたので、あやうく寝すごすところだった。じっくり考える暇もなく、1週間いろいろ考えておいた計画をまとめる暇もなく、急いで服を着て、朝食もとらずに、指定された町はずれにむかって走った。奇妙なことに、あたりを見まわす暇などなかったのに、今回の件に関係している3人の銀行員と出会った。ラーベンシュタイナー、クリッヒ、カミーナーだ。最初の2人は電車に乗っていて、Kの目の前を横切り、カミーナーは喫茶店のテラスにすわっていて、Kが通りすぎたとき、ものめずらしそうな顔をして手すりから身を乗り出した。3人ともKを目で追い、自分たちの上司が走っているのを不思議に思ったのだろう。Kが乗り物に乗らなかったのは、ちょっと意地を張ったからだ。今回の件では、どんな助けも、たとえ見ず知らずのささいな助けであっても、借りることが嫌だった。誰にも頼むつもりはなかった。誰にも、ほんのわずかなことさえ知られたくなかった。しかしまた、あまりにも時間ぴったりに出頭して、審理委員会に気に入られようとする気もまったくなかった。しかしKはいま、できるだけ9時には到着しようと思って走っている。時間を指定されていたわけではなかったが。

その建物は、遠くからでもなにかのしるしによって見分けがつくと思っていた。どんなしるしなのか、はっきり想像はできなかったけれど。あるいは、入口の前になにか特別の動きがあって、離れたところからでも見分けられると思っていた。ユーリウス通りにあるはずだった。しかし、ユーリウス通りに入って、一瞬、Kは立ち止まった。通りの両側には、ほとんどおなじような建物が並んでいるだけだ。貧しい人たちが住む灰色の、背の高い賃貸住宅だ。日曜日の朝だからか、たいていの窓に人影があった。シャツ姿の男たちが窓にもたれていたり、タバコを吸っていたり、小さな子どもをそっと優しく窓枠のところで支えたりしている。別の窓には寝具が干されていて、その上から女のぼさぼさ頭だけがちらっと見えた。道路ごしに呼びかけあっている者がいる。そんな声が、ちょうどKの頭上で大きな笑い声をひきおこした。長い通りに規則正しく配置されて、小さな店が並んでいる。路面より低いところにあって、階段を2、3段おりるのだが、いろんな食料品をあつかっている。女たちが出入りしたり、階段のところで立ち話をしている。果物売りが上の窓にむかって果物を売ろうとしていて、あやうく手押し車でKを押し倒しそうになった。Kと同様に不注意だったのだ。ちょうどそのとき、裕福な地区で使われていた蓄音機のお古が、殺人的な音で鳴りはじめた。

Kはもっと奥へ入っていった。まだ時間があるかのように、あるいは、予審判事にどこかの窓から見られていて、Kの到着が知られているかのように、ゆっくり歩いた。9時をちょっとすぎていた。その建物はかなり離れたところにあった。ほとんど異常なほど長くのびていて、とくに出入口が高くて広かった。たぶん、いろんな商品倉庫に所属しているトラックを通すためのものだろう。商品倉庫は、いまは施錠されているが、大きな中庭を囲むように並んでいて、それぞれ会社の商標をつけている。商標のいくつかは銀行の仕事で見覚えがあった。いつもの習慣とは逆にこういう外見を詳しくチェックしながら、中庭の入口のところでちょっと立ち止まった。そばにある木箱に裸足の男が腰をおろして、新聞を読んでいる。手押し車に乗って2人の男の子がシーソーをしている。ポンプの前ではひ弱そうな少女がパジャマ姿のまま、缶に水を入れながら、Kのほうを見ている。中庭の隅には窓と窓のあいだにロープが張られて、洗濯物を干してある。男が下にいて、ちょっと声をかけながら仕事の指図をしている。

Kは階段にむかい、審理室に行こうとしたが、また立ち止まった。その階段のほかに、中庭には3つのちがった上り階段がある。それだけではなく、中庭の端にある小さな通路が、もうひとつ別の中庭につながっているらしい。部屋の場所をちゃんと教えてもらえなかったことに腹を立てた。なんとまあ自分は、無関心でいい加減にあつかわれていることか。このことは大きな声ではっきり確認してやろうと思った。結局、最初の階段をのぼり、監視人ヴィレムの言葉を思い出し、頭のなかでそれを転がした。裁判は罪に引き寄せられる、と言っていたわけだから、そうすると実際、審理室はKがたまたま選んだ階段のところにあるにちがいない、ということになるぞ。

階段をのぼるとき、階段で遊んでいたたくさんの子どもの邪魔をすることになった。子どもたちの列をかきわけて歩いていくと、悪意のある目でにらまれた。「こんどまた来ることにでもなれば」と、自分に言い聞かせた。「お菓子をもってきて、こいつらを手なずけるか、ステッキをもってきて、ぶんなぐってやるかだな」。2階に着く直前には、ボールが転がり落ちるまで、ちょっと待たされることもあった。ならず者のようにひねくれた顔をした2人の男の子に、ズボンをしっかりつかまれていたのだ。ふり払おうとしたら、きっと痛い目にあわせることになり、わめきたてられるだろう。2階にあがってから本格的に探しはじめた。審理委員会のことをたずねるわけにはいかないから、指物師ランツという人物を創作した。——その名前を思いついたのは、グルーバハ夫人の甥の、あの大尉がそう呼ばれていたからだ。——どこの家でも、ここに指物師のランツって人が住んでいませんか、とたずねることにすれば、部屋のなかをのぞくことができる。しかし、たいていの場合、そんな手間をかけないでも部屋をのぞくことができた。ほとんどどのドアも開きっぱなしで、子どもが出入りしていたのだ。家は普通、窓がひとつしかない小さな部屋で、そこで料理もしていた。赤ん坊を片腕に抱いて、空いた手で料理をしている女たちもいた。どうやらエプロンしか身につけていない未成年の女の子が、いちばん熱心に走りまわっている。どの部屋でもベッドは使用中だ。病人やら、まだ寝ている者や、服を着たまま横になっている者がいた。ドアの閉まっている家ではKがノックをして、こちらに指物師のランツさん、いらっしゃいませんか、とたずねた。たいていドアを開けるのは女で、Kの問い合わせを聞くと、奥にむかって、ベッドから体を起こした誰かにたずねる。「指物師のランツっていう人が住んでるか、って聞かれたんだけど」。「指物師のランツかい？」と、ベッドの誰かがたずねる。「ええ」と、Kは言うのだが、ここには審理委員会は明らかにないわけで、Kの用事はもう終わっていた。多くの人が、Kにとって指物師ランツを見つけることは非常に重要なことだと思って、あれこれ考えてくれて、ある指物師の名前を口にしたが、ランツではなかった。また、ある名前を口にしたが、ほんのわずかしかランツに似ていなかった。また、近所の人に問い合わせたり、ずっと離れたドアまでKを案内してくれた。そこに、それらしき人物が又貸しで住んでいるかもしれないし、もっと詳しいことを知っている人物がいるかもしれないからだ。最後には自分でたずねる必要がほとんどなくなったが、そのかわり各階を引きまわされた。最初は名案だと思えていたが、Kは自分のこの計画を後悔した。6階にあがっていく前に、探すのをやめることにした。まだ先まで案内してくれるつもりの若い労働者と別れて、下におりた。しかしこれまでの努力が無駄だったと思うと、腹が立ってきた。もう一度引き返し、6階の最初のドアをノックした。その小さな部屋で最初に目に入ったのは、大きな掛時計で、もう10時を指していた。「指物師のランツさん、ここに住んでます？」と、Kはたずねた。「どうぞ」と、きらきらした黒い目の若い女が言った。ちょうどバケツで子どもの下着を洗濯しているところで、ぬれた手のまま、開いている隣の部屋のドアを指さした。

入っていったKは、なにかの集会だと思った。多種多様な人間がひしめいていて、誰も、入ってきたKを気にしない。窓が2つある、中くらいの大きさの部屋は満杯だ。天井は低く、ぐるりと天井桟敷席がとりまいている。天井桟敷席も満杯で、かがまなければ立つことができず、頭と背中が天井につかえる。空気があまりにもむっとしていたので、外に出て、あの若い女に言った。Kの言ったことを誤解したらしいからだ。「たずねたのは指物師のことなんだよ。ランツという名前の」。「ええ」と、女が言った。「中に入ってください」。もしも女がKに近づいて、ドアの取っ手をにぎって、「あなたが入ったら、閉めちゃいますね。ほかの人を入れちゃ駄目なの」と言わなかったら、Kは女の言葉にしたがわなかったかもしれない。「なるほど」と、Kは言った。「いまでも満杯じゃないか」。そう言ったけれど、中に入った。

2人の男がドアのすぐそばで話をしていた。――ひとりは両手を突きだして、お金を数えるふりをし、もうひとりは相手の目を鋭くのぞきこんでいる。――その2人のあいだを通りぬけたとき、手が伸びてきてKをつかんだ。赤いほっぺたをした小さな男の子だった。「こっちだよ、こっちだよ」と、男の子が言った。Kはその子に引かれてついて行った。人でごったがえしているけれど、1本の細い通路があることがわかった。この通路が2つのグループを分けているのかもしれない。たしかに最初の何列かでは、右側でも左側でも、ほとんど誰も顔をこちらにむけない。背中しか見せず、誰もが自分の仲間にむかって話をしたり、動作をしているだけだ。たいていの者が黒い服を着ていた。長くてゆったり垂れている古いフロックコートだ。その服装にはKも混乱した。それを別にすれば、政治的な地区集会だと思っただろう。

Kが連れていかれたホールの、反対側の端には、おなじく超満員の非常に低い壇があり、小さなテーブルが横向きに置かれていた。テーブルの向こう側に――そこは壇の縁の近くになるのだが――小さなデブの男がハアハア息をしながらすわっていた。ちょうど、すぐ後ろにすわっている男と大声で笑いながらしゃべっている。――こちらの男は椅子の背もたれにひじをつき、脚を組んでいた。――ときどき、小さな男は腕を突きだし、誰かの真似をしてからかっているみたいだ。Kを連れてきた男の子が、報告しようとして苦労している。すでに2回もつま先立ちになって伝えようとしたのだが、壇上の小さな男には気づいてもらえない。壇上にいた別の男に注意されてようやく、小さな男はそちらをむき、体をかがめて、男の子が小さな声でする報告を聞いた。それから時計をとりだし、すばやくKのほうを見た。「1時間と5分前には出頭してもらわないと」と、男が言った。Kは答えようとしたが、その暇がなかった。男がそう言いおわらないうちに、ホールの右側でみんながブツブツ言いはじめたのだ。「1時間と5分前には出頭してもらわないと」と、男はこんどは声を大きくしてくり返し、すばやくホールを見おろした。すぐにみんなのブツブツが大きくなったが、男がなにも言わなくなったので、じょじょにではあるが消えていった。ホールは、Kが入ってきたときよりも、はるかに静かになった。天井桟敷の連中だけは、文句を言うのをやめなかった。上のほうは薄暗く、もやっとして、ほこりっぽいが、そんななかで見分けたかぎり、下の連中よりも貧しい服装のようだ。クッションをもってきた者もいる。怪我をしないように頭と天井のあいだに嚙ませていた。

Kはしゃべるより、観察しようと決めていた。だから、遅刻したと言われても弁解するのはやめて、こう言っただけだ。「遅刻したとしても、いまはここにいる」。ホールの右半分から拍手が起こった。「御しやすい連中だ」と思った。ただ、気になったのは、ホールの左半分の静けさだった。Kのちょうど後ろにあたり、まばらな拍手が起きただけだった。なにを言ったものか、Kは考えてみた。全員を一度に味方につけたい。それができないなら、せめてしばらくのあいだ左側の連中から拍手をもらいたい。

「そうだな」と、男が言った。「しかしもう、いまはあなたを尋問する義務はない」――またブツブツが聞こえたが、今回は誤解によるブツブツだ。男が、みんなを手で制しながら、こうつづけた。「だが本日は特別にやることにしよう。きょうのような遅刻は二度と許されない。では、前に!」。誰かが壇からとびおりて、場所が空いたので、Kはのぼった。テーブルに押しつけられるようにして立っていた。後ろからどんどん人が押してくるので、押し返さなければならない。でないと予審判事のテーブルどころか、当の予審判事をも壇から突き落とすことになってしまう。

予審判事のほうはそんなことは気にせず、気持ちよさそうにひじ掛け椅子にすわっている。後ろの男とのおしゃべりを終えてから、小さなメモ帳に手を伸ばした。テーブルにはそれだけが置いてあった。学校のノートみたいで、古くて、何度もページをめくられてすっかり型くずれしている。「では」と言って、予審判事はノートをめくり、確認するような口調でKにたずねた。「ペンキ屋だね?」。「いえ」と、Kは言った。「大銀行の第1支配人です」。その答えを聞いて、壇のしたの右側のグループがどっと笑った。本当におかしそうだったので、Kもつられて笑ってしまった。みんなは手を膝につき、ひどい咳の発作のように体をふるわせた。天井桟敷ですら何人かが笑った。予審判事はすっかり腹を立てたが、壇のしたにいる連中にたいしては無力らしく、天井桟敷にたいしてその埋め合わせをしてやろうと、とびあがって、天井桟敷を脅かした。いつもはほとんど目立たないまゆげが寄り集まって、茂みのように黒く大きくなった。

ホールの左半分のほうはあいかわらず静かだった。みんなで列をつくって、顔を壇のほうにむけ、壇上で交わされている言葉に静かに耳を傾けていた。右半分のグループが立てる騒音にたいしてと同様に。それどころか、何人かが列から出て、右側のグループといっしょに動きまわっても、文句すら言わなかった。ところで左側のグループは、右側のグループより人数が少なかった。右側のグループと同様につまらない連中なのだろうが、落ち着いた態度によって存在感があるように見えた。Kはしゃべりはじめたとき、左側のグループを意識して話をしようと決めていた。

「予審判事さんは、私がペンキ屋かどうか質問された。――むしろ質問などではなく、ずばりと指摘されたわけだが――それが、私にたいする訴訟手続きの性格をよく物語っている。これは訴訟手続きなんかではない、とおっしゃるかもしれない。たしかにそうだ。私が訴訟手続きだと認めた場合にかぎって、訴訟手続きになるわけだから。しかし目下のところ、そうだと認めましょう。ある意味では同情によって。そもそもこの手続きを尊重しようとすれば、同情で対処するしかないわけです。だらしない訴訟手続きだとは言わないけれど、この形容詞をあなたの自己認識のために差しあげたと考えていただきたい」

Kは話を中断して、ホールを見おろした。Kの言ったことは、厳しかった。Kが意図したより厳しかった。しかし正しかった。あちこちで拍手が起こってもよかった。だが、静まりかえっていた。どうやら固唾《かたず》をのんで、つぎに言われることを待っていたのだろう。もしかしたら静けさのなかに準備されていたのは、すべてを終わりにする爆発だったのかもしれない。邪魔が入った。ホールの端にあるドアが開いて、若い洗濯女が、おそらく仕事をすませて、入ってきたのだ。非常に用心しながら入ってきたのに、何人かの視線がそそがれた。文句なしにKを喜ばせたのは、予審判事だけだった。Kの言葉に、まっすぐ胸を突かれたらしい。それまでずっと立ったまま聞いていた。天井桟敷席を脅かすため立ち上がっていたあいだに、Kの発言に不意を打たれてしまったのだ。いまKが休んでいるあいだに、判事は、誰にも気づかれないようにゆっくり腰をおろした。おそらく表情を落ち着かせるために、例の小さなノートを手にとった。

「そんなの無駄だ」と、Kはつづけた。「予審判事さんのノートだって、私の言うことを裏づけるだけなんですよ」。知らない連中の集会で落ち着いた自分の声だけが聞こえることに満足して、Kは大胆にも、予審判事の手からさっとノートを奪い、汚いものにでも触れるように、まん中のページの1枚を指先でつまんでもち上げさえした。その両側には、びっしり書きこまれた、染みだらけで、まわりが黄色くなっているページが垂れさがった。「これが予審判事の調書です」と言って、Kはノートをテーブルのうえに落とした。「予審判事さん、さ、どうぞ読みつづけてください。こんな罪の帳簿なんか、ほんとに怖くなんかありませんからね。私にはチンプンカンプンだとしても。私にできるのは、2本の指でつまむことぐらい」。それは、大いなる屈辱のしるしでしかなかっただろう。あるいは、すくなくとも屈辱であると理解するしかなかった。予審判事は、テーブルに落ちてきたノートをつかみ、ちょっとページを整えようとしてから、あらためてノートを手にとって、読みふけった。

最前列の連中の顔が緊張してKにむけられていたので、しばらくのあいだKも、その連中を見おろしていた。年輩の男ばかりだ。何人かはひげが白かった。もしかしたら、この集会に決定的な影響をあたえることができるのかもしれない。この集会は、Kが演説をはじめてから感情をなくしてしまったが、予審判事が屈辱的な目にあっても、感情を見せなかった。

「私に起きたことは」と、Kはさっきよりちょっと小さな声でつづけ、何度も最前列の顔をなめるように見たので、演説にちょっとそわそわした印象をあたえた。「私に起きたことは個別のケースにすぎないわけで、そんなに重要なものではない。私自身そんなに深刻に考えていないわけだし。しかしこれは、多くの人にたいして行使されるような訴訟手続きのシンボルなのです。私がここにいるのは、多くの人の代表としてであり、私ひとりのためではないのです」

思わず声を張り上げてしまった。どこかで誰かが両手をあげて拍手して叫んだ。「ブラーボ！　いいぞ。ブラーボ！　もう1回、ブラーボ！」。最前列の人たちがあちこちでひげをさわったが、叫んでいる声のほうにふりむく者はいなかった。Kも、そんな声に意味があるとは思わなかったけれど、勇気が出てきた。みんなに拍手してもらう必要なんかない、と思うようになった。みんながこの問題について考えはじめ、たまに誰かが納得して賛成してくれる。それで十分だ。

Kはそう思ったので、「上手な演説をするつもりはありません」と言った。「つもりがあっても私には無理でしょう。予審判事さんのほうが話はずっとうまいでしょう。それが仕事なんだから。私がやりたいことはですね、みなさんにも起きる不都合をみなさんと話し合いたいだけなんです。いいですか、私は10日ほど前に逮捕された。逮捕されたこと自体、笑ってすむようなことで、いまは問題にしません。朝、寝込みを襲われた。もしかしたら——これは予審判事の言葉から判断すると、ありえないことではないけれど——どこかのペンキ屋を逮捕せよ、という命令が出ていたのかもしれない。私とおなじように無実のペンキ屋をです。だが私が逮捕された。隣の部屋には屈強の監視人が2人、陣取っていた。私が凶暴な強盗なら、こんなに準備のいい手配もなかっただろう。おまけにその監視人は、道徳なんて縁のないならず者。ずっとしゃべりちらし、賄賂を要求した。もっともらしい口実で下着や洋服を巻き上げようとした。自分たちが私の朝食を私の目の前で食べてしまっておきながら、朝食を買ってきてやると言って、お金を要求した。それだけじゃない。3番目の部屋にいる監督のところへ連れていかれた。私が高く評価している女性の部屋です。そこで私は、その部屋が、まあ私のせいではないわけですが、監視人や監督がいることによって、いわば汚されるのを見ることになった。冷静でいることはむずかしかった。しかし冷静さを失うことなく、監督にきわめて冷静に――監督がここにいたら、私の冷静さを証言してくれるはずですが――質問した。なぜ私は逮捕されたのか、と。で、監督はなんと答えたか？　いまでも目に浮かぶのですが、さっき述べた女性の椅子に、鈍感な顔をしてふんぞり返っていました。そして、みなさん、監督は結局、なんにも答えなかった。もしかしたら本当になにも知らなかったのかもしれない。私を逮捕して、それだけで満足だったんだ。おまけにひとつ余計なことまでしてくれた。その女性の部屋に私の銀行の下っ端の行員を3人、呼んでいたので、連中が女性の所有物である写真をいじくり、ぐちゃぐちゃにしたんです。3人の行員を呼んでいたのには、もちろん別の目的があった。私の家主やその女中にたいしてと同様、その3人にも、私が逮捕されたという噂を流させるためだ。私の体面を傷つけ、とくに銀行での私の立場を揺さぶろうという魂胆だった。だが、それはちっとも成功しなかった。私の家主は、とても素朴な人ですが——ここでご本人に敬意を表して名前を言っておくと、グルーバハ夫人なんですが——、家主のグルーバハ夫人でさえ、ちゃんと見抜いていたわけです。今回の件は、親の監督のゆきとどかない少年たちが町でやらかす襲撃みたいなものだ、と。くり返しますが、今回の件は私に不愉快と一時的な怒りをもたらしただけのこと。しかし、もっとひどいことになった可能性はなかったでしょうか？」

ここでKが話を中断して、黙っている予審判事のほうを見ると、ちょうど予審判事が目で聴衆の誰かに合図をしているように見えた。Kはほほ笑んで言った。「たったいま私の横で、予審判事さんがみなさんのうちの誰かにこっそり合図した。つまりみなさんのなかには、この壇上から指図されている人がいるというわけです。その合図の意味が今回は野次なのか拍手なのか、わかりません。からくりに早々と気づいてしまったので、合図の意味を知ることは、私のほうから断念します。そんなの、どうでもいいことだ。それより、みなさんの前で予審判事さんに権利を認めましょう。お金で雇った下っ端には、こっそり合図するのではなく、はっきり声に出して命令してもよい、と。あるときは『さ、野次だ』、そのつぎは『さ、拍手だ』と言えばいい」

当惑したのか、我慢できなくなったのか、予審判事は椅子にすわったまま、もぞもぞ動いた。さっきおしゃべりしていた後ろの男が、また判事のほうに体をかがめた。ともかくはげまそうとしているのか、具体的にアドバイスしようとしているのか。下のほうではみんなが小声で、しかししきりに話をしている。2つのグループは、さっきまで意見が対立していたみたいだが、いまは混ざり合い、何人かがKを指でさし、別の何人かが予審判事を指でさしている。霧のようにむっとする部屋の空気がなんとも重苦しい。遠くにいる人の姿はぼんやりとしか見えないほどだ。とくに天井桟敷にいる者にとって、むっとする空気は邪魔だったにちがいない。仕方なく、予審判事をおずおずと横目で見ながらではあるが、小声で近くにいる者に質問をして、事情を知ろうとしている。答えも、両手で口を隠して、小声で返されている。

「話はすぐに終わります」と言って、Kは、鐘がなかったので、こぶしでテーブルをたたいた。音に驚いて、予審判事の頭とそのアドバイザーの頭が一瞬、離れた。「私には今回の件はあまり関係がない。だから冷静に判断できるわけです。みなさんにとって裁判と称されている今回の件が重要であるとしてですが、私の話に耳を傾けることは、とても有益なはずです。私の提案にかんする話し合いは、どうか後日に延期してもらいたい。私には時間がなく、まもなく帰るつもりなので」すぐに静かになった。すでにそれほどまでKは集会を支配していたのだ。最初のときのように、みんながばらばらに叫ぶことはなかった。拍手すらしなくなった。けれどもすでに納得しているようだ。あるいは納得のすぐ手前にいるようだ。

「疑いもなく」と、Kは声をひそめて言った。ここに集まっている全員が緊張して耳を傾けてくれることがうれしかったのだ。その静けさのなかで、ちょっとざわめきが起きた。それは、うっとりした拍手より刺激的だった。「疑いもなく、この裁判の外観の背後には、私の場合だと逮捕ときょうの審理の背後には、大きな組織があるのです。組織は、買収に弱い監視人や、子どもじみた監督や、最善のケースでは慎ましい予審判事を使っているだけではない。すくなくとも高位の判事や最高位の判事をかかえていて、そこにはどうしても必要な職員がくっついてくる。廷吏や、書記や、警官や、ほかの助手や、それにもしかしたら死刑執行人までもが。死刑執行人なんて言葉、私は恐れず使いますからね。そしてこの大きな組織は、なんのために存在するのか？　それはですね、無実の人間を逮捕し、無意味で、たいていは私のケースのように成果のない訴訟手続きをするためです。こんな無意味なことをやっておきながら、役人たちの最悪の腐敗をどのようにして避けることができるのでしょう？　できっこありません。最高の判事でさえ、自分にたいしてすら避けることはできないでしょう。だから監視人は逮捕した者から服をはぎ取ろうとする。だから監督は他人の家に押し入る。だから無実の者が尋問されるのではなく、むしろ集まってきた全員の前ではずかしめられることになる。監視人から保管所の話を聞いたことがある。逮捕された者の所有物が運びこまれるのだが、私は一度その場所を見てみたい。逮捕された者が苦労して蓄えた財産が、保管所の泥棒役人に盗まれていなければ、腐っているはずだ」

Kの話は、ホールの端の金切り声によって中断された。その方向を見ることができるように、目に手をかざした。どんよりした日の光がもやっとした空気を白っぽくし、まぶしかったのだ。洗濯女が見えた。Kが入ってくるとき、本当に邪魔だと思った女だ。金切り声を出したのがこの女かどうかは、わからない。Kに見えたのは、ひとりの男がこの女をドアのそばの隅まで引っぱっていって、抱きしめていることだけだ。金切り声を上げたのは、女ではなく、男のほうだった。男は口を大きくゆがめたまま、天井を見つめている。小さな輪がふたりのまわりにできていた。近くの天井桟敷の連中は大喜びしているようだ。Kが集会にもたらした厳粛な雰囲気が、この騒ぎによって破られたからだ。Kはそれを見て、すぐに駆けつけようと思った。みんなも騒ぎをしずめて、とりあえずその男女をホールから追い出したいのではないか、ともKは思った。だが最前列の連中はしっかり立ったままで、誰もびくとも動かず、誰もKを通さなかった。それどころかKの邪魔をした。年寄りの男たちは腕を突っ張っていた。誰かの手が――Kにはふり返る時間がなかった――後ろからKの襟首をつかんだ。Kにはその男女のことなんか考える余裕がなかった。おれの自由を拘束するらしい。本気で逮捕するつもりらしい。後先のことも考えず、Kは壇から跳びおりた。群がっている連中とにらみあった。おれはこいつらのこと、判断しそこなったのか？　おれの演説の効果を信じすぎてたか？　おれがしゃべってるあいだ、こいつら、猫かぶってて、おれの話が終わりにさしかかると、猫っかぶりに飽きたのか？　まわりにいるこいつら、なんて顔してるんだ！　小さな黒い目がキョロキョロしている。ほっぺたが大酒飲みのように垂れさがっている。長いひげは固くてまばらだ。ひげをつまむと、かぎ爪ができたようにしか思えない。ひげをつまんでいるようには思えない。ひげの下には――Kにとってこれこそが発見だったが――上着の襟に、いろんなサイズと色の、バッジが光っていた。見たところ、みんながそのバッジをつけている。右のグループと左のグループに分かれていたようだが、みんなおなじだ。Kが突然ふり返ると、両手を膝にじっとこちらを見おろしている予審判事の襟にも、おなじバッジが見えた。「そうか！」と叫んで、Kは腕を高く上げた。突然わかったので、叫ばずにはいられなかった。──「なんだ、みんな役人じゃないか。私が批判した、腐敗した一味じゃないか。聴衆としてここに詰めかけてスパイもやってた。見せかけのグループをつくり、その一方が拍手をして、私を試したわけか。無実の人間をどんなふうにしてひっかけたらいいか、勉強するつもりだったわけか。ここに来たのが無駄にならなかったことを祈ってやるよ。誰かさんが無実の弁護をあんたたちに期待したので、楽しかっただろう。いや、それとも──おい、寄るな。ぶんなぐるぞ」とKは、ふるえている老人にむかって叫んだ。Kのすぐそばまでにじり寄ってきていたのだ。──「それとも、本当になにかを勉強したんだろう。それで商売が繁盛するといいな」。テーブルの端にかけておいた帽子を急いでつかみ、黙っているみんなを押しのけて、Kは出口にむかった。驚きのあまり、ともかくみんなは黙っていた。だが予審判事のほうは、そんなKより早かったらしい。ドアのところでKを待っていた。「ちょっといいかね」と、判事が言った。Kは立ち止まったが、予審判事のほうではなく、すでに取っ手をつかんでいたドアを見ていた。「ひとつだけ注意しておきたい」と、予審判事が言った。「きょうは——まだ気づいていないようだが——自分で自分を不利にしちゃったね。尋問は、逮捕された者にとって、どんな場合でも有利に働くものなんだが」。Kはドアにむかって笑った。「ルンペンどもめ」と叫んだ。「尋問なんて願い下げだ」。ドアを開け、急いで階段をおりた。背後では、集会がまた息を吹き返し、騒がしくなった。さっきまでの出来事を、おそらく研究者のように話し合いはじめたのだろう。

誰もいない法廷で／学生／裁判所事務局

Kは、つぎの週、毎日のように新しい通知を待っていた。尋問なんていらないと言ったことが、文字どおりに受け取られたとは信じられなかった。待っていた通知が土曜の晩になっても来なかったので、おなじ建物におなじ時間に無言で召喚されたのだ、と考えることにした。というわけで日曜日に出かけた。今回はまっすぐ階段をのぼり、廊下を歩いた。Kのことを覚えていた何人かから挨拶されたが、誰にもたずねる必要はなく、まもなく目的のドアにたどり着いた。ノックをすると、すぐにドアが開けられた。ドアのところに見覚えのある女が立っていたが、Kはふり返りもせず、すぐに隣の部屋に入ろうとした。「きょうは法廷、ありません」と、女が言った。「どうして法廷がないんだ？」とたずねて、Kは女の言葉を信じようとしなかった。しかし女は、隣の部屋のドアを開けて、納得させた。実際、誰もいなかった。誰もいなかったので、その部屋は、先週の日曜日よりもずっと貧相に見えた。テーブルはあいかわらず壇上にあり、本が何冊か置いてあった。「その本、見せてもらってもいいかな」と、Kはたずねた。特別に興味があったからではなく、手ぶらで帰りたくなかっただけなのだが。「駄目」と言って、女はドアを閉めた。「禁止されてるの。予審判事の本なのよ」。「なるほど」と言って、Kはうなずいた。「法律の本なんだろうな。無実なのに、なにも知らせず判決をくだすっていうのが、裁判所のやり方だからね」。「そうなんでしょうね」と言ったが、女にはKの言ったことがよくわかっていなかった。「じゃ、帰るか」と、Kは言った。「予審判事に伝えておくこと、ある？」と、女がたずねた。「知り合いなの？」と、Kがたずねた。「旦那が廷吏だから」。いまになってKは気づいたのだが、この前は洗濯桶しかなかった部屋が、ちゃんと家具をそろえた居間になっている。Kが驚いたのに気づいて、女が言った。「ええ、この部屋、ただで借りてるの。法廷のある日は空けなきゃならないけど。うちの旦那の立場だと、なにかと不便なことがあるわけ」。「部屋のこと、そんなに驚いてるわけじゃない」と言って、Kは意地悪そうに女を見つめた。「むしろ驚いたのは、結婚してるってこと」。「もしかしてこの前の法廷のときのこと、言ってるのね。あたしがあなたの演説の邪魔をしたこと」と、女がたずねた。「もちろん」と、Kが言った。「もうすんだ話だし、ほとんど忘れちゃったけど、あのときは本当に腹が立った。それにいま聞いた話では、結婚もしているという」。「演説が中断されたことは、あなたの不利にはならなかった。あの演説、後で悪口ものすごく言われてたし」。「かもしれない」と言って、Kは話題を変えた。「だからといって許されるわけじゃない」。「あたしのこと知ってる人なら、許してくれる」と、女が言った。「あのときあたしを抱きしめた男はね、ずっと前からあたしを追いかけてるの。あたし、そんなに魅力ないと思うけど、あの男にはあるんだ。逃げようがないのよね。うちの旦那だって、あきらめちゃった。仕事を失いたくないんなら、我慢するしかない。あの男はね、学生で、将来、偉くなるんだろうから。ずっとあたしを追いかけ回してるの。さっきも、あなたが来る前に、帰ったばかり」。「よくある話だ」と、Kは言った。「驚くほどのことじゃない」。「ここでなにか改善しようとしてるんでしょ？」と、女はゆっくりと、試すようにたずねた。自分にとってもKにとっても危険なことを口にするかのように。「演説を聞いていて、そう思った。あたしにはとてもいい演説だった。でも全部は聞けなかった。最初のほうは聞き逃したし、終わりの部分は学生と床で寝てたから」。ちょっと間をおいてから、女は「嫌なとこでしょ、ここは」と言って、Kの手をとった。「うまく改善できると思ってるのかな？」。Kはほほ笑んで、自分の手を女の柔らかい手のなかでちょっと回した。「もともと」と、Kは言った。「私はね、あなたが言うような改善をするために、ここに来たわけじゃない。そんなことを予審判事に言ったりすれば、あなたは笑い飛ばされるか、罰を受けるかだろうな。実際、私はね、自分の意思で決められるなら、絶対、こんなことに首を突っこんだりしなかっただろう。裁判制度の改善が必要だなんてことで、眠りを妨げられたりもしなかっただろう。しかし私は、どうやら逮捕されているらしいので――つまり私は逮捕されているわけだが――仕方なく、ここに関わることになった。それも自分を守るためにね。しかしそこで私があなたの力になれるのなら、もちろん喜んで力になるつもりだ。隣人愛によるだけじゃない。それだけじゃなく、あなたも私の力になってくれるから」。「あたし、なにができるんだろう?」と、女がたずねた。「たとえばさ、あのテーブルのうえにある本を見せてくれるとか」。「いいわよ、もちろん」と叫んで、女は急いでKを引っぱっていった。ボロボロに使い古された本ばかりだった。1冊は表紙がまん中でほとんど割れていて、ほかの部分はなんとか糸だけでつながっていた。「汚いねぇ、ここのはどれも」と、Kは首をふりながら言った。Kが手を本に伸ばす前に、女がエプロンで、表面だけでもほこりをふき取った。Kは一番上の本を開いた。いかがわしい絵があらわれた。男と女が裸でソファーにすわっている。画家の卑猥な意図はすぐにわかった。だがあまりにも下手くそだったので、ただの男と女の絵にしか見えなかった。体だけが絵から突出していて、直立不動の姿勢でソファーにすわり、まちがった遠近法のため、やっとのことで顔をむけあっている。Kはページをめくらず、2冊目の本の扉を開いた。「グレーテが夫ハンスから受けた苦しみ」というタイトルの小説だった。「これが、ここで研究されてる法律書なんだ」と、Kが言った。「こんな連中に私は裁かれるわけか」。「力になるわ」と、女が言った。「いいでしょ?」。「本当にできるのかな。自分を危険な目にあわせずに。だって、あなた、さっき言ったでしょ。あなたの旦那は上司の言いなりだ、と」。「でも、あたし、力になるつもり」と、女が言った。「さ、話し合わなくちゃ。あたしの危険のことなんか気にしないで。危険が怖いのは、あたしが怖いと思うときだけ。さ、こっちに」。女は壇を指さして、その段のところにいっしょにすわろうと言った。ふたりがすわってから、女は「きれいな黒い目ね」と言って、Kの顔を下からのぞきこんだ。「あたし、きれいな目だ、って言われるけど、あなたの目のほうがはるかにきれい。ところでそれは、あなたがはじめてここに入ってきたとき、すぐに気がついたわ。だから、あたし、後で集会室に行ったわけ。そんなこと、普段は絶対にしないし、ある意味、禁止されてもいるんだけど」。そういうことなのか、とKは思った。この女、おれに身をまかせようとしてる。まわりにいる連中といっしょで、堕落してるんだ。裁判所の役人に飽きたのは、よくわかる。だから新顔には誰にでも、目がきれいだなんてお世辞を言って、色目を使うのか。そう思ったことを大きな声で言ったかのように、そしてそうやって女に自分の態度を説明したかのように、Kは黙って立ち上がった。「力になってもらえないんじゃないかな」と、Kは言った。「本当に力になってもらうには、偉い役人とのコネが必要だ。でもあなたが知ってるのは、きっと下っ端ばっかり。ここらでうろついてる連中だ。そういう連中とは、きっと仲良しで、ちょっとしたことくらいなら頼めるだろう。それは確かだと思う。でもね、連中に精一杯やってもらえるとしても、訴訟の首尾にはなんの助けにもならないだろう。おまけに、あなたは友人を何人かなくすことになるだろう。私はそんなことは望まない。これまでの関係をなくさないようにしてもらいたい。だって、あなたにはなくてはならない関係なんだろうから。こんなふうに言うのは、ちょっと残念だな。お世辞にたいするお返しというわけでもないが、私もあなたのことが気に入ったんだよ。いまみたいに悲しい目で見つめられていると、とくに。そんな目をする理由なんてないのに。あなたが住んでる世界を相手に、私は戦わなければならない。その世界はあなたにとって居心地がいい。あなたはあの学生を愛してさえいる。愛していないとしても、すくなくとも旦那よりましだと思っている。口ぶりからすぐわかるさ」。「ちがうわよ」と叫び、女はすわったまま、Kの手をつかんだ。Kは、あわてて手を引っこめたりはしなかった。「行っちゃ駄目。あたしのこと誤解したまま、行っちゃ駄目。行っちゃうなんて、ほんとにできると思ってるの？　あたしって、そんなに価値がない女？　ほんのしばらくここにいて、と頼むこともできないほどの女？」。「それは誤解だな」と言って、Kはすわった。「そんなに言うのなら、喜んでここにいるよ。時間はあるんだ。ここに来たのも、きょうは審理があるだろうと思ってたからだ。さっき頼みたかったのはね、ただ、私の訴訟では私のためになにもしてほしくない、ということだけさ。そう言われたからといって、気を悪くしないで。考えてみてよ。私には訴訟の結果なんてどうでもいいんだし、有罪判決が出ても笑ってやるだけなんだから。もっともそれは、本当に訴訟が決着するとしての話であって、私は決着するなんて思っちゃいない。むしろ、訴訟手続きは、役人たちが怠け者だから、あるいは忘れっぽいから、いや、もしかしたら怖がってすらいるからかもしれないが、中断してるんじゃないだろうか。あるいは、いまにも中断するんじゃないだろうか。それからね、もっと大きな賄賂を期待して、訴訟が進行しているように見せかける、ということも考えられる。でもそれは、断言してもいいが、無駄な努力だ。私は賄賂なんか使わないからね。予審判事にでも、また、重要なニュースを広めてくれそうな人にでも、伝えてもらえるとありがたいんだが、私はね、連中がお得意の工作をしても、絶対に賄賂なんか使おうとは思わない。賄賂なんてまったく見込みがない、と、はっきり言ってもらっていい。いや、もしかしたら、連中、もう気づいているかもしれない。たとえ気づいてないとしても、いますぐ気づいてもらわなきゃ、とまでは思わないが。気づけば、連中も手間が省けるだろう。それに私も不愉快な思いをしなくてすむだろう。私が不愉快な思いをしても、連中に打撃をあたえるなら、喜んで不愉快な思いもしよう。その点は配慮するつもりだ。ところで、ほんとに予審判事と知り合いなの？」。「もちろんよ」と、女が言った。「力になるわ、って最初に言ったときだって、予審判事のことを考えていたのよ。下っ端の役人にすぎないとは知らなかったけど、あなたが言うんだから、下っ端なんでしょう。それでも、予審判事が上にあげる報告には、それなりの影響力があると思う。すごい分量の報告を書いてるわよ。役人は怠け者だ、とあなたは言うけど、みんなじゃない。とくにあの判事はちがう。たくさん書いてるわ。この前の日曜だって、法廷は日が暮れるまでつづいた。みんな帰っちゃったのに、予審判事はホールに残った。あたし、ランプを用意しなきゃならなかったけれど、台所用の小さなランプしかなかった。でも判事はそれで満足して、すぐに書きはじめた。そのあいだに、うちの旦那も帰ってきた。あの日曜はちょうど休暇だったのよね。ふたりで家具を運び、部屋を元通りにした。それから近所の人がやってきて、みんなでロウソクをかこんでおしゃべりした。結局、予審判事のことなんか忘れて、寝ちゃったわけ。夜になって突然、もう深夜だったと思うけれど、目を覚ますと、ベッドのそばに予審判事が立っていて、片手でランプの光をさえぎって、うちの旦那の顔を照らさないようにしていた。そんな心配はいらなかったのにね。うちの旦那は熟睡するので、明るくても目を覚まさないから。あたしは驚いて、悲鳴をあげそうになった。でも予審判事はとてもやさしく、声を立てないようにと合図してから、こうささやいた。これまで書いてたんだよ。ランプ、返しにきたんだ。君の寝姿、けっして忘れないよ。つまり私が言いたかったのは、予審判事は本当にたくさん報告を書いてる、ってことだけ。とくに、あなたについての報告をね。だって、あなたの尋問、きっと日曜の法廷のメインテーマのひとつだったんだから。あんなに長い報告が、まったく無意味なわけないでしょ。それに、さっきの話でわかったと思うけど、予審判事、私に言い寄ろうとしてるの。あたしに目をつけたのは、つい最近にちがいないから、ほやほやのいまなら、あたしの言うことを聞くんじゃないかな。あたしに気があることは、ほかにも証拠がある。判事はあの学生を通じて、とても信頼していて、仕事も手伝ってもらっているんだけど、きのうその学生を通して、絹の靴下をプレゼントしてきたの。法廷をきれいにしてもらってるから、とか言って。でもそんなの、口実にすぎない。だってそれはあたしのやるべき仕事なんだし、その仕事にたいして旦那が給料をもらってるわけだから。すてきな靴下なのよ、ほら」――女は脚を伸ばし、スカートを膝までまくり上げて、自分でもその靴下をじっと見た。――「すてきな靴下なんだけど、上等すぎて、あたしには似合わない」

突然、女が話をやめた。Kを落ち着かせようとするかのように、手をKの手に重ねて、ささやいた。「しっ、ベルトルトがこっちを見てるわ！」。Kはゆっくり視線を上げた。法廷のドアのところに若い男が立っている。背が低く、脚がゆがんでいる。短くて、まばらな、赤みがかったひげを顔一面にはやしていて、ひっきりなしに指でさわっている。ひげで威厳をつけようとしていたのだ。Kは好奇心いっぱいの目で見つめた。法学には縁がなかったので、法学部の学生をこの目で見るのは、ある意味ではじめてだった。この男は、おそらくそのうち偉い役人になるのだろう。学生のほうは見たところ、Kのことをまったく無視しているようだ。ほんの一瞬、ひげから指を1本だけ離して、女に合図すると、窓のところへ歩いた。女はKのほうに体をかがめて、ささやいた。「怒らないで。お願いだから。悪くとらないで。あいつのところに行かなきゃ。ムカムカするんだけど。あのゆがんだ脚、見てよ。でも、すぐ戻ってくるから。どこかへ連れてってくれるんなら、いっしょに行くわ。どこへでも。あたしのこと、好きなようにしてちょうだい。できるだけ長いあいだ、ここを離れることができたら、うれしいな。できることなら、ずっと」。女はKの手をなで回してから、跳びあがり、窓のところへ走った。思わずKは女の手をつかもうとしたが、空を切った。女に本当に誘われたのだ。いろいろ考えてみたが、誘いに負けてはならないという、まともな理由は見つからなかった。女は裁判のためにおれをひっかけようとしているんだぞ、という警告がさっと頭をかすめたが、あっさりしりぞけた。どうやっておれをひっかけようというのだ？　おれはいつも自由だから、裁判なんて、すくなくともおれの裁判なんて、すぐにつぶすことができるんじゃないか？　そんなちっぽけな自信ももてないのか？　力になりたい、という女の申し出は誠実なものに聞こえたし、もしかしたら無価値なものではないかもしれない。それに、もしかしたら、おれが予審判事やその取り巻きからこの女を奪って、自分のものにすることこそ、やつらにたいする一番の復讐かもしれない。そうすると、予審判事がKにかんして嘘の報告書を苦労して書いてから、夜遅く女のベッドに行くと、空っぽだったというようなことがあるかもしれない。空っぽなのは、女がKのものになったからだ。窓のところの女が、ごわごわと重そうな布地の黒っぽい服を着た、豊満で、しなやかで、温かいその体が、完全にKだけのものになったからだ。

そうやってKは女にたいする疑いをふり払ってしまうと、窓のところのひそひそ話が長すぎるように思えてきた。指の関節で壇をたたいた。それからこぶしでもたたいた。学生は女の肩ごしにちらっとKのほうを見たが、気にしなかった。それどころか体をぴったり押しつけて、女を抱きしめた。女は頭を深く垂れている。学生の言うことを注意深く聞いているかのようだ。女が体をかがめると、学生は首筋にキスをしたが、話をやめる様子はない。学生が横暴だと女は嘆いていたが、Kはそれを確認した。立ち上がって、部屋を行ったり来たりした。学生を横目で見ながら思案した。さっさとこいつを追い出すにはどうしたらいいか。Kの行ったり来たりは、ときどき、ドシンドシンという足踏みになっていた。どうやらそれが気になって学生が文句を言ったとき、Kはむしろ歓迎した。「イライラするんだったら、出てってもいいんですよ。もっと早く出てってもよかった。誰も引きとめません。いや、出てってもらうべきだった。それも、ぼくが入ってきたときに。それも、さっさと」。この言葉のなかで、学生の怒りが爆発しているのだろう。とにかくそこには、気に入らない被告を前にしたときの、未来の司法官の傲慢さもあった。Kは学生のすぐそばに立ち止まって、ほほ笑みながら言った。「イライラしているのは事実だ。でもイライラを解消するのは、じつに簡単だ。君が出ていけばいい。もしかして、ここにやってきて、お勉強したいのなら――学生さんだと聞いているが――、喜んで席をゆずろう。私はこの女性《ひと》と出ていくから。ところで、判事になるんだったら、まだまだたくさんお勉強しなくちゃならないでしょう。私はね、こちらの裁判制度のことはよく知らないが、そんな乱暴な口のきき方を恥ずかしげもなくやってみせるだけじゃ、まだまだ勉強しなくちゃ」。「勝手に歩き回らせるべきじゃなかったんだ」と、学生が言った。Kの侮辱的な言葉について女に説明するつもりらしい。「失敗だった。予審判事には言っておいたんだよ。尋問と尋問のあいだは、すくなくとも自宅監禁にしておくべきだったのに。予審判事はときどき訳《わけ》のわからないことをするからな」。「つまらんおしゃべりだ」と言って、Kは女のほうに手を伸ばした。「さ、行こう」。「おお、そうか」と、学生が言った。「駄目、駄目。渡すわけにはいかない」。思いもかけない力で女を片腕でぐいとかかえ、背中をかがめ、優しく女を見あげながら、ドアのほうに走った。Kにたいする不安の色を見せながら、それでもKを刺激しようとして、空いている手で女の手をなでたり押したりしている。Kは2、3歩、男の横を歩いて、いまにも学生をつかまえ、必要なら、首を絞めようとした。そこで女が言った。「無駄よ。予審判事が連れにきたんだから。あなたとは行けないわ。この小さな怪物が」と言いながら、学生の顔を手でなでまわした。「この小さな怪物が放してくれないの」。「自分だって放されようとしないじゃないか」と叫んで、Kが学生の肩に手をかけると、学生がその手に嚙みついた。「やめて」と叫んで、女は両手でKを押しのけた。「やめて、やめてよ、そんなこと。なに考えてるのよ！　あたし、終わっちゃうじゃないのよ。この人に構わないで。お願い。この人に構わないで。予審判事に言われたこと、やってるだけなんだから。あたしを判事のところへ連れてくの」。「だったら行けばいい。二度と顔も見ないからな」と言って、がっかりしたKは怒って、学生の背中を突いた。学生はちょっとよろめいたが、その後すぐ、倒れなかったことを喜び、女をかかえたまま、わざと跳んでみせた。Kはふたりの後をゆっくり追いかけた。この連中から受けた最初の明らかな敗北だな、と思った。だからといって、もちろん、怖がる理由にはならなかった。敗北は、戦いを求めた結果にすぎない。家にいて、いつもの生活を送っていれば、Kはこの連中の誰よりも千倍すぐれていた。どんな邪魔者がいても、ひと蹴りで片づけることができる。そしてKは、滑稽きわまりないシーンを想像した。たとえばこの哀れな学生が、この鼻もちならない餓鬼《がき》が、この脚のゆがんだひげ野郎が、エルザのベッドの前でひざまずき、手を合わせて、懇願しているシーンだ。Kはそのシーンが気に入ったので、機会さえあれば、この学生をエルザのところへ連れていってやろうと思った。

好奇心からKはドアのほうへ急いだ。女がどこへ運ばれていくのか、知りたかった。まさか学生だって、女をかかえたまま通りを横切ったりはしないだろう。その距離は思ったよりはるかに短いことがわかった。玄関のドアの真向かいに細い木製の階段があり、どうやら屋根裏部屋に通じているらしい。階段は曲がっているので、先が見えない。その階段をのぼって学生は女を運んでいく。のろのろした足取りで、あえぎながら。これまで走っていたので体力がなくなったのだ。女は、下にいるKに手で合図した。肩をすくめることによって、誘拐されていくのは自分のせいじゃないことをしめそうとした。しかし肩の動きは、それほど残念そうではなかった。Kは、知らない女でも見るように、無表情に見つめた。自分が失望したことも、その失望が簡単に克服できることも、悟られたくなかった。

ふたりの姿はもう消えていた。Kはあいかわらずドアのところに立っていた。おれはあの女にだまされただけじゃない。予審判事のところへ連れていかれるのよ、と言われたことによってもだまされたのだ。そう考えるしかなかった。予審判事が屋根裏部屋にすわって待っているのだろうか。木製の階段は、どんなに見つめても、なにも説明してくれない。そのときKは、小さな札が階段のぼり口の横にあるのに気づいたので、そちらへ行った。慣れない子どもの字で「裁判所事務局のぼり口」と書かれている。では、この賃貸アパートの屋根裏に裁判所事務局があるのか？　尊敬の気持ちを起こさせるような施設ではなかった。このアパートに部屋を借りているのは、もっとも貧しい人たちなのだが、そんな借家人が不要になったガラクタを投げこむ場所に、裁判所が事務局を構えているとすれば、この裁判所にはほとんどお金の余裕がないのだ。そう想像すると、被告のKとしては安心できた。しかしつぎのような可能性も考えられる。お金はたっぷりあったのだが、役人たちが着服して、裁判所のためには使えなくなった。こちらのほうが、これまでのKの経験からすると、大いにありそうですらある。ただその場合、そんなに裁判所が落ちぶれているのは、被告にとってはたしかに屈辱的ではあるが、裁判所が貧しくて落ちぶれてしまったというよりは、考えてみればずっと安心だ。そこでKにも理解できたのだが、最初の尋問では、被告を屋根裏部屋に召喚するのが恥ずかしかったので、被告の家に押しかけることにしたのだ。

では、屋根裏部屋にすわっている判事にたいして、Kはどういう立場にいるのだろうか。おれは、銀行では控え室つきの大きな部屋をもっており、巨大な窓ガラスを通して、にぎやかな町の広場を見おろすことができる。しかし賄賂や着服による副収入はないし、用務員に女をかかえてオフィスまで運ばせることもできない。しかしそんなことは、すくなくともいまは、喜んであきらめるつもりだ。

Kがまだ、張ってある札の前に立っていると、男が階段をのぼってきて、開いているドアから居間をのぞいた。居間から法廷をのぞくこともできる。そしてとうとうKにたずねた。ちょっと前、女を見かけませんでした？「あなた、廷吏だね？」と、Kがたずねた。「ええ」と、男が言った。「そうか、あなたが被告のKさんなんだ。いま、わかりました。よくいらっしゃいました」。そしてKに手を差しだした。Kには思いもよらないことだった。Kが黙っていたので、「きょうは法廷、ありませんよ」と、廷吏が言った。「わかってる」と言って、Kは廷吏の私服を観察した。数個の普通のボタンのほかに、金メッキのボタンが2個ついていて、それだけが役所の関係者であることを知らせている。将校の古いオーバーから外したものらしい。「ちょっと前、奥さんと話をしたが。もういないよ。学生が予審判事のところへ運んでいった」。

「ほらね」と、廷吏が言った。「いつも運ばれていっちゃうんだ。きょうは日曜なのに、仕事を言いつけられた。といっても、あたしをここから遠ざけるためだけの、どうでもいいような伝言の使いなんだ。それもね、あんまり遠くないところへ。だから大急ぎで走れば、まだ間に合うかもしれないぞ、と思った。走りましたよ、必死になって。言われた役所には伝言を、ドアのすき間から、息切らしながら叫んだので、相手はなにを言われたか、わからなかったでしょう。あたしは走って戻ってきたけれど、学生のほうがもっと急ぎやがった。おまけに距離も短い。屋根裏の階段をおりるだけなんだから。こんな雇われ人でなかったら、あんな学生なんか、とっくの昔にこの壁に押しつぶしてやったのに。この札が張ってある横でね。その夢、いつも見るんだ。ここの壁にね、床よりちょっと高いところで、押さえつけられて固まってる。腕を伸ばして、指をひろげて、ゆがんだ脚はひん曲げられて輪になり、あたり一面、血を飛び散らせて。でもね、これまでは夢にすぎなかった」。「ほかに手はないのかな?」と、Kはほほ笑みながらたずねた。「ないね」と、廷吏が言った。「いまはもっとひどいことになってきた。これまでは自分のところに連れ込むだけだったた。だがね、前からそうなるんじゃないかと思ってたが、予審判事のところにまで連れていくようになった」。Kは、「奥さんには、ぜんぜん罪がないわけかな」とたずねて、気持ちを抑えつけるしかなかった。Kも、ひどく嫉妬を感じていたのだ。「いや、そんなことはない」と、廷吏が言った。「一番罪があるのは、あいつなんだ。あいつが惚れたんだ。学生のほうは、女と見れば誰の尻でも追いかける。このアパートだけでも、5軒の家にもぐりこんで、たたき出された。おまけにうちのやつが、このアパートじゃ一番きれいで、しかもこのあたしは防ぎようがない」。「だったら、やっぱり手はないな」と、Kは言った。「ありませんか」と、廷吏がたずねた。「あいつ、臆病だから、うちのやつに手を出そうとしたら、思いっきりぶんなぐってやればいい。二度とそんな真似しないようにね。でも、あたしにはできない。ほかの人もあたしのためにそんなことはしてくれない。みんな、あの学生の力を恐れてるから。あなたみたいな人だけが、できるんですよ」。「どうして私が？」と、Kは驚いてたずねた。「だって告訴されているから」と、廷吏が言った。「そうだけど」と、Kは言った。「だから余計に恐れなきゃならないんだよ、私は。訴訟の結果にまでは影響しないかもしれないが、予審には影響がありそうじゃないか」。「ええ、たしかに」と、廷吏が言った。まるでKの見解が自分の見解とおなじように正しいかのように。「ここでは普通、見込みのない訴訟はやらないんですがね」。「そうは思わない」と、Kは言った。「しかし、チャンスがあれば、学生をやっつけてやろうとは思ってるよ」。「ありがとうございます」と、廷吏はちょっとていねいな口調になった。しかし自分の最大の望みが実現するとは思っていないようでもあった。「もしかしたら」と、Kはつづけた。「ほかの役人だって、いや、もしかしたらどの役人も、ぶんなぐられて当然なのかもしれない」。「そうですよ」と、廷吏が当然のような顔をして言った。そしてKのことを、信頼するような目つきでじっと見た。これまでは、親しそうにしていたけれど、そんな目つきをしたことはなかった。そしてつけ加えた。「いつも反抗してるんですよ」。だが、ちょっと気まずくなったらしい。自分で話をうち切り、こう言った。「これから事務局に行かなきゃならない。いっしょに行きませんか?」。「私は用事がないが」と、Kが言った。「事務局を見れますよ。あなたのこと、誰も気にしないでしょう」。「見る価値、あるのかな?」と、Kはためらいながらたずねたが、とても行きたくなった。「まあね」と、廷吏が言った。「興味あるんじゃないか、と思ってましたよ」。「よし」と、Kはついに言った。「行こう」。そして廷吏よりも速く階段をのぼった。

入るとき、あやうく倒れそうになった。ドアの向こうにもう1段あったからだ。

「客が来ることをあんまり考えてないな」と、Kは言った。「まったく考えてませんよ」と、廷吏が言った。「ま、この待合室を見てください」。長い廊下だった。雑につくられたドアがいくつもあって、それぞれが屋根裏部屋の個々の仕切りに通じている。明かりが直接入ってきているわけではないのに、まっ暗ではなかった。いくつかの仕切りは、廊下に面している側が、そろった板壁ではなく、天井まで届く木の格子だけだったからだ。そこから明かりがちょっと洩れている。何人か役人の姿が見える。机にむかって書いていたり、ちょうど格子のところに立って、すき間から廊下にいる人たちを観察している。おそらく日曜日だったからか、廊下にはちょっとしか人影がない。とても質素な感じがする人たちだ。ほとんど規則的に間隔をあけて、廊下の両側に置かれた2列の長い木のベンチにすわっている。みんな身なりを構っていない。しかし、表情や、態度や、ひげのスタイルや、そこはかとなく感じられる細かい印象の数々からすると、ほとんどの者はそれなりの階級の人間らしい。コートフックがなかったので、おそらく誰かの真似をして、みんな、帽子をベンチのしたに置いている。ドアのそばにすわっていた人たちがKと廷吏を見つけて、立ち上がって挨拶した。その先にすわっている人たちも、それを見て、自分たちも挨拶しなくてはと思い、ふたりが通りすぎるときに立ち上がった。まっすぐ立っている者はひとりもいない。背中を曲げ、膝を折り、乞食のような格好だ。ちょっと後ろを歩いてくる廷吏を待って、Kは言った。「こんな卑屈な態度をとらなきゃならないとは」。「ええ」と、廷吏が言った。「被告なんですよ。ここにいるのはみんな被告なんです」。「ほんと?」と、Kが言った。「じゃ、私とおんなじじゃないか」。一番近くにいた、背が高くて、やせて、ほとんど白髪になっている男のほうを見た。「なにを待ってらっしゃるんですか、ここで?」と、Kは丁重にたずねた。思いがけなく声をかけられたので、男は混乱した。世慣れた人のようだったので、混乱ぶりがよけい気の毒に思われた。ほかの場面だったら、きっと自分をコントロールしていただろうし、多くの人間にたいして保っていた優越感を、こんなに簡単にはなくさなかっただろう。しかしここでは、こんなに単純な質問にも答えることができず、ほかの人たちの顔を見ている。まるで、助けてくれるのは当然で、そういう助けがなかったら、誰の質問にも答えられない、と言っているかのようだ。そこで廷吏が男に近づき、落ち着きと元気をあたえてやろうとして言った。「こちらの人は、誰を待ってるのか、とたずねただけだよ。答えたらどうかな!」。男はどうやら廷吏の声を知っているようで、さっきの質問より効果があった。「私が待って——」と言いはじめて、つっかえた。どうやら、質問にきちんと答えようとして、その出だしを選んだらしいが、その先がつづけられない。待っている者が何人か近づいてきて、この3人を取り囲んだ。廷吏が言った。「どいて、どいて。道、あけて」。その何人かはちょっと下がったが、自分の席にまでは下がらなかった。質問された男は、そのあいだに落ち着きを取り戻していた。ちょっと微笑すら浮かべながら答えた。「私はね、1か月前、私の件で2、3証拠申請をして、採用・不採用の決定を待ってるんです」。「ずいぶんご苦労なさってるようで」と、Kが言った。「ええ」と、男は言った。「自分の問題ですから」。「誰もがそんなふうに考えるわけじゃありませんよ」と、Kが言った。「たとえばこの私も告訴されてます。ですが、すっきりしたいと思うけれど、証拠申請とかその種のことはやったことがない。必要だと思いますか？」。「よくわからないんです」と男は、またすっかり自信なさそうに言った。Kにからかわれているのではないか、と思っているらしい。だから、また別のミスをするのが心配で、できることなら、さっき言った答えをくり返したかったようだ。しかしKのイライラした視線を感じて、つぎのようにしか言わなかった。「私の場合は、証拠申請をしたということです」。「私が告訴されてるって信じてないんでしょう」と、Kがたずねた。「いや、そんなことありません」と言って、男はちょっと脇に寄った。その答えには、信じているという気持ちではなく、不安の気持ちしかなかった。「私の言うこと、信じてないんですね」とたずねて、Kは、男の謙虚な態度に思わず誘われて、おれの言葉を信じろと強制するかのように、男の腕をつかんだ。しかし痛い思いをさせるつもりはなく、そっとつかんだだけだったのに、男は悲鳴をあげた。まるで2本の指ではなく、灼熱のペンチでつかまれたかのようだ。滑稽なその悲鳴を聞いて、Kはすっかりうんざりした。おれが告訴されてるって信じないんなら、ますます結構じゃないか。もしかしたらこいつは、おれのこと、判事だと思ってるのかもしれない。Kは別れぎわに、もっと力を入れて男をつかみ、突き飛ばしてベンチにすわらせてから、ふたたび歩きはじめた。「たいていの被告はあんな具合に神経質なんで」と、廷吏が言った。背後で男はもう悲鳴をあげるのをやめていた。待っている者がほぼ全員、男のまわりに集まって、いまの出来事を根ほり葉ほりたずねているらしい。Kにむかって監視人がやってきた。監視人だとわかったのはサーベルのせいだが、その刃先は、すくなくとも色から判断するかぎりアルミ製だ。Kはそれに驚いて、刃先を手でつかみさえした。悲鳴を聞いてやってきた監視人は、なにがあったのか質問した。廷吏がちょっと説明して落ち着かせようとしたが、監視人は自分の目で確認する必要があると言い、敬礼をして、歩いていった。とても急いでいたが、とても短い歩幅で、おそらく痛風のため慎重な足取りだった。

Kは廷吏や廊下にいる人たちのことをもう気にしなくなった。その一番の理由は、廊下の半分ぐらいのところで、ドアのない口から右に曲がれることがわかったからだ。ここを通ってもいいのか、と廷吏に確かめた。廷吏がうなずいたので、Kは実際そこで曲がった。いつも1歩か3歩、廷吏の前を歩かなければならないのが、わずらわしい。すくなくともこの場所では、自分が逮捕されて連行されているように見えるではないか。というわけでしばしば廷吏を待ったが、廷吏はすぐにまた遅れた。ついにKは、この不愉快な状況に終止符を打とうとして言った。「さて、ここの様子も見たから、帰ろうと思う」。「まだ全部を見たわけじゃないですよ」と、廷吏は屈託なく言った。「全部を見ようなんて思わない」と、Kは言った。実際、疲れも感じていた。「帰るよ。出口はどこ?」。「もう迷っちゃったわけじゃないでしょう」と、廷吏は驚いてたずねた。「ここから角まで行って、右に曲がり、廊下をまっすぐ行けば、出口のドアです」。「いっしょに来てほしい」と、Kが言った。「道を教えてほしい。まちがえそうなんだ。ここはたくさん道があるからね」。「道はひとつしかないですよ」と、廷吏はすでに非難がましく言った。「いっしょに戻るわけにはいかないんです。まだ報告しなきゃならんし、あなたのおかげでさんざん時間を無駄にしたし」。「いっしょに来てほしい」と、Kはついに廷吏の嘘を見破ったかのように、さっきよりも強い調子でくり返した。「そんなに大きな声を出さないで」と、廷吏がささやいた。「ここはオフィスがいっぱいあるんだから。ひとりで戻りたくないんなら、もうちょっとあたしといっしょに行くか、あたしが報告をすませるまで、ここで待ってるか。報告をすませたら、いっしょに戻ってもいいですよ」。「いや、いや」と、Kは言った。「待たない。いますぐいっしょに帰ってもらおう」。Kはこれまで自分のいる空間を見まわしたことがなかった。そのとき、まわりにいっぱいある木のドアの1枚が開いて、はじめてそちらのほうを見た。娘がひとり、たぶんKの大声を聞きつけてきて、たずねた。「なにかご用でしょうか?」。娘のずっと後ろのほうで、薄暗がりのなかを、さらに男がひとり近づいてくるのが見えた。Kは廷吏の顔を見つめた。こいつ、誰もおれのことなんか気にしないでしょう、と言ったけど、もう2人も来たじゃないか。ほんのちょっとしたことで、役人たちの注意をひいてしまった。なんでここにいるのか、と説明を求められるかもしれないぞ。ただひとつ納得がいって認めてもらえる説明は、被告だから、つぎの尋問の日取りを知りたかった、ということだが、そういう説明だけはしたくなかった。とくにそれは本当ではなかったからだ。好奇心でやってきたにすぎないのだから。そしてさらに、裁判所の内側が外側と同様にむかつくものであることを確認したいと思ったから、などという説明は、口が裂けても言えなかった。だがそう考えるのが、どうやら正しいらしい。もう先に進む気はなかった。これまで見てきたものだけでも、じゅうぶんに息苦しかった。いまにも、偉い役人がどこかのドアから出てきそうで、いまはそんな役人と対面できるコンディションではなかった。帰ろうと思った。廷吏といっしょに。それが駄目なら、ひとりででも。

だが、黙って突っ立っていたので、目立ったにちがいない。実際、娘と廷吏は、いまにもＫが大変身するにちがいなく、それを見逃すつもりはないというような顔をして、Ｋをじっと見ていた。そしてドアの開口部には男が立っていた。さっきＫが遠くにいるのに気づいた男だ。低いドアの鴨居につかまって、イライラした観客のように、つま先立って体をちょっと揺すっていた。しかし娘のほうは先に、Ｋの様子はちょっと気分が悪いからだと気づき、椅子をもってきて、「すわりませんか？」とたずねた。

Kはすぐにすわり、もっとしっかり体を支えられるよう、ひじ掛けにひじを掛けた。「ちょっとめまい、するんでしょ?」と、娘がたずねた。娘の顔が目の前にあった。もっとも美しい青春のときにこそ女性が見せることのあるような、厳しい表情をしている。「あんまり心配することないわ」と言った。「ここじゃ、よくあること。はじめてやってきたとき、たいていの人がこんな発作を起こすの。ここ、はじめてでしょ? だったら、まぁ、よくあること。太陽が屋根に照りつけて、熱くなった屋根の骨組みの木が空気をムッと重くする。だからこの場所、オフィスには不向きなのよね。ほかの点じゃ、とても便利なんだけど。でも空気のことになると、当事者がいっぱい出入りする日は、ほとんど毎日なんだけど、ほとんど息ができなくなっちゃうほど。それに、ここ、いろんな洗濯物が干してあるでしょ、——部屋を貸してる人にきつく禁止するわけにもいかないし——それを考えると、ちょっと気分が悪くなるくらい、不思議でもなんでもないでしょう。2回か3回ここに来ると、重っ苦しい空気も、ほとんど気にならなくなるのよ。気分、ちょっとはよくなった?」。Kは答えなかった。突然こんなふうに気分が悪くなって、ここの連中の手中に陥ってしまったことが、あまりにも苦痛だった。おまけに、気分が悪くなった原因を知らされてからは、気分はよくなるのではなく、もっと悪くなった気がした。娘はすぐにそれに気づき、Kに新鮮な空気を吸わせようとして、壁に立てかけてあったフック付きの棒で、ちょうどKの頭上にあった小さな天窓を押して、外に開けた。ところが大量のすすが落ちてきたので、あわてて天窓を閉め、自分のハンカチでKの両手からすすを払うことになった。Kはあまりにも疲れていて、自分では払えなかったのだ。帰るだけの体力が回復するまで、できることならここにじっとすわっていたかった。誰にも構われずにそっとしてもらえるなら、それだけ早く体力が回復するにちがいない。しかし娘は追い打ちをかけるように言った。「ここにいるわけにはいかないわ。通行の邪魔になるから」――Kは、いったいどういう通行の邪魔になるのか、と視線でたずねた。――「よかったら、病室まで連れていきましょうか」。娘はドアのところの男に、「手伝ってください」と言った。男はすぐに近くまで来た。しかしKは病室には行きたくない。もっと先に連れていかれることこそ、避けたいことなのだ。先に行くほど、事態が悪くなるにちがいない。そう考えたので、「もう歩けますよ」と言って、立ち上がった。これまで楽な姿勢ですわっていたので、体がふるえる。そしてじっと立っていられなくなった。「駄目だ」と言って、首をふり、ため息をつきながら、また腰をおろした。

廷吏のことを思い出した。あいつなら、いろいろあっても簡単に連れ出してくれるのだが。だが廷吏は、とっくの昔にいなくなってしまっているらしい。娘と男がKの目の前に立っていたが、ふたりのすき間から見ても、廷吏の姿を見つけることができなかった。

「私はね」と、男が言った。ところでその男はエレガントな服装をしていた。とくにグレーのチョッキが目を引いた。左右のすそが長く尖っている。「この人の気分が悪いのは、ここの空気のせいだと思うね。だから一番いいのは、うん、この人にとっても一番好ましいのは、まず病室に行くことじゃなくて、この事務局から連れ出されることなんだろうね」。「そうなんです」と叫んで、喜びのあまりKは男の話に割り込んだ。「きっとすぐによくなると思います。私、そんなに弱くないんです。脇をちょっとかかえてもらうだけでいい。そんなに手間はとらせません。そんなに距離もない。ドアまで連れてってもらうだけ。段のところでひと休みすれば、すぐ元気になります。だって私は、発作なんかで苦しんでるわけじゃない。銀行員ですからね、オフィスの空気には慣れている。しかし、おっしゃるように、こちらの空気はひどすぎる。すみませんが、ちょっと連れ出してもらえませんか。私、めまい起こしていて、ひとりで立ち上がると、気分が悪くなるんです」。そう言ってKは肩をあげた。ふたりに脇をかかえてもらいやすくするためだ。

だが男はKの要求に応じず、両手をズボンのポケットに突っこんだまま、声を立てて笑った。「ほらね」と、男が娘に言った。「言ったとおりだろう。この人の気分が悪くなるのはここだけで、どこでもじゃない」。娘もほほ笑んだが、冗談がきつすぎるんじゃないかとでも言うように、軽く指先で男の腕をつついた。「じゃ、君はどうなんだ」と言って、男はあいかわらず笑った。「私はこの人を、ほんとに外に連れ出すつもりだよ」。「いいんじゃない」と言って、一瞬、娘はかわいらしい顔を傾けた。「笑ってるからって、そんなに深くとらないでね」と、娘はKに言った。Kはふたたび悲しそうな顔をして、ぼんやり前を見つめて、説明なんか聞きたくないようだ。「この人はね、――紹介してもいいかな」（男のほうは手でOKの合図をした）「――案内係なの。ここで待っている訴訟の当事者に、必要な案内をすべて提供するわけ。うちの裁判所は住民にあまり知られていないので、たくさん案内が必要なの。この人はどんな質問にも答えるわ。その気があるなら、試してみたらどうかしら。でもこの人の取り柄はそれだけじゃない。もうひとつの取り柄は、エレガントな服装。私たち、つまり役所としては、こう考えたの。案内係はいつも、それも最初に当事者と接触するわけだから、それにふさわしい第一印象をもってもらうために、エレガントな服装をするべきだ。それ以外の者は、私を見ればすぐわかるはずだけど、残念ながら、とても粗末で流行遅れの服を着てる。服装にお金をかけても、あんまり意味がない。ほとんどいつも事務局にいるんだから。寝るのだって、ここ。でもね、さっきも言ったけど、案内係には、きれいな服装が必要だと考えた。ところが、うちの役所はこの点ではちょっと変わってるんだけど、そういうお金が出せないので、私たちがお金を集めて——訴訟の当事者からも寄付してもらって——きれいなこの服とか、ほかのものも買ったわけ。いい印象をあたえるために準備をととのえたのに、この人、笑っちゃって、すべてを台無しにして、みんなを驚かせるのよね」。「そういうことだ」と、男はあざけるように言った。「しかし、わからないな。どうして君がこんな内輪話をこの人にするのか。いや、押しつけるのか。聞きたがってもいないのに。ほら、この人、ここにすわってるけれど、自分のことで頭がいっぱいなんじゃないか」。Kは反論する気さえなかった。内輪話をしてくれたのは、善意によるものだったのだろう。おれの気をまぎらわせたり、なんとか落ち着かせようと、考えてくれたのかもしれない。しかし、やり方がまずい。「あなたが笑ったわけ、説明しなきゃならなかったのよ」と、娘が言った。「だって侮辱でしょ、笑うなんて」。「いや、ともかく外に連れ出せば、もっとひどい侮辱だって許してくれると思う」。Kはなにも言わなかった。顔すら上げなかった。ふたりに自分がなにかの事案のように扱われているのを我慢した。いやそれは一番うれしいことでさえあった。しかし突然、Kは案内係の手を一方の腕に、娘の手をもう一方の腕に感じた。「さ、立ちましょう。弱虫さん」と、案内係が言った。「おお、ありがとうございます」と、Kはこの不意打ちに喜んで言った。ゆっくり立ち上がり、一番支えてもらいたい場所にふたりの手を移動させた。「人が見ると」と、娘がKの耳にささやいた。廊下が近づいている。「案内係をよく見せたくて仕方がないみたいに見えるでしょ。どう思われようとも、私は本当のことを言うつもり。案内係は冷たい人じゃない。病気になった訴訟の当事者をね、外に連れ出すのはこの人の仕事じゃない。でも、ほら、それをやってるわけ。もしかしたら裁判所には冷たい人間はいないかもしれない。もしかしたらみんなの力になりたいと思ってるのかも。裁判所の人間というと、冷たくて、誰の力にもなろうとしない、って思われがちでしょ。それが悔しいのよね」。「ちょっとここですわりませんか」と、案内係がたずねた。もう廊下に出ていた。さっきKが話しかけた被告がちょうど目の前にいる。Kはばつが悪かった。さっきはその被告の前でさっそうと立っていたが、いまはふたりに支えてもらわなければならない。Kの帽子が案内係のわざとらしい指先で揺れている。髪型がくずれている。汗まみれの額《ひたい》に髪の毛が垂れている。だがその被告には、そんなことはなにひとつ目に入らないらしい。向こうのほうを見ている案内係の前にうやうやしく立って、自分がここにいることをひたすら謝ろうとしている。「わかってるんです」と言った。「私の証拠申請の採用・不採用の決定がまだくだせないことは。でも来ちゃったんです。ここで待つことぐらいできるだろうと思って。日曜日なんですよね。私には時間があって、ここだと邪魔にならないかと」。「そんなに謝ることありませんよ」と、案内係が言った。「そんなに気をつかってもらって恐縮です。たしかに必要もないのにこの場所をふさいでらっしゃるけれど、でも邪魔にならないかぎり、いいですよ。どうぞあなたの問題、しっかり追いかけてください。やるべきことをやらない恥ずかしい人を見たことがあれば、あなたのような人にたいしては我慢強くなれます。どうぞ掛けてください」。「訴訟の当事者とのしゃべり方を心得てるでしょ」と、娘がささやいた。Kはうなずいたが、すぐにムッとした。案内係がまた、「ここですわりませんか」とたずねたのだ。「いいえ」と、Kは言った。「休む気はありません」。できるかぎりきっぱり言ったのだが、実際、すわればとても気分がよくなっただろう。船酔いしているみたいだ。難航している船に乗っている気分。波が板壁にぶつかっているみたいだ。廊下の奥のほうから、逆巻く波のような轟音が響いてくるみたいだ。廊下が横揺れしているみたいだ。両側で待っている訴訟の当事者たちが浮き沈みしているみたいだ。だからますますわからない。おれを連れている娘と男は、どうしてこんなに落ち着いているのか。Kはふたりの手中にあった。ふたりが手を離せば、板のように倒れるにちがいない。ふたりの小さな目から鋭い視線がキョロキョロしている。ふたりの規則正しい歩調を感じるが、いっしょに歩くわけにはいかない。1歩ずつ運ばれていたようなものだから。ふたりに話しかけられていたことに、ようやく気づいたのだが、なにを言っているのかわからない。あたり一面を満たす騒音しか聞こえない。その騒音を突き抜けて、サイレンのような一定の高音が鳴っているようだ。「もっと大きな声で」とささやいて、Kは首を傾けたが、恥ずかしくなった。ふたりとも、Kに理解できないにしても十分に大きな声でしゃべっていたのだ。ついに、目の前の壁が裂けたように、新鮮な空気が押し寄せてきた。横でこう言っているのが聞こえた。「最初は出て行こうとする。だが、ここが出口だと百回言ってやっても、動こうとしない」。Kは、自分が出口のドアの前にいることに気づいた。娘が開けてくれていた。全身の力が一挙に戻ってきたかのようで、自由の味を試食した。すぐに階段のステップに立ち、連れてきてくれたふたりにそこから別れの挨拶をした。「ありがとう」とくり返し、ふたりの手をくり返しにぎった。事務局の空気に慣れているふたりが、階段口から吹き込んでくる比較的新鮮な空気に苦しんでいるのに気がついて、ようやくKは手を離した。ふたりはほとんど答えることもできず、娘のほうは、Kが大急ぎでドアを閉めていなかったら、転がり落ちてきたかもしれなかった。Kは一瞬、立ち止まり、手鏡を見ながら髪をととのえ、すぐ下の踊り場に転がっていた帽子——案内係が投げてくれたのだろう——を拾いあげ、階段を元気いっぱいに、何段もとばして駆けおりた。この激変には不安すら感じるほどだった。このような驚きは、それまでの安定したKの健康状態では一度も味わったことがなかった。Kがこれまでの訴訟を楽に耐えてきたので、Kの体が革命を起こそうとして、Kに新しい訴訟を準備しようとしているのだろうか？　近いうちに医者に行こうという考えを完全に捨てたわけではなかったが、いずれにしても——この点では自分で自

分にアドバイスすることができたのだが——これから日曜の午前中は、今日よりまし
な使い方をしようと思った。

鞭打ち人

　それから数日後の晩、Kは、自分のオフィスと正面階段のあいだの廊下を歩いていた。――その日はKがほとんど一番最後まで仕事をしていたのだが、発送部ではまだ2人の用務員が小さな白熱電球の明かりのもとで働いていた。――ひとつのドアの向こうから、ため息が聞こえてきた。ドアの向こうは、これまで見たことはないが、いつも物置だろうと思っていた。Kはびっくりして立ったまま、もう一度耳をすまして、勘違いではないかと確かめた。――しばらく静かだったが、またため息が聞こえた。——最初は、用務員をひとり呼んでこようと思った。もしかしたら証人が必要になるかもしれない。しかし好奇心を抑えきれなくなって、ドアをばっと開けた。思ったとおり、物置だった。使えなくなった古い印刷物や、ひっくり返された空っぽの陶製のインクびんが、敷居の向こうに転がっている。部屋には3人の男がいた。天井が低いので、かがむようにして立っている。棚に固定したロウソクが3人を照らしている。「なにやってるんだい、こんなところで?」とKは、興奮のあまり性急に、しかし声をひそめてたずねた。1人の男が、他の2人を支配しているらしく、最初にKの目を引いた。黒っぽい革の服に身を包んでいるが、首のところは胸元まであき、2本の腕がむき出しだ。その男はなにも答えない。だが後の2人が叫んだ。「あんたのせいだよ! これから鞭で打たれるのは。予審判事に苦情を言ってくれたからだ」。ここではじめてKは気がついた。このふたりは監視人のフランツとヴィレムじゃないか。3人目の男が鞭をもって、ふたりを打っているのだ。「いや」と言って、Kはふたりをじっと見た。「苦情なんか言ってない。家で起きたことを話しただけだ。まともなふるまいじゃなかっただろ」。「あんたね」と、ヴィレムが言った。そのあいだにフランツはヴィレムの後ろに隠れて、第3の男から身を守ろうとしていた。「おれたちの給料がどんなにひどいものか知ってたら、もうちょっと考えてくれるだろ。おれは家族を養わなきゃならんし、このフランツは結婚する予定だ。よくある話だが、お金が必要になる。どんなに熱心に働いても、働くだけじゃ無理だ。あんたの上等な下着が目についた。もちろん、そんなことは監視人には禁止されてる。不正だ。だがね、伝統的に下着は監視人のものと決まっている。いつもそうだった。嘘じゃない。それにさ、わかると思うけど、不運にも逮捕される人間にとって、下着なんてどんな意味があるのか。もちろん公にされると、罰が待ってるわけだが」。「そんなこと、知らなかった。君たちの処罰を要求したわけでもない。私にとって重要だったのは原則だ」。「おい、フランツ」と、ヴィレムはもうひとりの監視人のほうをむいた。「言っただろうが。この人はおれたちの処罰なんて要求しなかった、って。聞いただろう。この人は、おれたちが罰せられなきゃならんことすら知らなかったんだ」。「そんなおしゃべりに、まどわされないように」と、3番目の男がKに言った。「罰は当然だし、避けられない」。「いや、ちがうんだ」と言って、ヴィレムはしゃべるのをやめ、鞭で打たれた手を急いで口に当てた。「おれたちが罰せられるのは、あんたに訴えられたからだ。訴えられなかったら、なにも起きなかっただろう。おれたちのやったことが、ばれたとしても。そういうの、正義って言えるのかね？　おれたちふたりは、とくにこのおれは、監視人として長いあいだちゃんとやってきた。——あんただって、役所の目で見りゃ、おれたちがしっかり監視してた、って認めるにちがいない。——昇進の見込みもあった。きっと近いうちに鞭打ち人になっただろうよ。こいつみたいに。こいつはさ、誰にも訴えられなくて運がよかった。訴えられるなんて、ほんと、たましかないことだからな。ところがいまは望みが絶たれた。人生、終わっちまった。監視よりもずっと低級な仕事をさせられることになるだろう。おまけにいまは、恐ろしく痛い鞭打ちをくらってる」。「鞭ってそんなに痛いのか」とたずねて、Kは、目の前で鞭打ち人がふりまわしている鞭を観察した。「おれたち、すっ裸にされるんだ」と、ヴィレムが言った。「そうなのか」と言って、Kは鞭打ち人をもっとじっくり見た。船乗りのように日焼けしていて、元気のいい野性的な顔をしている。「ふたりの鞭打ち、やめることはできないのかな？」と、Kはたずねた。「できないね」と言って、鞭打ち人はほほ笑みながら首をふった。「脱ぐんだ」と命令した。そしてKにはこう言った。「こいつらの言うこと、なにもかも信じる必要はないんだ。鞭打ちが怖くて、ちょっと頭がおかしくなってる。たとえば、こいつが」——とヴィレムが指さされた――「出世の話をしたけれど、笑っちゃうね。ほら、こいつ、こんなに脂肪がある。――鞭で打っても、最初の何発かは脂肪にめりこんじゃう。――どうしてこんな脂肪がついちゃったか、わかる？　逮捕された者の朝食を全部食っちゃう癖があるんだ。あんたの朝食も食っちゃわなかった？　そうだろ、やっぱり。だがね、こんなに腹の出た男は絶対、鞭打ち人にはなれない。ありえないよ、まったく」。「いや、そんな鞭打ち人だっているぞ」と、ヴィレムが主張した。ちょうどズボンのベルトをはずしながら。「いるもんか！」と言って、鞭打ち人はヴィレムの首筋に鞭を一発くらわしたので、ヴィレムが縮みあがった。「人の話なんか聞いてないで、服を脱げ」。「ふたりを見逃してくれたら、たっぷりお礼をするんだが」と言って、Kは、鞭打ち人の顔をあらためて見ることもせず――この種の取引は、双方とも目を伏せたままするのが一番なのだ――財布をとりだした。「そうやっておれのことも訴えるつもりなんだろう」と、鞭打ち人が言った。「そしておれにも鞭打ちをくらわせるんだな。駄目だ、駄目だ！」。「落ち着いて考えるんだ」と、Kが言った。「このふたりの処罰を望むんだったら、金を払って解放させようとはしないだろう。ここのドアをさっさと閉めて、目も耳もふさいで、家に帰ることもできる。だが、そうはしない。むしろ本気でふたりの解放を考えている。もしもだよ、ふたりが罰せられるべきだとか、罰せられるかもしれないと、ちょっとでも思っていたら、私はふたりの名前を口にしなかっただろう。だって、ふたりに罪があるなんてまったく思わないから。罪があるのは、組織なんだ。罪があるのは、上の役人なんだ」。「そうなんだよ」と大声で言ったふたりの監視人は、たちまち、裸になっていた背中に一発くらった。「この鞭打ちをくらうのが上級判事なら」と言って、Kは話をしながら、またふりあげられようとする鞭を押さえた。「鞭打ちの邪魔なんかしたりしない。それどころか、お金を出すだろう。あんたが、いい仕事に精を出せるように」。「あんたの言うことは、たしかに、もっともらしく聞こえる」と、鞭打ち人が言った。「だが、おれは買収されない。おれの仕事は鞭打ちだ。だから鞭で打つ」。監視人のフランツは、もしかしたらKの介入がいい結果を生むのではないかと期待して、これまでかなり控え目にしていたのだが、いまはズボンひとつの格好でドアのところへやってきて、ひざまずいてKの腕にすがりついて、ささやいた。「ふたりとも救うのがむずかしいなら、せめておれだけでも救ってもらえませんか。ヴィレムはおれより年上で、どの点でもおれより鈍感なんだ。それにあいつは2、3年前に一度、軽い鞭打ち刑をくらったことがある。おれはまだそんな侮辱を受けたことがないし、おれのやったことは全部、ヴィレムの差し金なんだ。いいことも悪いこともヴィレムに教わった。下では銀行の前で、かわいそうにおれのフィアンセが、どうなることかと心配して待っている。これじゃ、あまりにもみじめで恥ずかしい」。フランツは、涙でぐしょぐしょの顔をKの上着でふいた。「もう待たないぞ」と言って、鞭打ち人は鞭を両手でつかみ、フランツを打った。そのあいだヴィレムは隅にうずくまり、首をすくませたまま、こっそり見ている。叫び声が聞こえた。フランツの叫び声だ。切れ目がなく、変化もしない。人間ではなく、拷問された楽器が叫んでいるみたいだ。廊下全体に響きわたり、建物全体に聞こえたにちがいない。「叫ぶなよ」と、Kは我慢しきれず声をかけた。用務員がやってくるにちがいない方向を緊張して見ながら、Kはフランツを突いた。そんなに強く突いたわけではないが、正気を失った者が倒れる程度の強さはあり、フランツは痙攣しながら両手で床をかきむしった。打たれることから逃げられない。床に転がっていても鞭に見つかってしまう。フランツが鞭のしたで転がり回っているあいだ、鞭の先はスイングして規則正しく上下した。すでに遠くのほうには用務員がひとり姿をあらわした。その2、3歩後ろにもうひとり。Kは急いでドアをバタンと閉め、中庭に面した近くの窓のところへ移動していた。窓を開けた。叫び声はすっかりやんでいた。ふたりの用務員を近づけないため、Kは「私だよ」と呼びかけた。「こんばんは、支配人さん」と大きな声が返ってきた。「なにかあったんですか?」。「いや、なんでもない」と、Kは答えた。「犬が中庭で吠えてるだけだ」。用務員がじっとしているので、Kはつけ加えた。「仕事に戻っても大丈夫だよ」。用務員と話をしないですむように、窓から身を乗り出した。しばらくしてから廊下を見ると、ふたりの用務員はいなくなっていた。だがKは窓のそばを動かなかった。物置部屋に行く気力はなかったし、家にも帰りたくなかった。見おろしているのは、四角形の小さな中庭だ。まわりはオフィスが並んでいる。どの窓ももうまっ暗で、一番上の窓だけが月の光を反射している。Kは目を凝らして中庭の隅の暗がりを見つめた。手押し車が何台か無造作に集められている。鞭打ちをやめさせられなかったことで苦しんだが、やめさせられなかったのはKのせいではない。フランツが叫んでいなかったら——たしかにものすごく痛かったにちがいないが、決定的な瞬間では自分をコントロールしなきゃな——、もしもあいつが叫んでいなかったら、おれが鞭打ち人を説得する手段を見つけていた可能性は、きわめて大きかっただろう。下っ端の役人がそろってならず者だったなら、きわめて非人間的な仕事をしているあの鞭打ち人だけが、どうして例外でなければならないのか。実際、Ｋはしっかり観察していたのだ。紙幣を見せたとき、あいつは目を輝かせたぞ。本気になって鞭を打ったのも、買収の金額をもうちょっと釣り上げるためにちがいないだろう。おれも金額を惜しまなかっただろう。本当に監視人を解放してやろうと思っていたのだから。この裁判組織の腐敗との戦いをはじめた以上、こういう面から介入することも当然だった。だが、フランツが叫びはじめた瞬間、もちろんすべてが終わった。用務員がやってきて、もしかしたらほかの連中もやってきて、物置部屋でＫと鞭打ち人が交渉している現場を押さえられるなどということは、あってはならないのだ。そんな犠牲は誰もおれには要求できないはずだ。犠牲になるつもりなら、おれ自身が服を脱ぎ、監視人の身代わりになって鞭打たれるほうが、よほど簡単だっただろう。ところで、鞭打ち人はそんな身代わりなんて認めなかっただろう。そんなことをすれば、なんの得にもならないのに、自分の義務をひどく損《そこ》なうことになるからだ。おそらく二重に損なうことになるだろう。というのもおれは、訴訟手続き中の身であるかぎり、裁判所のすべての職員にとって、損なってはならない存在だからだ。もっともこの場合も特別の規定が適用される可能性があった。いずれにしてもおれは、ドアをバタンと閉めることしかできなかった。にもかかわらず、そうすることによっておれの危険がすべて除去されたわけではなかった。さっきもフランツを突き飛ばした。気の毒なことをしたが、これは興奮していたためだとして、許してもらえるだろう。

遠くで用務員の足音が聞こえた。気づかれないように、窓を閉め、正面階段のほうに歩いていった。物置部屋のドアのところでちょっと立ち止まり、耳をすました。物音ひとつしない。あの男が監視人たちを鞭で打ち殺したのかもしれない。あいつら、すっかりあの男の手中にあったからな。Kはすでに手を取っ手のほうに伸ばしていたが、引っこめた。もう誰も助けることはできない。用務員がすぐやってくるはずだ。Kはしかし固く心に誓った。この件は、ちゃんと公表してやるからな。本当に罪があるのは上の役人だ。あいつらはまだ誰ひとり姿すら見せようとしないが、おれの力の及ぶかぎり、それなりに罰してやるぞ。銀行の外階段をおりていくとき、通行人をひとりずつ観察した。遠くまで見渡したけれど、人を待っているような若い娘の姿は、どこにもなかった。フィアンセが待っているというフランツの言葉は、嘘だとわかったが、許してやってもいい。同情をかき立てるためだけについた嘘なのだ。

つぎの日になってもKは監視人のことが気になった。仕事に集中できず、それを片づけるために、前日よりもちょっと遅くまでオフィスに残ることになった。帰りがけにまた物置部屋の前を通った。習慣のようにその部屋を開けた。まっ暗だろうと思っていたのに、目の前にあらわれた光景に呆然とした。なにひとつ変わっていない。きのうの晩、ドアを開けたときに見たままだった。印刷物とインクびんが敷居の向こうに転がっている。鞭打ち人は鞭をもっている。まだ服を1枚も脱いでいない監視人がふたり。棚にはロウソク。監視人たちが文句を言いはじめ、「あんたのせいだよ！」と声をかけてきた。すぐにKはドアをバタンと閉めた。こぶしでドアをたたいた。そうすれば、もっとしっかり閉まるだろうと思った。泣きそうになりながらKは用務員のところへ走った。用務員たちは静かに謄写版《とうしゃばん》の仕事をしていたが、驚いて仕事の手を止めた。「いい加減に物置部屋、片づけてくれないか」と、Kは大きな声で言った。「ゴミで埋まっちゃうよ」。用務員たちは、あしたやりますと答え、Kはうなずいた。すぐにやらせようと思っていたが、こんな夜遅くになってから、やってもらうわけにはいかない。ちょっと腰をおろして、しばらく用務員たちのそばにいて、謄写版の書類を何枚かめくってみた。そうやれば書類をチェックしているように見えると思ったからだ。こいつら、おれといっしょに帰る気がなさそうだな。そう気づくとKは、とぼとぼと、なにも考えずに家に帰った。

叔父／レーニ

ある日の午後――ちょうど郵便物の締め切りの前で、Kはとても忙しくしていたのだが――、書類をもってきたふたりの秘書のあいだを押しのけて、田舎の小さな地主である叔父のカールが部屋にとびこんできた。しばらく前、叔父がやってくると知らされたときは驚いたが、今回は叔父の姿を見ても、それほど驚かなかった。叔父がやってくるにちがいない。すでに1か月ほど前から、Kは確信していた。すでにその頃から、ちょっと背中の曲がった叔父の姿を見ることになると思っていた。つぶれたパナマ帽を左手にもち、まだ離れているのに右手をKに突き出し、邪魔になるものはひっくり返しても気にせず、大急ぎで、デスクのうえから握手を求めてくる。叔父はいつも急いでいた。首都にはいつも1日しか滞在しないのに、予定していたことは全部こなすことができるにちがいない、という不幸な考えに囚われていたのだ。おまけに急な面談や取引やお楽しみがあれば、どれも断ってはならないと思っている。そういう場合、Kは、かつての後見人である叔父には特別の恩義があるので、どんなことでも可能なかぎり力にならなければならなかった。それどころか自分のところに泊めてやらなければならなかった。この叔父のことを、Kは「田舎の幽霊」と呼んでいた。挨拶が終わるとすぐに――安楽椅子にすわるようKはすすめたが、叔父には時間がなかった――、叔父は、ふたりだけでちょっと話があると言った。「ぜひ話をしたい」と言って、叔父は苦労してつばをごくりと飲んだ。「安心するために、ぜひ話をしたい」。Kはすぐに秘書たちを部屋から出して、誰も入れないようにと指示した。ふたりだけになると、「なにを聞いたと思う、ヨーゼフ?」と叔父が叫んで、デスクのうえにすわり、そこらにある書類を手当たり次第、クッションがわりに尻のしたに詰めた。Kは黙っていた。なにを言われるのか、わかっていた。しかし突然、それまでの仕事の緊張から解放されたので、気持ちのいい脱力感にとりあえず身をまかせ、窓から向かい側の通りをながめていた。といっても、Kがすわっている場所から見えたのは、小さな三角形の断面でしかない。2軒の商店のショーウインドーにはさまれた、なにもない家壁の一部だ。「窓から外をながめてるのか」と叫んで、叔父は両方の腕を上げた。「後生だから、ヨーゼフ、教えてくれ。本当なのか？　嘘じゃないのか？」。「叔父さん」と言って、Kはぼんやりした気分を脱ぎ捨てた。「叔父さんがなにを知りたいのか、まるでわかりませんね」。「ヨーゼフ」と言って、叔父が警告した。「本当のことをお前はいつも言ってくれた。わしの知ってるお前はな。いまのお前の言葉、悪いしるしと受け取れということか」。「なんのことだか、見当がつきました」と、Kは従順に言った。「ぼくの訴訟のことですね」。「そうだ」と、叔父はゆっくりうなずきながら答えた。「お前の訴訟のこと、聞いたんだ」。「誰から？」と、Kはたずねた。「エルナが手紙に書いてきた」と、叔父が言った。「エルナはお前とつき合ってないからな。残念ながら、お前はあの子にあんまり興味がない。なのにあの子が噂を耳にした。きょう、わしは手紙をもらった。もちろんそれで飛んできた。ほかに用はない。だがこれだけでも十分だろう。お前に関係する箇所を読んでやろうか」。札入れから手紙を取り出した。「ここだ。こう書いている。『ヨーゼフには長いあいだ会っていません。先週、銀行に行きました。でもヨーゼフは忙しくて、部屋に通してもらえなかった。1時間ほど待ってから、帰ることにした。ピアノの時間だったから。話をしたかったけれど、またつぎの機会があるかもしれない。私の聖名祝日にヨーゼフはチョコレートの大きな箱を送ってきてくれました。とても優しくて気がきくなあと思った。ところでお父さんに書き忘れたことだけど、いまたずねられて、思い出したことがあります。チョコレートは寄宿舎ではすぐなくなってしまうということを忘れないでほしいのです。チョコレートのプレゼントがあったことがわかると、すぐになくなってしまう。ところでヨーゼフのことで、もうひとつ言っておきたいことがあります。さっき書いたように、銀行で部屋に通してもらえなかったのは、ヨーゼフにちょうど来客があったから。しばらくおとなしく待ってから、お話はまだ長くかかるんでしょうか?、と秘書の人にたずねたら、こう言われました。たぶんそうだと思いますね。おそらく訴訟の話なんですよ。支配人さんが訴えられてるんです。そこで私が、それって、どんな訴訟なんですか、勘違いじゃありませんか、とたずねると、こんな答えが返ってきた。勘違いじゃありません。訴訟なんです。しかも重大な訴訟なんです。詳しいことは知りませんが。私自身も、支配人さんの力になりたいと思ってるんですよ。優しくて公正な方ですからね。でも、どんなふうにすればいいのか、わからない。偉い有力者が支配人さんの力になってくれればいい、と願うばかりです。きっとそうなると思います。最後にはうまくいくと思います。でも目下のところ、支配人さんのご機嫌から察するに、全然よくありません。そんな話を聞かされても、もちろん私は、大した意味はないと思ったけれど、単純なその秘書さんには口止めをしておきました。私は噂話にすぎないと思っています。でも、お父さんが今度ヨーゼフを訪ねたときに、確かめておくといいかもしれません。お父さんなら簡単に、詳しい事情が聞けるでしょう。それに必要なら、大きな影響力をもっている知り合いに助けてもらうことも。そういう必要がなければ――実際、その可能性が一番高いのですが――、すくなくともお父さんの娘がお父さんに抱きつく機会がすぐにあるでしょうから、うれしいわ』。いい子だろ」と、叔父は手紙を読みおわってから、目から2、3粒の涙をぬぐった。Kはうなずいた。このところ面倒なことがいろいろあって、すっかりエルナのことを忘れていた。誕生日のことだって忘れていた。チョコレートの話も、叔父や叔母におれが悪く思われないようにと、創作したにちがいない。じつに感動的だ。劇場のチケットをこれから定期的に送ってやろう。そんなものでは十分なお礼にはならないが、ギムナジウムの寄宿舎を訪ねて、17歳の女の子とおしゃべりするのは、いまのおれには似合わない。「で、どう思うね？」と、叔父がたずねた。手紙を読んでいるうちに、急いでいることも興奮していることもすっかり忘れてしまい、また手紙を読み直しているみたいだ。「ええ、叔父さん」と、Kは言った。「本当です」。「本当だと？」と、叔父が叫んだ。「なにが本当なんだ？　なんで本当だなんて言えるんだ？　どんな訴訟だ？　刑事訴訟じゃないだろうな？」。「刑事訴訟です」と、Kは答えた。「刑事訴訟をしょい込んでるのに、こんなところでじっとしてるのか？」と、叔父が叫んだ。声がどんどん大きくなった。「じっとしてるほうが、いい結果になるんです」と、Kはうんざりして言った。「怖がることありません」。「そんなこと言われても、じっとはしておれん」と、叔父が叫んだ。「ヨーゼフ、おい、ヨーゼフ、考えるんだ。お前のことを、お前の親戚のことを、われわれの名声のことを。お前はこれまで、われわれの名誉だった。われわれの恥になっちゃならん。お前の態度が」と言って、叔父は首をかしげてKをじろりと見た。「気に入らん。罪もないのに訴えられて、平然としておる。元気なんだろうが。さ、なんで訴えられたのか、教えてくれ。お前の力になりたい。もちろん銀行のことだな？」。「いえ」と言って、Kは立ち上がった。「声が大きすぎますよ、叔父さん。秘書がたぶんドアのところで聞いてますからね。立ち聞きされるのは不愉快だ。外に行きましょう。どんな質問にもちゃんと答えますから。身内には説明しなければならない。それはよくわかってますよ」。「そうだ」と、叔父が叫んだ。「そのとおりだ。急ぐんだ、ヨーゼフ。急げ」。「ちょっと用事を2、3、言いつけておかなくちゃ」と言って、Kは電話で支配人代理を呼びつけた。代理はすぐにやってきた。興奮している叔父は、代理を呼んだのはKのほうだよ、と手で示したが、そんなことはわかりきったことだった。Kはデスクの前に立って、代理の若い男に小さな声で、いろんな書類を見せながら、自分の留守のあいだ、今日中に片づけておくべきことを説明した。若い男はクールに、しかし注意深く聞いていた。叔父が邪魔だった。最初は、目を丸くして、くちびるを神経質そうに噛みながら立っていたが、話を聞いているわけではなかった。だが叔父のその様子だけでも十分に邪魔だった。それから部屋を行ったり来たりして、窓の前や絵の前でときどき立ち止まっては、毎回、「まったくわけがわからん」とか、「さ、教えてくれ。これがどうなるのか」とか、大声でいろんなことを言った。若い男は知らんぷりして、落ち着いてKの指示を最後まで聞き、2、3メモもして、出ていった。出ていく前にはKにも叔父にもお辞儀をしたが、叔父のほうはちょうど背中をむけて、窓の外をながめ、手を伸ばしてカーテンをくしゃくしゃに丸めているところだった。ドアが閉まりきらないうちに、叔父が大声で言った。「ようやく、操り人形が帰ったぞ。これで出かけられる。ようやく！」。ロビーには行員や用務員が数人ぶらぶらしており、ちょうど頭取代理までもが通りかかったのだが、残念ながら叔父を動かすことも、訴訟がらみの質問をやめさせることもできなかった。「では、ヨーゼフ」と、叔父が切り出した。まわりの人間がお辞儀するので、軽く敬礼して返している。「さ、はっきり教えてくれ。どういう訴訟なのか」。Kはさしさわりのないことをちょっと言ったり、すこし笑ったりしてから、階段のところでようやく叔父に、人がいるところで話すつもりはないんですよ、と説明した。「そうだな」と、叔父が言った。「だが、もう話せるだろ」。首をかしげ、葉巻をパッパッとせわしなく吹かしながら、叔父は耳を傾けた。「まずですね、叔父さん」と、Kは言った。「普通の裁判所でやる訴訟なんかじゃないんです」。「それはまずいな」と、叔父が言った。「どうして？」と言って、Kは叔父をじっと見つめた。「それはまずいな、と言ってるんだ」と、叔父がくり返した。ふたりは、通りに面している外階段に立っていた。守衛が聞き耳を立てているようなので、Kは叔父を引っぱって階段をおりた。交通の激しい通りにふたりは吸収された。叔父はKと腕を組んでいて、訴訟のことでせっかちな質問をしなくなった。しばらくのあいだふたりとも無言で歩きつづけたほどだ。「しかし、どうしてそんなことになった?」と、ついに叔父は突然、立ち止まってたずねた。後ろを歩いていた人たちがびっくりして避《よ》けた。「そういうことは突然やってくるわけじゃない。ずっと前から準備されている。前兆があったにちがいない。どうして手紙に書いてよこさなかったのか。お前のためなら、わしがなんでもやることぐらい、わかってるだろう。ある意味じゃ、まだお前の後見人だからな。後見人だったことは今日まで誇りだった。もちろんいまでも、力になるつもりだぞ。だがいまは、訴訟がはじまってしまったので、非常にむずかしい。一番いいのは、ともかく、ちょっと休暇をとって、わしの田舎に来ることだろうな。いま気がついたが、ちょっとやせたんじゃないか。田舎で元気になるといい。それがいいだろう。きっとこれから苦労することだろうから。それにな、田舎に来れば、ある意味じゃ、裁判から逃げていられるだろう。ここにいると、連中は権力のあらゆる手段をもっているから、必然的に、自動的にお前にも適用する。

だが田舎だと、連中はまずどこかの機関を派遣してくる。あるいは手紙や電報や電話でお前に働きかけようとする。すると当然、影響は弱くなる。お前は自由にはならないが、ひと息つける」。「でもぼくが禁足される可能性もある」と、Kは言った。叔父の話にちょっと引きこまれていたのだ。「禁足なんてしないだろうが」と言って、叔父は考えた。「お前の旅行によって権力がこうむる損失なんて、たかが知れたもんだ」。「ぼくはね」と言って、Kは叔父の腕をつかんで、叔父を立ち止まらせないようにした。「ぼくとちがって叔父さんなら、大げさに考えないと思ってた。でも深刻に考えてくれてるんですね」。「ヨーゼフ」と大きな声で言って、叔父はKの腕をふり払って、立ち止まろうとしたが、Kは離さなかった。「お前、ずいぶん変わったな。いつも判断力はしっかりしてたのに、この件じゃ、駄目なのか？　訴訟で負けたいのか？　負けたら、どうなると思う？　お前が消されるってことなんだぞ。親族みんな巻き添えになる。すくなくとも土をなめるような屈辱を味わう。ヨーゼフ、しっかり考えるんだ。無関心なお前の態度を見てると、気が狂う。その顔を見てると、あの諺を信じたくなってしまう。『こんな訴訟をされると、負けたも同然』」。「叔父さん」と、Kは言った。「興奮しても、なんにもなりませんよ。叔父さんにとって。たぶん、ぼくにとっても。興奮したら、訴訟には勝てない。ちょっとはぼくの仕事上の経験を信じてください。ぼくだって、叔父さんの意見は、どんなに驚くような意見でも、いつも尊重してきた。今回だって大いに尊重しますよ。叔父さんは、今回の訴訟で家族や親戚までもが苦しむことになるだろう、って言ったけど——ぼくとしては、まったく理解できませんが、まあそれはさておき——、喜んで叔父さんの意見なら、どんなことでも従うつもりです。ただですね、田舎に行くことは、お言葉ですが、有利になるとは思いません。罪を認めて逃げたと思われる。それに、ここにいると、もっと追いかけられるけれど、こちらとしても対処できるわけだし」。「そうだな」と、叔父が言った。ようやくふたりの意見が嚙み合うようになった、というような口調だ。「わしが田舎行きを提案したのは、ただ、お前がここにいたら、無関心のせいで事態が危険になると思ったからにすぎん。それに、お前のかわりに私が動くほうがいいとも思ったからな。だがお前がしっかり自分でやるんなら、もちろんずっといい」。「この点では意見が一致したみたいですね」と、Kは言った。「では、さしあたりぼくはどうしたらいいか、なにか考えがあります？」。「もちろんわしなりに問題をじっくり考えてみる必要がある」と、叔父が言った。「なにしろな、もう20年間、ほとんどずっと田舎暮らしだ。その方面の勘が鈍っておる。こちらにはその道に詳しい連中もいるのだが、各方面で連中との重要なコネクションも、当然ゆるくなってしまった。田舎暮らしのわしは、ちょっと見捨てられている。お前にもわかってるだろうが。やっぱりこういう問題に直面してはじめて、自分でもそれに気づくわけだ。ある意味、お前の問題は意外だった。おかしな話だがエルナの手紙を読んで予想はし、きょうお前の顔を見てほぼ確信したとしても。しかしそんなことはどうでもいい。いま大切なのは、時間を無駄にしないことだ」。話をしているあいだに叔父はもう、つま先で立ってクルマに合図していた。そして、運転手に行き先を告げると同時に、Kを連れてクルマに乗り込んだ。「これから弁護士のフルトのところへ行く」と言った。「同級生だったんだ。お前も名前くらい知ってるだろ？　知らない？　おかしいな。弁護人として、貧民専門の弁護士としてなかなか有名なやつだ。わしはとくに人間的に信頼しておる」。「お任せしますよ、叔父さんのすることなら」と言ったが、Kは、叔父のせっかちで強引なやり方に居心地の悪さを感じていた。被告として貧民弁護士のところへ行くのは、あまりうれしいものではなかった。「知らなかったな」と、Kは言った。「今回みたいなケースで弁護士が頼めるなんて」。「いや、もちろん」と、叔父が言った。「当然できるんだよ。できないわけがない。さあ話してくれ。これまでどんなことが起きたのか、ひとつ詳しく教えてくれ」。Kはすぐ、なにひとつ隠さず話しはじめた。訴訟は大きな恥だと考える叔父にたいして、洗いざらい話すことが、Kにできる唯一の抗議だった。ビュルストナー嬢の名前には、さらりと1回しか触れなかったが、「洗いざらい」を損《そこ》なうことにはならなかった。ビュルストナー嬢は訴訟とは無関係だったのだから。話をしながらクルマの窓から外を見ていた。ちょうど、裁判所事務局のある町はずれに近づいてきたので、叔父にそのことを言ったが、叔父はその偶然を特別のことだと思わなかった。クルマは陰気な建物の前で止まった。叔父はすぐに1階で最初のドアのベルを鳴らした。待っているあいだ、ほほ笑みながら大きな歯をむき出して、ささやいた。「8時か。こんな時間に訴訟の当事者がやってくるのは変だな。だがフルトなら、気にせんだろう」。ドアののぞき窓に2つの大きな黒い目があらわれた。しばらく2人の訪問客をじっと見てから、消えた。だがドアは開かない。叔父とKは、2つの目を見たという事実をおたがいに確認した。「新しい女中だろう。知らない人間が怖いんだ」と言って、叔父がもう一度ノックした。ふたたび目があらわれた。今度は悲しそうな目に見えた。もしかしたら、むき出しのガス燈のいたずらによる錯覚にすぎなかったかもしれない。ふたりの頭上すれすれのところで、シュウシュウと激しい音を立てて燃えているのだが、ほとんど明るくなかった。「開けてくれ」と叫んで、叔父はこぶしでドアをたたいた。「弁護士さんの友だちだ」。「弁護士さん、病気なんですよ」と、ふたりの後ろで誰かがささやいた。小さな廊下の向こうの端のドアのところに、ナイトガウンを着た男がいて、ものすごく小さな声でそう教えてくれた。叔父は、長いあいだ待たされていたため怒っていたが、急にふり返って、大きな声で言った。「病気？　病気だ、とおっしゃいました？」。まるでその男がその病気であるかのように、叔父は男を威嚇せんばかりの勢いで近づいていった。「もう開いてますよ」と言って、男が弁護士の家のドアを指さし、ナイトガウンの前を合わせて、姿を消した。ドアは本当に開いていた。若い娘が――Ｋは黒い目がちょっと飛び出していることに気づいた――長くて白いエプロン姿で玄関ホールに立ち、片手にロウソクをもっていた。娘がちょっと膝を折ってお辞儀しているあいだに、「今度はもっと早く開けろ」と、叔父は挨拶がわりに言った。「さ、ヨーゼフ」と言われて、Ｋはゆっくり娘の横をすり抜けた。叔父が止まらずドアのほうに急ぐので、「弁護士さん、病気なんです」と娘が言った。Ｋはぽかんと娘を見つめた。娘は居間のドアを閉めるため、もうふり返っていた。人形のように丸い顔をしている。青白いほっぺたとあごが丸いだけでなく、こめかみや額《ひたい》の生え際までもが丸かった。「ヨーゼフ」と、叔父がまた呼んで、娘にたずねた。「心臓の病気か?」。「だと思います」と、娘が言った。すでにその前に、ロウソクをもって先を歩き、部屋のドアを開けていた。部屋の隅にはロウソクの光がまだ届いていなかったが、ベッドで長いひげをはやした顔がもち上がった。「レーニ、誰か来たのか」と、弁護士がたずねた。ロウソクがまぶしくて、客が誰なのか、まだわからない。「アルベルトだよ。昔なじみの」。「おお、アルベルトか」と言って、弁護士は、この客には無理することはないと思ったのか、枕に頭を落とした。「そんなに悪いのか?」とたずねて、叔父はベッドの縁に腰をおろした。「そうとは思えんのだが。心臓病の発作で、前みたいに治まるんだろ」。「かもな」と、弁護士が小さな声で言った。「だがこの前よりひどい。呼吸が苦しい。まるで眠れない。毎日、力がなくなってく」。「そうか」と言って、叔父は大きな手でパナマ帽を膝にギュッと押さえつけた。「それはよくないな。ところで、ちゃんと世話してもらってるのか? ここは陰気で、暗いじゃないか。最後に来たのはずいぶん前だが、あのときはもっと明るい感じだった。ここにいるお嬢さんもあんまり楽しそうじゃない。わざとそんなふりしてるのかね」。娘はあいかわらずロウソクをもってドアのそばに立っている。はっきりしないその視線から判断するかぎり、叔父に悪口を言われているときでさえ、娘は叔父ではなくKのほうを見ていた。Kは、娘の近くにずらしておいた安楽椅子にもたれかかった。「こんなふうに病気になると」と、弁護士が言った。「安静が必要だ。私は陰気じゃないぞ」。ちょっと間《ま》をおいて、つけ加えた。「それにレーニがよく世話をしてくれる。いい子だ」。叔父は、しかし納得できなかった。この看護人にたいして明らかに先入観をもっていた。病人にはなにも反論しなかったが、この看護人を厳しい視線で追いかけていた。娘はいまベッドのところへ行き、ロウソクをナイトテーブルのうえに立て、病人にかぶさるようにして、枕や毛布をととのえながら、ささやくような声で話をしている。叔父は病人への配慮をほとんど忘れて、立ち上がり、この看護人の後ろでウロウロしている。もしも叔父がスカートを後ろからつかみ、この娘をベッドから引き離したとしても、Kは驚かなかっただろう。K自身はその様子を静かにながめていた。弁護士の病気はKにとって、どうしても不都合というわけですらなかった。叔父が自分のために熱心に動いてくれていることにたいして、反対することができなかったが、こうやって自分がなにもしないまま、叔父の熱意に水が差されることは、むしろありがたかった。そのとき叔父が言った。もしかしたらこの看護人に嫌がらせがしたかっただけかもしれないのだが。「お嬢さん、ちょっと外してもらえんかな。ちょっとこいつと個人的な問題を話し合いたいので」。看護人は、まだ病人に大きくかぶさるようにして、ちょうど壁ぎわのシーツを伸ばしているところだったが、顔だけこちらにむけて、とても静かに言った。その話し方は、怒りでつっかえては、どっとほとばしるようにしゃべる叔父とは好対照だった。「ほら、こんなに具合が悪いんですよ。話し合いなんか無理です」。叔父の言葉をくり返したのは、おそらく便利だったからにすぎなかったのだが、第三者にさえ、からかっているのだと思われただろう。叔父はもちろん、針に刺されたみたいに怒り出した。「この野郎」と言ったが、興奮で最初は声がくぐもり、かなり聞き取りにくかった。Kは、こういうことになるのだろうと予測していたにもかかわらず、驚いた。叔父に駆け寄り、ともかく両手でその口をふさごうとした。さいわい娘の後ろで病人が体を起こした。叔父は、嫌いな物でも呑みこんだかのように渋い顔をし、すこし落ち着きをとり戻して言った。「わしらはもちろん分別をなくしたわけではない。わしの要求が無理なら、要求はしない。さ、出てってもらえんかな」。看護人はベッドのそばに突っ立っていた。叔父には完全に背中をむけ、片方の手で――Kにはそのように見えたように思えたのだが――弁護士の手をなでている。「レーニがいても、大丈夫だよ」と、病人が懇願するように言った。「わしのことじゃないんだ」と、叔父が言った。「わしの秘密じゃない」。叔父は、交渉する気が消えてしまったかのように、くるりと背中をむけたが、ちょっと考える時間を相手にあたえた。「じゃ、誰の問題なんだ？」と、消えそうな声でたずねてから、弁護士はふたたび横になった。「甥の問題だ」と、叔父が言った。「連れてきてる」。そして紹介した。「支配人のヨーゼフ・Kだ」。「おや」と、病人はずっと元気になって言い、Kに手を差しだした。「失礼、まったく気づきませんで」。そして「さ、出てってくれ、レーニ」と、看護人に言った。娘はまったく抵抗せず、弁護士は、まるで永遠の別れをするかのように娘に握手した。「つまり君がやってきたのは」と、ようやく叔父に言った。叔父は気を取り直してそばに寄ってきていた。「私の見舞いじゃなくて、仕事の依頼だったのか」。病気の見舞いだと思っていたから、それまで弁護士はぐったりしていたかのようだ。いまはすっかり元気そうに見える。相当きつい姿勢のはずなのだが、片方のひじでずっと上体を支えている。そしてひっきりなしにひげ﹅の﹅まん中の房をしごいている。「すっかり元気になったみたいだ」と、叔父が言った。「あの魔女がいなくなってから」。叔父はしゃべるのをやめ、「きっと立ち聞きしてるはずだ」とささやいて、ドアのところへ跳んでいった。だがドアの向こうには誰もいなかった。叔父が戻ってきた。がっかりはしていなかったが、不機嫌だった。立ち聞きしていないことのほうが、ひどい悪意のように思えたからだ。「誤解してるぞ、あの子のこと」と言ったが、弁護士はそれ以上かばわなかった。かばわないことによって、もしかしたら、あの子はかばわなくても大丈夫だ、と言おうとしたのかもしれない。しかしそれよりもずっと乗り気になって話をつづけた。「甥御さんの問題だが、きわめて困難な仕事に私の力が役に立つなら、うれしいんだがね。私ひとりでは力不足かもしれない、という心配もあるが、ともかくできるだけのことはやってみるつもりだ。もしも私ひとりで力不足の場合は、ほかの人間に応援を頼むこともできる。正直なところ、今回のケースはじつに興味深いので、誰かの応援を頼むという気にはならんのだよ。この心臓がもたなくても、すくなくともここには命を捧げるだけの価値があるだろう」。Kはこの話がまったく理解できないと思った。なにか説明してもらいたくて、叔父の顔をじっと見た。しかし叔父は、ロウソクを手にナイトテーブルのうえに腰をおろしている。足もとにはナイトテーブルから薬びんが転がって下の絨毯に落ちていた。叔父は弁護士の言うことにはなんでもうなずき、なんでも了解し、ときどきKのほうを見ては、おなじように了解しろと要求した。もしかして叔父は、すでに以前に弁護士に訴訟のことを話していたのだろうか。しかしそんなことはありえない。これまでの経過を考えても、それは無理だ。だから、「わからないんですが――」と、Kは言った。「ん、もしかして誤解してたかな？」と、弁護士はKとまったくおなじように驚き、当惑してたずねた。「もしかして急ぎすぎたかもしれん。どういう用件でいらっしゃったのかな？てっきりあなたの訴訟のことだと思ってたが？」。「もちろんだよ」と言ってから、叔父がKにたずねた。「お前は、なにが言いたいんだ？」。「ええ、でもですね、どうして私のことや、私の訴訟のこと、ご存じなんですか？」と、Kはたずねた。「あ、そんなことか」と言って、弁護士がほほ笑んだ。「私はね、弁護士なんだ。裁判所の人たちともつき合いがある。いろんな訴訟が話題になる。目立った訴訟、とくにね、友人の甥の訴訟ともなれば、覚えているものだ。そんなに不思議な話じゃない」。「お前は、なにが言いたいんだ？」と、叔父がKにふたたびたずねた。「落ち着きがないじゃないか」。「裁判所の人たちとつき合いがおありなんですね？」と、Kはたずねた。

「ありますよ」と、弁護士が言った。「子どもみたいなこと聞くな」と、叔父が言った。「誰とつき合えばいいのかな？　司法畑の人間とつき合わないとすると」と、弁護士がつけ加えた。その声には逆らえない響きがあったので、Kは答えることさえしなかった。「お仕事の場所は、ちゃんとした法廷の裁判所であって、屋根裏の裁判所じゃないですよね」と言いたかったのだが、やっぱり言えなかった。「考えてもみてほしい」と、弁護士がつづけた。当たり前のことだから言わなくてもいいのだが、ついでに説明しておこう、というような口調だ。「考えてもみてほしい。私はね、そういうつき合いから、依頼人にとって大きな利益を引き出している。いろんな面においてだ。そのことについてはわざわざ話すわけにすらいかんがね。もちろんいまは病気だから、動くにはちょっと不自由だ。それでも裁判所からいい友人が訪ねてきてくれて、いくらか耳に入る。元気で裁判所に一日中いる連中よりも、もしかしたら情報が多いかもしれない。そう、たとえばいまだって、お客が来ている」。そう言って弁護士は、部屋の暗い隅を指さした。「どこだ？」と、Kは驚きのあまり、乱暴な口調でたずねた。おずおずと見まわした。小さなロウソクの光は、向こうの壁までとてもではないが届かない。だが実際、そちらの隅のほうで動いたものがある。叔父が高くかかげたロウソクの光のなかで、小さなテーブルのそばに年輩の男がすわっているのが見えた。たぶん完全に息を殺していたので、そのあいだ気づかれなかったのだろう。ようやく面倒くさそうに立ち上がった。気づかれてしまったことが不満らしい。両方の手を短い翼のように動かして、紹介や挨拶などいっさい拒絶しようとしているみたいだ。自分がいることによってほかの人の邪魔には絶対なりたくないみたいだ。闇のなかに戻してもらって、自分のいることなど、どうか忘れていただきたいと頼んでいるみたいだ。だがもう、そんなことは認めてもらえなかった。「君たちが突然やってきたものだから」と、弁護士は説明しながら、男に合図して、こちらに来るようにうながした。男はゆっくりと、ためらうように周囲を見まわしながら、しかしある種の威厳をもって近づいてきた。「この事務局長さんはね、――お、そうだ、失礼、紹介してなかったな――こちらは友人のアルベルト・Kで、こちらがその甥で支配人のヨーゼフ・K、こちらが裁判所の事務局長さん――この事務局長さんが、親切にも訪ねてきてくれたわけだ。こちらの訪問にどんな価値があるのか。事情を知った者にしかわからない。なにしろ事務局長の仕事は山のようにあるからね。にもかかわらずこうしてやって来てくれたので、私たちは穏やかにおしゃべりをしていた。私の健康が許すかぎりにおいてだがね。レーニには、客を入れるな、とは言わなかった。客など来そうになかったからだ。だが私たちは、ふたりだけで話をするつもりだった。だが、アルベルト、君のこぶしがドアをたたいた。事務局長さんは椅子とテーブルをかかえて隅に移動した。そしてだね、もしかしたら、つまり希望があればの話だが、ここで額《ひたい》を集めて、共通の問題を話し合うというのも悪くない、という状況になった。どうですかな、事務局長さん」と言って、弁護士は頭を下げ、卑屈なほほ笑みを浮かべ、ベッドの近くにあるひじ掛け椅子を指さした。「残念ながら、2、3分しか時間がないんだよ」と、事務局長はにこやかに言い、ひじ掛け椅子にゆったりと腰をおろし、時計を見た。「仕事があってね。しかし、いずれにしても、私の友人の友人と知り合いになるチャンスを逃すつもりはありません」。事務局長は叔父にむかって軽く頭を下げげた。叔父は知り合いになれたことに大満足のようだったが、生来の性格からして、うやうやしい気持ちをあらわすことができず、当惑しているのに大きな笑い声で、事務局長の言葉に答えた。醜い光景だ！　Kは落ち着いてすべてを観察することができた。誰もKを気にかけていなかったからだ。事務局長は、引っ張り出されてしまったので、いつもの習慣らしく、会話の主導権を握っている。弁護士は、はじめは病気だと言っていたが、もしかしたらそれは新しい客を追い払うための口実にすぎなかったのかもしれない。耳に手を当てて、熱心に聞いている。叔父はロウソクをもって――太ものうえでロウソクのバランスをとっている。それを弁護士がときどき心配そうに見ていた。――叔父は当惑からやがて解放され、事務局長の話しぶりにひたすらうっとりしている。話しながら手が波のように柔らかく動いているのにも、うっとりしている。Kはベッドの柱脚《ポスト》にもたれていた。もしかしたら事務局長にはわざと完全に無視までされていたのかもしれないが、老人たちの聞き役でしかなかった。ところでKには、なにが話されているのか、ほとんどわからなかった。あるときは、看護人のことや、看護人が叔父から受けたひどい扱いのことを考え、またあるときは、事務局長を以前どこかで見たことがあるかどうか、考えていた。もしかしたら最初の審理のときの集会で見たのかもしれない。もしかしたら勘違いかもしれないが、事務局長は、集会の最前列にいた人たち、とくに、ひげをまばらに生やした老人たちのなかに混じっていたのかもしれない。

そのとき玄関ホールから陶器が割れるような音がして、みんなが耳をそばだてた。「見に行ってきます。なにが起きたのか」と言って、Kは、引き止めてもらう機会をあたえるかのように、ゆっくり外に出ていった。玄関ホールに足を踏みいれて、暗がりに慣れようとしはじめたときに、ドアをつかんでいるKの手のうえに小さな手が置かれた。Kの手よりはるかに小さい。その手がドアを閉めた。待っていたのは看護人だった。「なんにも起きなかったのよ」とささやいた。「お皿を壁に投げただけ。あなたをこっちに呼ぶために」。おずおずとKが言った。「ぼくも君のこと思ってたんだ」。「だったら、なおのこといいわ」と、看護人が言った。「さ、来て」。2、3歩で磨《す》りガラスのドアのところに来た。看護人がKより先にドアを開けた。「入って」と看護人が言った。どう見ても弁護士の仕事部屋だ。月光が、2つの大きな窓のそれぞれの大きさの分だけ床を照らして、小さな四角形をつくっている。その月光のなかで見えたかぎりでは、どっしりした古い家具が備えつけられている。「こっちよ」と言って、看護人は黒っぽいチェストを指さした。ベンチとしても使えるよう木彫の背もたれが付いている。腰をおろしながら、Kは部屋の中を見まわした。天井の高い、大きな部屋だ。これでは、貧民弁護士の依頼人たちが圧倒されてしまうにちがいない。Kには、やってきた依頼人がこの大きなデスクにむかって小さな歩幅で歩くのが手に取るように見える。しかしそんなことは忘れて、看護人だけを見ていた。Kの横にぴったりとすわり、Kをチェストベンチのひじ掛けに押しつけるようにした。「ひとりで」と、看護人が言った。「やってきてくれると思ってた。あたしが呼んだりしなくても。だって変だったでしょ。最初は、うちに入ってくるなり、ずうっとあたしのこと見てたのに、それっきり待たせたんだから」。こうやって話している時間を一瞬も無駄にする気がないかのように、看護人は唐突につけ加えた。「ところで、あたしのこと、レーニって呼んで」。「いいよ」と、Kは言った。「変だと言ったことだけど、レーニ、簡単に説明できるよ。まず第一に、ぼくは老人たちのおしゃべりを聞いてなきゃならなかったし、勝手に逃げ出すこともできなかった。第二に、ぼくは大胆じゃない。むしろ内気なんだ。それにさ、レーニだって、簡単に落とせるような子なんかに見えなかった」。「ちがうわ」と言って、レーニは腕を背もたれにのせ、Kをじっと見た。「わたしのこと、気に入らなかったんでしょ。おそらくいまも気に入らないんでしょ」。「気に入るとか、そんな大げさなことじゃない」と、Kがはぐらかすように言った。「あら！」と言って、レーニはほほ笑んだ。Kの言葉と自分の小さな叫びによって、ある種の優越感を感じたのだ。そのためKはしばらく黙った。部屋の暗がりに慣れてきたので、調度の細かな点がいろいろ見分けられるようになった。とくに目を引かれたのは、ドアの右側に掛けられている大きな絵だ。もっとよく見ようと、前かがみになった。裁判官のガウンを着た男が描かれている。背の高い玉座のような椅子にすわっている。椅子の金色が絵から派手に飛び出して見える。その絵の風変わりな点は、裁判官が静かに威厳をもってすわっているのではなく、左腕を背もたれとひじ掛けにしっかり押しつけているのに、右腕のほうは、手だけでひじ掛けをつかんでいることだ。いまにも激しい勢いで、もしかしたら怒って飛び上がろうとしているかのように見える。決定的なことを言おうとしているのか、いや、ことによると判決を下そうとしているのか。被告はたぶん階段の足もとにいるのだろう。黄色の絨毯を敷いた階段は、上のほうの段だけが描かれている。「もしかしたらぼくの裁判官かもしれない」と言って、Kは絵を指さした。「この人なら、知ってるわ」と言って、レーニも絵を見あげた。「よくここに来るのよ。若い頃に描かれた絵だ。でも一度もこの絵に似てたことなんかない。ほんとにチビなんだから。それなのに絵じゃ、こんなに大きく描かせた。ものすごく虚栄心が強いのよね。ここの人もみんなそうだけど。あら、あたしも強いわ、虚栄心。あなたに気に入られてないことが、ものすごく不満だから」。この最後の言葉にたいして、Kは返事のかわりに、レーニを抱いて引き寄せただけだった。レーニは頭をじっとKの肩にもたせかけていた。その前の言葉についてKが聞いた。「どんな地位の裁判官？」。「予審判事よ」と言って、レーニは、自分を抱いているKの手をつかみ、その指をもてあそんだ。「また予審判事か」と、Kはがっかりして言った。「上の役人たちは姿を見せない。それなのにこいつは玉座みたいな椅子にすわってる」。「みんなフィクションなのよ」と、レーニが言った。顔をKの手に押しつけた。「実際は台所の椅子にすわってるの。毛の粗い古毛布を敷いてあるだけ。でも、あなた、ずっと訴訟のこと考えてなきゃならないの？」と、レーニがゆっくり言葉を足した。「いや、全然」と、Kは言った。「考えなさすぎでさえあるのかもね、おそらく」。「それ、あなたが犯してるミスじゃないわ」と、レーニが言った。「あなた、強情すぎるんだ、って聞いたことがある」。「誰から聞いた？」と、Kはたずねた。胸にレーニの体がもたれかかっているのを感じた。目のしたにレーニの髪がある。量が多くて、黒っぽくて、きつく編んでいる。「それを教えると、あたし、おしゃべりだと思われる」と、レーニが言った。「名前は聞かないで。そのかわり自分の欠点を直すのよ。あんまり強情にならないこと。この裁判から身を守ることはできない。自白するしかない。つぎの機会には自白しなさい。そうやってはじめて逃げることができるようになる。まず自白することね。けれどそれだって、誰かの力を借りなきゃできない。でも心配しなくていい。あたしが力になったげるから」。「よく知ってるんだね、この裁判のこと。それに、だますことが裁判に必要なことも」と言って、Kはレーニを膝に乗せた。あまりにも強く体をおしつけてきたからだ。「これがいいわ」と言って、スカートのしわを伸ばし、ブラウスを引っぱって、Kの膝にすわりなおした。それから両手でKの首にぶらさがり、体をそらせて、じっとKを見つめた。「もしも自白しなかったら、力になってもらえないわけ？」と、Kは試しにたずねてみた。おれは力になってくれる女を募集してるわけか、と思って、ちょっと不思議な気持ちになった。最初は、ビュルストナー嬢だ。それから廷吏の女房で、最後にこの小柄な看護人だが、こいつは、なぜかおれをほしがってるようだ。おれの膝のうえが唯一まともな居場所みたいな顔をしてるぞ！「できないわ」と答えて、レーニはゆっくり首をふった。「自白しないと、力にはなれない。でも、あなた、あたしの力なんかいらないんでしょ。どうでもいいと思ってる。がんこで、人の意見なんか聞かないんだから」。しばらくしてから、たずねてきた。「恋人いる？」。「いない」と、Kは言った。「そんなことないでしょ」と、レーニが言った。「いや、ほんとだ」と、Kは言った。

「ただね、もう恋人じゃないけど、写真ならもってるよ」。せがまれて、Kはエルザの写真を見せてやった。Kの膝のうえで背中を丸めて、レーニは写真をじっと見ている。スナップだ。ワイン酒場でエルザがよく踊っている旋回ダンスの写真だ。スカートが回って大きく宙を舞い、両手は腰にあてがったまま、首筋をぴんと伸ばして、笑いながら横を見ている。誰に笑いかけているのか、写真からではわからない。「コルセット、締めすぎだわ」と言って、レーニはそう思った箇所を指さした。「気に入らないな、この人のこと。ぎこちなくて、粗野。もしかしたらあなたにはやさしくて親切かもしれない。写真で見た感じだけど。こんなに大柄でがっしりした女の人って、たいてい、やさしく親切にすることしか能がないでしょ。この人、あなたのために犠牲になれるかな？」。「なれないよ」と、Kが言った。「やさしくて親切というわけでもないし、ぼくのために犠牲にもなれないだろう。これまでどっちも要求したことがない。この写真だって、君みたいにじっくり見たことがない」。「じゃ、大事になんか思ってないわけだ」と、レーニが言った。「恋人なんかじゃないわけだ」。「いや」と、Kは言った。「恋人なんだよ、やっぱり」。「じゃ、いま、この人が恋人だとしても」と、レーニが言った。「この人がいなくなっても、また、この人を誰かと、たとえばこのあたしと交換しても、そんなに寂しいとは思わないでしょ」。「たしかに」と言って、Kはほほ笑んだ。「そうかもしれない。でもこの子には、君とちがって大きな長所がある。ぼくの訴訟のことを知らないんだ。たとえ知ったとしても、訴訟のことなんか気にしないだろう。強情を張るのをやめなさい、なんて言わないだろう」。「そんなの長所じゃないわ」と、レーニが言った。「ほかに長所がないなら、あたし、安心した。この人、体におかしなところ、ない？」。「体におかしなところ？」と、Kはたずねた。「そうよ」と、レーニが言った。「あたし、ちょっとあるの。ほら」。右手の中指と薬指のあいだを広げてみせた。指と指のあいだをカエルの水かきのような皮膜が、短い指の第一関節のところまで伸びている。見せようとした場所がKには暗くてすぐにはわからなかったので、レーニはKの手をとって、触らせた。「おもしろいね、自然って！」と言って、Kはレーニの右手をながめまわしてから、つけ加えた。「このかぎ爪、なんてかわいいんだ！」。誇らしいような気持ちでレーニは、自分の2本の指をKが驚きながら広げたり閉じたりしているのを見ていた。ついにKはその指にすばやくキスして、手を放した。「あら！」と、レーニはすぐに叫んだ。「キスしたわね」。急いで、口を開けたまま、膝頭を使ってKの膝のうえによじのぼってきた。Kはびっくりしたような顔をしてレーニを見あげた。こんなに接近していると、レーニの体から胡椒のようなぴりっとする刺激臭がした。レーニはKの頭を抱きよせ、おおいかぶさるようにして、首筋にキスをし、髪にまで噛みついた。「あたしに乗り換えたんだ」と、ときどき叫んでいる。「ほら、やっぱり、あたしに乗り換えたんだ！」。そのときレーニの膝頭がすべり、小さな悲鳴とともにレーニが絨毯のうえに落ちそうになったので、Kがレーニを抱きかかえて、支えようとしたところ、逆にレーニに引きずりおろされた。「これで、あなたはあたしのもの」と、レーニが言った。「これ、この家の鍵。いつでも来て」。それがレーニの最後の言葉だった。帰っていくKの背中に、どこでもいいからキスをした。玄関を出ると、小雨が降っていた。通りのまん中に出ようと思った。もしかしたらレーニの姿が窓のところで見えるかもしれない。そのときクルマから叔父が飛び出してきた。家の前でクルマが待っていたのだが、Kはぼんやりしていてクルマにまったく気づいていなかった。叔父はKの腕をつかみ、Kを釘で打ちつけるような勢いで玄関に押しつけた。「おい」と、叔父は叫んだ。「なんてことしてくれたんだ！　お前はな、せっかくうまく行きかけてた話をすっかり駄目にしちまったんだぞ。汚らしい小娘と逃げやがって。何時間たっても帰ってこない。おまけにあの小娘、明らかに弁護士の女じゃないか。お前は、口実ひとつ探そうともせず、なにも隠そうとせず、それどころか堂々と、小娘の尻を追っかけ、小娘とくっついてた。そのあいだ、こっちはどうしてたか。お前のために大変な苦労をしているこの叔父と、お前の味方につけたい弁護士と、なによりもあの事務局長だ。現段階ではお前のケースをなんとでもできるお偉方なんだぞ。わしらはな、どうやったらお前の力になれるか、相談するつもりだった。わしは弁護士を大事にせねばならん。弁護士は事務局長を大事にせねばならん。お前はどんなことがあってもわしを支えねばならん。それなのに当の本人が戻ってこない。とうとう隠しようがなくなった。しかしそこは心得た人たちだから、なにも言わない。わしに気を使ってくれた。だがついに我慢できなくなった。事件のことは話せないから、みんな黙りこんでいた。わしらはな、何分間も黙ったまま、すわっていた。お前がもう戻ってくるんじゃないかと聞き耳を立てていた。だが無駄だった。とうとう事務局長が立ち上がった。予定よりずいぶん遅くなってしまったが、別れの挨拶をし、わしの力になれなかったことを明らかに残念がり、信じられないくらい親切にもしばらくドアのところで待ってから、帰っていった。帰ってくれて、もちろんわしはホッとした。息が詰まりそうだったからな。病気の弁護士にはすべてがもっとこたえた。あいつ、いいやつなのに、わしが帰るときには、まったく口がきけなくなっていた。あいつがすっかり駄目になってしまったのも、お前が頼りにすべき男の死期が早められたのも、おそらくお前のせいだ。それにお前はこの叔父をこの雨のなか、何時間も待たせてくれた。ほら、ずぶ濡れだ」

弁護士／工場主／画家

ある冬の午前——外は雪が薄暗い光のなかで降っていた——Kは、まだ早い時間なのに、ぐったり疲れてオフィスにすわっていた。すくなくとも部下の銀行員には邪魔されたくないので、ちょっと大きな仕事をやってるから、誰も入れるな、と秘書に言いつけておいた。だが仕事をするかわりに安楽椅子にすわったまま、ぐるっと回転し、デスクのうえに置いている2、3の物をゆっくりずらしてから、知らないうちに、伸ばした腕をそっくりデスクに置いて、頭を垂れてじっとすわっていた。

訴訟のことが頭から離れなくなっていた。弁明書を作成して裁判所に届けたほうがいいのではないかと、何度もすでに考えてみた。弁明書には短い履歴書を書き、重要そうな出来事についてはひとつひとつ説明を加えるつもりだ。どのような理由でそう行動したのか。その行動の仕方は現在の自分の判断では、非難すべきなのか、是認すべきなのか。あれやこれについてどんな理由をあげることができるか。あの弁護士にはほかの点でも文句がないわけではなかったので、そんな弁護士に弁護してもらうより、こういう弁明書のほうが、有効であることは明らかだ。Kは、弁護士がなにをやってくれているのか、知らなかったのだ。いずれにしても大したことはやっていない。弁護士に呼ばれなくなって、すでに1か月になるし、これまでの話し合いから、Kは、この男じゃ大したことはやれそうにないな、という印象をもっていた。なによりも、あれこれ質問されるということがほとんどなかった。質問は山のようにあるはずだ。質問することこそ大事なのに。Kは、いま必要な質問なら、自分でも全部できる気がした。ところが弁護士は質問するかわりに自分で話をしたり、黙ってKとむきあうようにすわり、おそらく耳が遠いのでデスクにちょっと前かがみになり、ひげのまん中にある房をしごきながら、絨毯を見おろしていた。もしかしたらそこは、ちょうどKがレーニと寝た場所かもしれない。ときどき弁護士はKに、子どもにするような無内容な忠告をした。役にも立たない退屈なおしゃべりである。Kは最後に弁護士費用を計算するときには、びた一文払ってやるものかと思った。弁護士はKに屈辱的な思いをじゅうぶん味わわせたと考えると、たいてい、Kをちょっと元気づけようとした。これまで私はね、と語りはじめるのだ。似たような訴訟でたくさん勝ってきた。全面勝訴だったり、部分勝訴だったり。実際は今回の訴訟ほどむずかしくはなかったかもしれないが、外から見るともっと絶望的な訴訟だった。そういう訴訟のリストがこの引き出しのなかに入っている。——そう言ってデスクの引き出しをたたいた。——書類は残念ながら見せるわけにはいかない。守秘義務があるんでね。しかし当然、これらの訴訟でえた大きな経験は、これからKの役に立つ。当然、ただちに仕事にとりかかったんだよ。最初の請願書はほとんど仕上がっている。これがじつに大事でね。弁護の第一印象が、訴訟手続きの全体の方向を決めるからだ。しかし残念ながら、ひとつ注意しておかなければならんことがある。最初の請願書が裁判所でまったく読んでもらえないことが、ときどきあるんだ。文書として簡単に受理されるのだが、さしあたりは書類などより被告を尋問し観察するほうが重要である、と示唆される。請願者がしつこく頼むと、こうつけ加えられる。決定する前にすべての資料を集め、当然、関連するすべての文書を、したがってこの最初の請願書も、検討する予定である、とね。だが残念ながら、その言葉はたいていの場合、実行されない。最初の請願書はふつう、どこかに置き忘れられるか、姿を消してしまう。もしも最後まで保存されているとしても、私が弁護士として噂で聞いた話にすぎないのだが、読まれることはほとんどない。遺憾な話だが、まったく不当というわけでもない。Kには覚えておいてもらいたいのだが、訴訟手続きは公開されているわけじゃない。裁判所が必要と考えたときにだけ、公開されるんだ。法律は公開を定めてはいない。だから裁判の書類も、とくに起訴状も、被告や弁護側は読むことができない。したがって最初の請願書をどこにむけて作成すべきか、普通はわからない。すくなくとも精確にはわからない。したがって実際、事件にとって重要なことが盛りこまれているのは、偶然でしかない。本当に的を射ていて証拠能力のある請願書は、後になって、被告の尋問がすすんでいくうちに個々の起訴要目とその理由づけとが明確になったり、推測できるようになってはじめて作成できる。こういう事情だから、もちろん弁護側は非常に不都合で困難な立場になる。だがそれも、わざと仕組まれたこと。なぜなら弁護は、もともと法的に認められているものではなく、黙認されているにすぎないものだからだ。該当する条文から、すくなくとも黙認の意味が読み取れるかどうか、論争されているほどだからね。したがって厳密に考えれば、裁判所が認めている弁護士なんて存在しない。裁判所に弁護士として出廷する者はみんな、もぐりの弁護士ということになる。このことは当然、弁護士という身分にきわめて屈辱的に作用する。こんどKが裁判所事務局へ行くことになったら、後学のために、弁護士の控え室をのぞいてみるといい。そこに集まっている連中に驚くことだろう。連中にあてがわれた狭くて天井の低い部屋を見ただけで、裁判所が連中をどれくらい軽蔑しているのか、わかるはずだ。部屋の光は小さな天窓からしか入ってこない。非常に高いところにあるので、天窓から外をのぞこうと思えば、まず肩車をしてくれる同業者を探さなければならない。ところで天窓を開けると、その部屋のすぐ目の前にある暖炉の煙が鼻に飛びこんできて、顔がまっ黒になる。その部屋の床には——その部屋の状況を伝えるために1例だけあげるとすれば——1年以上も前から穴がひとつ空いている。ひとりの人間が墜落するほど大きくはないが、片脚がすっぽり入ってしまう大きさはある。弁護士の控え室は屋根裏の2階にあるので、誰かが穴にはまれば、その片脚が屋根裏の1階にぶらさがる。

しかもそこはちょうど廊下なので、訴訟の当事者が待っている。弁護士仲間ではこういう状況は屈辱的だと言っているが、けっして言いすぎではない。当局に苦情を言っても、まるで効果がない。それなのに弁護士たちが自分たちの費用でその部屋に変更を加えることは、厳重に禁止されている。だが弁護士たちをこんな具合に扱っていることには、それなりの理由がある。弁護側をできるだけ排除しようとして、すべてを被告に押しつけようというわけだ。基本的にはまずい考え方ではないが、しかしここから、この裁判所では被告にとって弁護士は不要だ、という結論を引き出すことはまったくまちがっている。それどころか、ほかのどの裁判所よりも、この裁判所のほうが弁護士を必要としているのだ。なぜなら訴訟手続きが原則として、一般に公開されていないだけでなく、被告にも秘密にされているのだから。もちろんそういうことが可能であるかぎりでの話にすぎないが、きわめて広範囲でそれが可能なのだ。なぜなら被告も裁判書類を見ることができないし、尋問から、尋問のネタになっている書類を推測することは、非常に困難だからである。とくに被告は、被告になったことで非常に当惑しているわけだし、心配が山のようにあって集中力が消えている。さて、こういうところに介入するのが弁護なのだ。尋問のとき一般に、弁護人は立ち会うことが許されない。だから尋問が終わるとすぐ、できれば予審室のドアのところで、被告から尋問のことを詳しくたずねなければならない。しばしば、被告の報告はあっという間にぼやけてしまうのだが、弁護に役立つことを聞き出さなければならないのだ。しかし一番重要なのは、そんなことではない。そんなやり方では多くを聞き出すことができないからだ。どこでもそうだが、もちろんこういう場面でも、有能な人間なら、ほかの人間より多くを聞き出すことができるとしても、だな。一番重要なのは、やっぱり個人的な関係だ。そこに弁護の主要な価値がある。さて、たぶんKも自分で経験して気づいたと思うが、裁判所の最下層の組織は完璧ではない。義務を忘れて買収されやすい職員がいるせいで、ある意味では、どんなに厳重な錠をかけて裁判所を閉めても、穴があく。そこにたくさんの弁護士が無理やり入りこみ、そこで買収がおこなわれ、いろんなことが聞き出される。すくなくともちょっと前までは書類泥棒というようなことさえあった。そんなふうにして一時的には被告にとって驚くほど好都合な結果が手に入ることも否定できない。それを小物の弁護士は自慢してまわり、新しい客をおびき寄せるのだが、訴訟のその後のなりゆきには、なんの意味ももたない。あるいは、ろくなことがない。実際に価値があるのは、まともな個人的な関係だけだ。

それも上の役人との。といっても、もちろんそれは下級役人のなかでの上の役人のことだが。そういう関係があるときだけ、訴訟のなりゆきに、最初のうちは気づかれない程度だが、後になるとどんどんはっきりした影響があらわれる。それができる弁護士は、もちろんわずかしかいないが、その点、Kの選択は非常に運がよかったね。この私、フルト博士がもっているような個人的関係を誇ることができる弁護士は、もしかしたら1人か2人しかいないからだ。私のような弁護士になると、弁護士の控え室にいる連中のことなんか気にしないし、そんな連中とは無縁だ。だが逆に裁判所の役人とは密接なコネがあるんだよ。私はね、このフルト博士は、わざわざ裁判所に出かけたりする必要はない。予審判事の控え室で予審判事が偶然あらわれるのを待ったりする必要もない。予審判事のご機嫌をうかがいながら、たいていは見かけだけにすぎない成功を手に入れたりする必要もない。それすら手に入れられないという経験をする必要もない。いや、Kはその目で見たわけだが、役人が、それも本当に上の役人がわざわざやってきてくれる。気前よく情報をくれる。ストレートに教えてくれないときでも、すくなくとも見当がつきやすいように知らせてくれる。訴訟の今後の展開についてに話してくれる。それどころか個々のケースについてはわれわれの意見に耳を傾けてくれるし、知らない人の見解を喜んで採用したりもする。ただし個々のケースの場合、あまり信用してはならん。弁護側に有利な新説にするつもりだと、どんなにきっぱり言ったとしても、まっすぐ裁判所に帰り、つぎの日には別の判決を下すかもしれんのだ。それは新説とは正反対の内容で、もしかしたら被告には最初に予定していた判決よりはるかに厳しい判決かもしれない。最初に予定した判決はやめたと言っていたくせに。それを防ぐことはもちろんできない。なにしろ、ふたりのあいだで話されたことは、ふたりのあいだで話されたことにすぎず、公式の結論となるわけではないからな。たとえ弁護側としては、偉いお役人の好意をえようと努力するしかないとしても。しかし一方ではたしかに、偉いお役人は、人間愛や友愛的感情だけで弁護側と――もちろん、事情に通じた弁護側とだがね――結びついているわけではないことも事実で、むしろある意味では、弁護側を頼りにしておる。この点において、まさに裁判組織の欠点があらわれている。そもそも最初から秘密裁判ということにしていたからだ。役人たちには住民とのつながりがない。普通の平凡な訴訟にかんしてなら十分に備えがある。そういう訴訟はほとんど勝手に自分の軌道を転がっていくので、ときどき突いてやるだけでいいのだが、非常に簡単なケースや特別にむずかしいケースに直面すると、しばしば途方に暮れてしまう。お役人は昼も夜もずっと法律のなかに押し込まれているので、人間関係についてまともな感覚がなく、そういうケースになるとそれを痛感する。そうなると弁護士のところに助言を求めてやってくる。ふだんは秘密にされている書類をかかえて、秘書もついてくる。私はね、この窓のところで、思いもかけない偉いお役人と何人も会うことができた。お役人が絶望的な気分で道をながめているあいだに、弁護士はデスクで書類を調べて、適切な助言をするというわけだ。ところでそういう機会にこそわかることだが、偉いお役人は自分の職務をものすごく真剣に考えておるんだな。それに、その本性からして克服できない障害にぶちあたると、深く絶望してしまうのだ。その立場は軽いものではないし、われわれも不当にその地位を軽いと考えてはならない。裁判所の序列と昇進は無限に複雑で、内部の者にすら見当がつかない。ところで、法廷にたいする訴訟手続きはふつう、下の役人には秘密にされるので、下の役人は、自分の処理する案件が手を離れてからどうなるのか、完全には追跡することができない。だから裁判の案件が視界にあらわれても、どこから来たものなのか、わからないことがしばしばだし、どこへ行くのか知らないまま、視界から消えていく。だから、訴訟の個々のステージや、最終判決や、その理由を研究すれば、いろいろ学べることもあるのだが、下の役人にはそのチャンスがない。訴訟のうち、法律で区画を定められた一部分としかかわることが許されないので、自分のやった仕事の先の経過や結果については、弁護側より知らない場合が多い。弁護側は通常、ほとんど訴訟が終わるまで被告とつながっているからだ。だからこの方面においても下の役人は、弁護側から貴重な情報をもらうことがある。そんな事情を考慮しても、Kは、役人たちがイライラしていることに驚いているのではないか。ときどき連中は、訴訟の当事者にたいして——これは誰もが経験することだが——侮辱するような言動を見せるからな。役人は、穏やかな顔をしていても、みんなイライラしておる。当然、小物の弁護士がとくにそれに苦しめられる。たとえば、こんな話がある。いかにもありそうな話だ。年寄りの役人がいた。善良で静かな男だ。むずかしい案件を担当することになった。弁護士の出した請願書のおかげで厄介なことになってしまった案件だ。昼も夜も休むことなく調べた。——こういう役人は実際、誰よりも熱心なものだがね。朝になって、24時間も仕事をしたのに、おそらく大した成果もあがらないまま、入口のドアのところへ行き、そこで待ち伏せて、入ってこようとする弁護士をひとり残らず、階段から突き落とした。弁護士たちは下の階段の踊り場に集まって、どうしたものかと相談した。まず一方、弁護士には本来、入れてくれと要求する権利がないので、この役人にたいして法的にはなにもできないわけだから、すでに述べたように、役人たちを怒らせないよう用心しなければならない。しかし他方、裁判所に入れなければ、その日が無駄になってしまうので、入ることが大事なのだ。結局、この年寄りの役人を疲れさせようということで意見がまとまった。弁護士がひとりずつ階段をのぼっては、控え目にだが、できるだけ抵抗して突き落とされて、それを仲間に受けとめてもらう。それを何度もくり返すのだ。1時間ぐらいつづいた。年寄りの役人は、徹夜で疲れていたので、本当にへとへとになって、事務局へ戻っていった。下にいた弁護士たちは最初、それがまったく信じられず、まず、ドアの陰には本当に誰もいないのか、偵察をひとり送った。それからみんなで入っていったが、おそらく誰も苦情を言おうとすらしない。というのも弁護士たちは——どんなに小物の弁護士でも、すくなくとも部分的には状況が見えているので——、裁判所になんらかの改善策の導入とか実行を要求することなど、思いもよらないからだ。ところがそれとは逆に——こちらも非常に特徴のあることなのだが——ほとんどの被告は、どんなに単純な頭の持ち主でも、ほんのちょっと訴訟に足を突っこんだだけで、改善策を提案しようと考えはじめ、そのことで時間もエネルギーも浪費してしまうのだ。もっとましなことに使えるはずなのに。ただひとつ正しい態度は、目の前にある状況に満足することなんだよ。たとえ個々の点を改善することが可能だとしても——そんなことは馬鹿げた迷信だがね——、せいぜい将来のためになにかを手に入れたにすぎず、自分は測りしれないダメージを負ったことになる。復讐したくてたまらない役人たちから特別に注目されるようになっちゃったわけだからな。ともかく注目されないようにしろ！　どんなに意に添わないことばかりでも、おとなしくしてろ！　この大きな裁判組織は、いわばば永遠にバランスを保っている。そのことをよく理解するんだ。こちらはな、自分の場所で自力でなにかを変えたら、足もとの地面をなくして墜落してしまう。ところが大きな組織は、小さな障害があっても、簡単に別の場所で——なにしろすべてがつながっておるのだから——埋め合わせを調達して、自分は変化しない。いや、こちらのほうがありそうだが、もっと閉鎖的で、もっと注意深く、もっと厳しく、もっと意地悪になるかもしれない。このことをよく理解しておけ。だから邪魔なんかせず、弁護士にまかせろ。たしかに非難など大して効果はない。相手が非難される原因をきっちり理解できないときは、とくにな。だが、これだけは言っておかねばならん。Kはな、事務局長にたいする態度のせいで、どれだけ自分の事件にダメージをあたえたことか。影響力のあるあの人の名前は、Kのために尽力してくれそうな人のリストから、もう消されたも同然だ。お前の訴訟のことにちょっと触れても、わざと聞こえない顔をする。いろんな点で、役人というのは子どもみたいだからな。残念ながらKの行動は無邪気なものではなかったが、しばしば役人は無邪気なことですっかり傷ついて、親友とだって口をきかなくなり、ばったり会っても顔をそむけ、なにかにつけて反対する。だがそのうち、これといった理由もないのに突然、ちょっとした冗談に大笑いして、仲直りすることもあるのだ。こちらとしては、まったく見込みがないように思えたので、ちょっと冗談を言ってみただけなのに。まったく、役人とうまくつき合うのは、むずかしいと同時に簡単でもあるんだよ。原則がほとんど存在しないんだから。ときどき不思議に思うのだが、平凡に暮らしているだけで、コツがつかめて、役人とちょっとは仲良くできるようになるものだ。しかし憂鬱な時間がやってくることも、もちろんある。誰でも経験するのだが、なにひとつ成果をあげていないと思ってしまうのだ。最初からうまくいくと決まっている訴訟だけが、いい結末を迎えたわけで、手助けなど関係なかったんじゃないか、と思えるのだ。逆に、それ以外の訴訟は全部うまくいかなかった。あれこれ奔走し、あれこれ努力したにもかかわらず。ささやかな見かけの成功に大喜びしたにもかかわらず。そうすると、たしかになにひとつ確かではないように思えてくる。もともとうまくいくはずだったのに、あなたに手助けしてもらったおかげで、この訴訟は脱線してしまったのだ、と言われても、それを否定しようとすらしなくなるだろう。しかし、それも一種の自信だ。ま、そういう自信しか残っていないわけだがね。そういう発作に――それは発作以外のなにものでもないが――弁護士がさらされるのは、とくに、それまでうまく進めてきた訴訟を突然、手から取り上げられるときだ。たぶんそれは、弁護士が経験する最悪の事態でね。被告なんかのせいで弁護士は訴訟を取り去られたりはしない。そんなことはまず起きないだろう。被告は、弁護士に依頼したが最後、なにが起ころうとも、その弁護士から離れちゃならんのだ。力を貸してほしいと頼んだが最後、どうやってひとりでやっていけるのだろうか。だから、そういうことは起こらない。しかしときには、訴訟が、弁護士の介入を許さない方向に進んでしまうこともある。訴訟と被告となにもかもが、弁護士の手からさっと取り上げられる。そうなると、役人との最善の関係も役に立たなくなる。役人自身、なにも知らないわけだから。訴訟がまさに別のステージに入ってしまったのだ。そのステージでは、どんな力も貸すことが禁じられている。近づくことのできない法廷が訴訟を仕切り、被告も弁護士の手の届かないところにいる。ある日、家に帰ってみると、テーブルのうえにたくさんの請願書が置かれている。明るい希望をもってせっせとその事件のために自分が書いた請願書。それが返却されてきたのだ。訴訟の新しいステージに転用することを許可されなかったからだ。価値のない紙切れ。だからといって敗訴と決まったわけではない。そんなことはない。そんなふうに想定する決定的な理由は、すくなくとも存在しない。その訴訟についてわからなくなっただけだ。これからもそれについてなにも聞くことはないだろう。ところでそういうケースは、幸い例外でね。たとえKの訴訟がそういうケースだとしても、当分のあいだはそういうステージから遠いところにある。だから、ここではまだ弁護士に仕事をしてもらう機会がたっぷりある。Kにとって、その機会が十分に使われると信じてもらっていいんだよ。請願書は、さっき言ったように、まだ届けていない。急ぐものでもないし。もっと重要なのは、決定力をもっている役人たちと打ち合わせをすることだが、それはもうすませている。はっきり言えというのなら、成果の程度はいろいろだ。さしあたり詳細は言わないほうがいいな。聞かされたらKも、不都合な影響を受けるだけだろう。あまりにも喜んで希望をもったり、あまりにも不安になったりするだろうから。ただこれだけは言っておこう。非常に好意的な意見で、協力を惜しまないと言ってくれた人もいたが、逆に、あまり好意的な意見ではなく、しかし手助けをしないわけではないと言ってくれた人もいた。というわけで全体としては、非常にうれしい結果だが、ただそこから特別な結論を引き出してはならない。どんな予備交渉も似たようにはじまるのだが、予備交渉の価値はその後の展開によってはじめて決まるものだからな。いずれにしても駄目になったものはないわけだし、なんとしても事務局長を味方につけることができれば――そのためにはいろんな手を打ってあるが――、これまでのところは、外科医が言うところの、きれいな傷だから、安心して今後に期待することができるわけだ。

こんな調子で弁護士の話は尽きることがなかった。弁護士のところへ行くたびに、話はくり返された。いつも進展はあったが、けっしてどのような進展なのかは伝えられなかった。いつも最初の請願書が書かれていたが、完成していなかった。たいていそのことは、つぎの訪問のときには、たいへん有利なことだと判明する。なにしろ前回は、そのときは予測できなかったけれど、請願書を手渡すには非常に不都合なタイミングだったのだから。弁護士の話にうんざりして、ときどきKも言った。いろいろむずかしいことがあるとしてもですよ、あまりにものんびりしてませんか。するとこんな答えが返ってきた。のんびりじゃなく前進してるんだよ。しかしね、Kがもっと早く弁護士に相談していれば、ずいぶん先まで進んでいただろうな。残念ながらKがグズグズしておった。早く弁護士に相談しなかったことが、これからも不利に働くことになるぞ。進展が遅くなるだけじゃなく。

その訪問で唯一ありがたいブレイクは、レーニだった。いつも心得たもので、Kのいるときを見計らって弁護士に紅茶をもってくる。弁護士ががつがつとティーカップにおおいかぶさるように身をかがめ、紅茶をそそいで飲む。レーニはKの後ろに立って、それを見ているようなふりをしながら、こっそり手をKに握らせる。みんな、ひと言も口をきかない。弁護士は飲み、Kはレーニの手を握りしめ、レーニはときどき大胆にKの髪をやさしくなでた。「まだいたのか？」と、飲みおわってから弁護士がたずねた。「食器をさげようと思ったので」と、レーニが言った。最後にもう一回、手を握りあった。弁護士は口をぬぐい、元気になって、Kにしつこく言い聞かせた。

弁護士がねらっているのは、慰めなのか？　それとも絶望なのか？　Kにはわからない。しかしまもなく確信するようになった。おれが頼んだ弁護はよくないな。弁護士の話すことは、全部その通りなんだろう。とはいえ、自分ができるだけ目立ちたいと思っていることが見え見えだった。それに、どうやらこれまで一度もKの訴訟のように——弁護士の意見によれば——「大きな」訴訟を担当したことがないことも、見え見えだったが。しかしあいかわらず怪しいのは、いつも強調される役人との個人的な関係だった。役人がKのためにだけ利用されることがあるのだろうか？　それは下の役人だけなんだがね、という注釈を弁護士はけっして忘れなかった。つまり非常に弱い立場の役人で、その昇進にとって訴訟のなりゆきが大きな意味をもつらしい。もしかしたらそういう役人たちは弁護士を利用して、被告にとっては当然いつも不都合ななりゆきをねらっているのかもしれない？　もしかしたらそんなことをどの訴訟でもやっているわけじゃないだろう。たしかにそんなことは考えられない。すると訴訟によっては、弁護士の手柄になるように役人たちのほうが譲歩する場合もあるだろう。弁護士の名声を傷つけないでおくことも、役人たちにとっては重要なことにちがいないのだから。実際にそういう事情であるなら、どんな具合に役人たちはKの訴訟に介入するのだろう？　Kの訴訟は、弁護士の説明によると、非常にむずかしく、したがって非常に重要な訴訟であり、開始早々、裁判所で大きな注目を集めた訴訟なのだ。役人たちがやっていることは、それほど怪しいものではないかもしれない。その証拠だとみなすことのできる事実がある。訴訟は何か月も前からはじまっているのに、最初の請願書があいかわらず届けられていないのだ。弁護士の報告によると、すべてが初期の段階にあるという。もちろんこのことは、被告に眠気を起こさせて、どうしようもない状態にしておくには好都合で、そうしておけば突然、被告に判決を突きつけて驚かせることができる。すくなくとも被告には、本人の不利に終わった予審の判決が上級審に送られるのだ、と知らせて驚かせることができる。

K自身の介入がどうしても必要だった。こんな冬の日の午前のように、いろんなことがとりとめもなく頭を駆けめぐって、まさに疲労困憊の状態では、この確信を退けることはできなかった。以前は訴訟を軽蔑していたが、もうそんな気持ちはなくなっていた。この世にたったひとりの身であったなら、訴訟なんか簡単に無視できただろう。もちろん、ひとり身であったなら、そもそも訴訟は起きなかったということも確かだったが。いまではもう叔父に連れられて弁護士のところへ行ったし、親族にたいする配慮もある。Kの立場は訴訟の経過とはまったく無関係というわけではなかった。

Ｋ自身、不用意にも、ちょっと自慢する気持ちも手伝って、知人たちに訴訟のことを話していたし、ほかの人たちもどういうわけか知っていた。ビュルストナー嬢との関係も、訴訟といっしょに揺れているみたいだ。――要するに、訴訟を受けいれるか、拒否するか、という選択の余地はなくなっていた。訴訟のただ中にいて、自分を守るしかない。疲れている暇はない。

しかしさしあたり、大げさに心配する理由もない。銀行では比較的短期間で現在の地位にまで昇りつめたし、この地位は、みんなに認められて保持している。いまは、そういうことを可能にした自分の力を、ちょっと訴訟にむけるだけでいいのだ。もちろん、うまくいくにちがいない。なにかを達成するつもりなら、なによりも必要なのは、罪があるかもしれないという考えを最初から払いのけておくことだ。罪はないのだ。訴訟は大きな取引にほかならない。Ｋはこれまで何度も大きな取引をして銀行に利益をもたらしてきた。取引の内側には、よくあることだが、いろんな危険が潜んでいる。そいつを撃退しておく必要がある。そのためにはともかく、なにか罪があるのではないかと考えあぐねたりせず、自分の利益のことだけしっかり考えればいい。この観点からすると、弁護士をできるだけ早く、一番いいのは今晩にでも解任することが必要だ。あの弁護士の話によれば、前代未聞のことで、おそらくとんでもない侮辱だろうが、しかしKとしては、訴訟のことで自分が努力しているのに邪魔が入ることは許せないのだ。もしかしたら当の弁護士が邪魔をしているかもしれないのだから。できることなら毎日、弁護士をお払い箱にしたら、すぐに請願書を届けなければならない。そのためにはもちろん、その請願書に配慮してほしいと催促する必要がある。Kがほかの被告とおなじように廊下にすわって、帽子をベンチのしたに置くだけでは十分ではない。K自身が、あるいは女たちが、あるいはほかの使いの者が毎日のように役人たちをつかまえては、格子から廊下をのぞく暇があるのなら、机にむかってKの請願書をしっかり読んでくれ、と尻をたたかなければならない。そういう努力をやめてはならない。組織的に監視する必要がある。裁判所にはそのうち、自分の権利を守る方法を心得ている被告に出会わせてやるぞ。

そういうことを全部やるだけの勇気はあったけれど、請願書を作成するむずかしさには圧倒された。以前、といっても1週間ほど前のことだが、こういう請願書を自分で作成する羽目になるかもしれない状況を想像すると、恥ずかしくてたまらなかった。しかしそれが実際にむずかしい作業であることは、考えもしなかった。ある日の午前のことを思い出した。ちょうど仕事が山のようにあったとき、突然なにもかも脇に押しのけて、メモ用紙を取り出したのである。あの種の請願書のアウトラインを試しに書いてみて、それをあの鈍重な弁護士に使わせてやろうと考えたのだ。ちょうどそのとき頭取室のドアが開いて、頭取代理が大笑いしながら入ってきた。あのときKは、じつに気まずい思いをした。もちろん頭取代理は請願書のことを笑ったのではなかった。請願書のことなどなにも知らない。笑ったのは、証券取引所でさっき聞いたばかりの冗談のせいだった。その冗談を説明するためには図が必要だったので、頭取代理はKのデスクにかがみこむようにして、Kの手から鉛筆を取り、請願書を書くはずだったメモ用紙に、図を描いたのだ。

きょうはもう恥ずかしいとは思わなかった。請願書は作成しなくてはならない。オフィスでその時間がなければ、それは大いにありそうなことだが、家に帰って夜やるしかない。夜やるだけで間に合わないのなら、休暇をとるしかない。ただ、途中でやめることだけはしない。それは仕事においてだけでなく、いつどんな場合でも、一番馬鹿げたことだ。請願書というのは、どう考えても、ほとんど際限のない仕事である。ものすごい心配性の人でなくても、請願書を書きあげることは不可能だと考えてしまいがちだ。怠惰とか陰謀のせいではない。そんなもので完成させられなかったのはあの弁護士だけだ。現在の起訴内容がわからないだけでなく、場合によっては追加されているかもしれない起訴内容もわからないまま、これまでの人生の行動や出来事を細部にわたってすべて思い出して、叙述し、あらゆる面から検討しなければならないからだ。いずれにしてもなんと悲しい作業だろう。もしかしたら、年金生活に入った後、子どもじみてしまった精神を働かせ、長い一日をすごす手助けとしては絶好の作業かもしれない。だがいまは、Kはすべての思考力を仕事にむける必要があった。Kはまだ上げ潮で、すでに頭取代理をおびやかす存在になっていたので、どの1時間ものすごい速さですぎていく。短い夜を若い人間として楽しみたい。それなのにいまは、請願書の作成をはじめなければならないのだ。Kの考えはふたたび嘆きに変わった。ほとんど無意識に、ただそういう考えに終止符を打つためだけに、控え室につながっている電鈴のボタンを指で探っていた。ボタンを押しているあいだ、時計を見あげた。11時だ。2時間もの貴重な時間を、夢でも見ているようにぼんやりすごしてしまった。もちろん2時間前よりぐったりしている。いずれにしても時間が無駄になったわけではない。決心したのだ。決心は貴重なものであるはずだ。秘書が、いろんな郵便物といっしょに男性の名刺を2枚もってきた。2人の男性はずいぶん長いあいだKを待っていた。銀行にとっては非常に重要な顧客で、本来なら絶対、待たせてはならない人物だ。どうしてこの2人は、間の悪い時間にやってきたのだろう。どうして仕事熱心なKが、――閉めたドアの向こうでも、2人の男性がおなじ質問をしているようだが――最上の勤務時間をプライベートな問題のために使ってしまったのだろうか。これまで起きたことに疲れ、これから起きることには疲れながらも期待して、Kは立ち上がり、最初の男性を迎えた。

小柄で元気のいい男性は、Kのよく知っている工場主だ。工場主は、大事な仕事中にお邪魔して申し訳ないと言い、KはKで、こんなにお待たせして申し訳ないと言った。申し訳ないというKの言い方がじつに機械的で、アクセントも変だったので、もしも工場主が商談に気をとられていなかったなら、そのことに気づいたにちがいなかった。気づくかわりに工場主は、あらゆるポケットから急いで計算書や表を取り出して、Kの前にひろげ、いろんな項目の説明をし、小さな計算ミスを訂正した。ざっと目を通しただけで気づくようなミスだった。工場主はKに、1年ほど前にも似たような取引を結んだことがあると念を押してから、つけ加えた。今回はですね、別の銀行がどんな犠牲を払ってでも、この取引をやりたがってるんですよ。そう言ってから、Kの意見を聞くために、ようやく黙った。Kは実際、最初のうちは工場主の話をちゃんと聞いていたのだが、これは重要な取引なんだと考えているうちに、残念ながら緊張がつづかず、まもなく聞くのをやめてしまった。それからしばらくは工場主の叫ぶ声にだけうなずいていたが、結局それもやめて、書類におおいかぶさっているハゲ頭をながめるだけになり、こう思った。この工場主、こんなに話しても無駄だってことに、いつ気がつくのかな。工場主が黙ると、Kはまずこんなふうに思った。工場主が黙ったのは、おれに、聞くことができないということを告白する機会をあたえてくれるためだったのだ、と。なにを言われても覚悟ができているような工場主の緊張した目つきを見て、Kは、この商談をつづけるしかないな、と感じたけれど、気の毒でたまらなかった。命令を聞くときのようにうつむいて、鉛筆をゆっくり書類のうえのほうで宙に遊ばせながら、ときどきその動きを止めて、数字をじっと見た。工場主はKに異論があるのだろうと思った。もしかしたら数字が確かでないのかもしれない。もしかしたら数字が決定的でないのかもしれない。いずれにしても工場主は書類を手でおおい、Kのすぐそばまで寄ってきて、取引の概要をあらためて説明しはじめた。

「むずかしいですね」と言って、Kはくちびるをゆがめ、唯一の手がかりである書類が隠されてしまったので、手持ちぶさたの顔をして椅子のひじ掛けにもたれかかった。頭取室のドアが開いて、ガーゼのヴェールの向こうにいるようにぼんやりと、頭取代理の姿が見えても、Kは力なく目を上げただけだった。それ以上その意味を考えることもなく、Kはその結果をそのまま目で追うだけだった。とてもうれしい結果だった。というのもすぐに工場主が安楽椅子からとびあがり、頭取代理のほうに駆け寄ったからだ。Kは、駆け寄るスピードを10倍にしてやりたいと思った。頭取代理の姿がすぐに見えなくなるのではないかと心配したからだ。しかし心配は無用だった。2人の男性はちゃんと顔を合わせ、おたがいに手を差しだして握手し、いっしょにKのデスクのほうへやってきた。工場主は、支配人さんにはこの商談、ほとんど興味もってもらえませんでね、と苦情を言って、Kを指さした。Kは頭取代理の視線を気にして、ふたたび書類にかがみこんだ。それから2人はデスクにもたれ、工場主は頭取代理を味方につけようと話しはじめた。まるでKには、2人の男がとんでもない大男に思え、Kの頭上でKの審理をしているように思えた。ゆっくり用心深くKは目を上げて、頭上でなにが起きているのか、知ろうとした。デスクのほうは見ないで、デスクから書類を1枚とって手のひらにのせたまま、K自身も立ち上がりながら、そうっと2人の男に差しだした。これといった考えがあったわけではない。ただ、自分の嫌疑をすっかり晴らしてくれる大部の請願書を作成しおわったとき、きっとこんなふうにするだろう、と感じてやっただけのことだ。頭取代理は、工場主との話に集中していたので、ちらりとその書類に目をやっただけで、なにが書かれているのか、ざっと読むことすらしなかった。支配人にとって重要なことが、頭取代理にとって重要ではなかった。頭取代理はKの手からそれをもらうと、「ありがとう。全部わかってるから」と言って、Kに構わずデスクに戻した。Kは不愉快になり、頭取代理の横顔をじっと見た。頭取代理のほうは、まるでそれに気がつかない。あるいは気がついて、かえって元気になっただけで、しばしば大声で笑っている。すばやい返事で工場主を明らかにまごまごさせてから、すぐにまた自分でそれに反論して、工場主をほっとさせた。ついに頭取代理は工場主に、あちらの自分のオフィスに来ないかと誘った。あちらでなら最後まで検討することができるからだ。「きわめて重要な問題ですからね」と、工場主に言った。「よくわかるんですよ。そして支配人にとっても」――そう言うときでさえ、頭取代理は工場主の顔しか見ていなかったのだが――「きっと好都合でしょう。

これをわれわれの問題にしてしまうほうが。じっくり落ち着いて検討する必要があります。支配人はきょうは仕事がありすぎるみたいだ。いまだって何人か控え室で待ってますからね。もう何時間も」。Kにはまだ、頭取代理から顔をそむけ、工場主にだけ友好的だがこわばったほほ笑みをむける余裕がなんとかあった。しかしそれ以上のことはできなかった。斜面机のむこうにいる番頭のように、ちょっと前かがみになって両手をデスクについて体を支えながら、Kは、2人の男が話をつづけながら書類をデスクから取り、頭取室に消えていくのをながめていた。ドアのところで工場主がふり返って、言った。これでお別れするわけじゃありません。もちろん支配人さんにも相談の結果を報告しますからね。それに、ほかにもちょっと伝えておきたいこともあるので。

ようやくKはひとりになった。ほかの取引相手をオフィスに通そうとは考えもしなかった。ただ、おれはまだ工場主と商談中なので、誰ひとり、秘書でさえ、入ることができないのだと、外の連中に思われている。こういうのも悪くないと、ぼんやり感じただけだった。Kは窓のところへ行き、窓の胸壁に腰をおろし、片手で取っ手をつかんで、外の広場を見おろした。雪がまだ降っている。空はまだどんより曇ったままだ。

長いあいだそうやってすわっていた。そもそもなにを心配しているのか、わからなかった。ときどきビクッとして肩越しに控え室のほうを見た。空耳なんだろうが物音がしたような気がしたのだ。だが誰も入ってこなかったので、落ち着きをとり戻した。洗面台のところへ行き、冷たい水で顔を洗い、頭をすっきりさせて窓ぎわの席へ戻った。自分の弁護を自分でやろうと決心したために、最初に思ったときよりも深刻なことになってきた。弁護を弁護士に委ねていたあいだは、訴訟とはほとんど関係がなかった。遠くから観察していたので、じかに訴訟にさらされることがほとんどなかった。自分のケースがどうなっているのか、気のむいたときに確かめることができたし、気のむいたときに頭を引っこめることもできた。いまは逆に、自分の弁護を自分でやろうとすると、すくなくともその瞬間は、自分をすっかり裁判所にさらさなければならない。うまくいくということは、後になって自分が完全に、決定的に自由になることであるはずだ。だが自由を獲得するためには、とりあえず、以前よりも大きな危険のなかに飛び込まなければならない。それを疑おうとしても、きょう頭取代理と工場主といっしょにいたときのことを考えれば、疑う余地のないことなのだと納得するしかなかっただろう。自分で自分を弁護しようと決心しただけで、頭がいっぱいになっていたんじゃないか？　これからどうなるのだろう？　どんな日が待ちうけているのだろう！　すべてを突き抜けて、よい結果に通じる道が見つかるのだろうか？　細心の弁護というものは——それ以外のものは意味がないのだが——、細心の弁護というものは、必然的にそれ以外の一切から自分を可能なかぎり締め出すことになってしまうのではないか？　おれは、それにうまく耐えられるだろうか？　それに、どうやって銀行にいてそれが実行できるというのだろう？　請願書だけの問題ではない。請願書なら、休暇をとるだけで間に合うかもしれない。いま休暇願を出すことは大きな冒険だとしても。問題は、訴訟そのものなのだ。いつまでかかるのか、見通せない。なんという邪魔が突然、おれの人生に投げこまれたのだろう！

それなのに銀行のために働けというのか？——Kはデスクのほうを見た。——これから取引相手を入れて、商談をしろというのか？　おれの訴訟が進行中なのに、あの屋根裏部屋では裁判所の役人たちが訴訟の書類に目を走らせているのに、おれは銀行の仕事を片づけなければならないのか？　これは拷問に似ていないだろうか？　裁判所公認の拷問は、訴訟と関係し、訴訟の伴奏をする。銀行がおれの仕事を評価するとき、おれの特別な事情は考慮してもらえるのか？　誰も絶対に考慮してくれない。おれの訴訟は、誰にも知られていないわけじゃない。誰がどれくらい知っているのか、はっきりしていないにしても。頭取代理のところにまで噂が届いてなければいいのだが。届いていたら、すぐわかるはずだ。あいつは同僚のよしみや人情など、おかまいなしに噂を利用するだろうから。では、頭取は？　たしかに頭取はおれに好意をもってくれている。訴訟のことを耳にすれば、おれが楽になるように、できる範囲のことをやってくれようとしただろう。だが、きっとやれなかっただろう。頭取はいま、頭取代理派に押されっぱなしだからな。おれが頭取代理の対抗勢力になっていたが、おれの力は衰えはじめた。こんなことがなくても頭取代理は、頭取の苦しい立場を利用して、自分の力を強くするやつだし。ではこのおれに、なにが期待できるのか？　もしかしたらおれは、こんなことを考えることによって、おれの抵抗力を弱めているのかもしれない。だが、自分を欺かず、目下のところ考えられるすべてのことをはっきり見ることが必要なのだ。

特別の理由もなく、ただただしあたりデスクに戻る必要がなかったので、窓を開けようとした。なかなか開かない。両手で取っ手を回さなければならない。窓が開くと、窓枠いっぱいに、煙のまじった霧が部屋に入ってきて、かすかに焦げた臭いがするようになった。雪片も何枚か舞いこんできた。「嫌な秋ですね」と、Kの背中で工場主が言った。頭取代理のところから戻ってきて、こっそり部屋に入ってきていたのだ。Kはうなずいて、落ち着きなく工場主の書類かばんを見た。たぶん書類を取り出して、Kに頭取代理との交渉の成果を報告するのだろう。だが工場主はKの視線を追いかけて、かばんをたたき、開けないまま言った。「どうなったか、聞きたいですよね。まずまずでした。このかばんに契約書が入ってるようなもんです。魅力的な人だな、頭取代理は。でも、危険じゃないとは絶対に言えない」。工場主は笑い、Kの手を握り、いっしょに笑ってもらいたそうだった。しかしKには、工場主が書類を見せようとしないことが、あらためて怪しく思えた。工場主の言葉には笑えなかった。「支配人さん」と、工場主が言った。「この天気がいけないみたいですね。きょうは、とても元気がなさそうだ」。「ええ」と言って、Kはこめかみをつまんだ。「頭も痛いし、家のことも心配で」。「そうなんですか」と、工場主が言った。せわしない人間で、誰の話も落ち着いて聞こうとしない。「みんな、十字架、背負わなきゃなりません」。思わずKは、工場主を送り出そうとするかのように、ドアのほうへ一歩すすんだ。「支配人さんにちょっとお知らせしたいことがあるんですよ。きょうみたいな日にお話しするのは迷惑だと思うんですが、このところ2回もお邪魔したのに、2回とも忘れちゃって。でも先に延ばすと、まったく役に立たなくなりそうなお知らせなんです。しかしそれも残念。だって私の話は、ちょっとは価値があるかもしれないので」。Kが答えようとする前に、工場主が近寄ってきて、指の根元の関節で軽くKの胸をたたいて、小さな声で言った。「訴訟、起こされてますよね？」。Kは後ずさりして、すぐに叫んだ。「頭取代理が言ったんだな」。「いいえ」と、工場主が言った。「どうして頭取代理が知ってるんです？」。「じゃ、どうしてあなたが？」と、Kはさっきよりもずっと冷静になってたずねた。「ときどき裁判所のこと、聞くものですから」と、工場主が言った。「お知らせしたいのも、そのことなんですよ」。「ずいぶんたくさんの人が裁判所と関係してるんだな！」と言って、Kはうなだれ、工場主をデスクのところへ案内した。ふたりがさっきのように腰をおろすと、工場主がこう言った。「残念ながら、お知らせできることってそんなにありません。でもこういう問題では、ささいなことも無視しちゃいけない。それに私としては、どうしてもあなたのお力になりたいんです。たとえどんなにわずかでも。私たち、これまで取引でいい関係だったわけでしょ？　さて」。Kはきょうの商談で自分の態度が悪かったことを謝ろうとしたが、工場主は話の腰を折られるのを嫌って、書類かばんを脇にかかえ、急いでいることをしめして、話をつづけた。「あなたの訴訟のことを聞いたのは、ティトレリという男からなんです。ティトレリというのは画家の名前で、本名は知りません。何年も前からときどきうちの事務所にやってきて、小さな絵をもってくる。で、私はいつも——そいつは乞食みたいなやつなんで——施しの真似事をしてやる。絵のほうは、なかなかきれいでしてね。荒れ野の風景とか、そういったものですが。絵の買い取りのほうは——ふたりとも慣れてきて——じつにスムーズにいっていた。しかしあるとき、訪問があまりにも頻繁になってきたので、文句を言ってやった。ふたりで話をすることになった。私としては、絵だけでどうやって生計を維持できるのか、興味があったので、聞いて驚きました。主な収入源は肖像画だという。裁判所で仕事をしてるんだ、と言うんです。どんな裁判所でなのか、とたずねると、裁判所の話をしてくれた。どんなに私が驚いたか、あなたなら一番よくわかるでしょう。以来、ティトレリがやってくるたびに、裁判所のニュースをいろいろ聞き、だんだん事情がわかるようになってきた。しかしティトレリはおしゃべりなやつなんで、しばしば、追い返さなければならない。それはね、あいつが嘘つきだから、という理由だけじゃない。私みたいな仕事人間は、仕事の心配で押しつぶされそうになるので、関係のないことにまで深入りできないからなんですよ。ま、それはさておき、もしかしたら――と私は考えたわけです――ティトレリは、ちょっとはあなたの力になれるんじゃないか。裁判官をたくさん知っているので、あいつ自身、大した影響力がないとしても、あなたにアドバイスぐらいはできる。影響力のある、いろんな連中をどんなふうに扱えばいいのか、をね。アドバイスそのものが大して役に立たなくったって、私の考えでは、そういうアドバイスをもっているってことに大きな意味があるんじゃないか。だってあなたは、弁護士みたいなものですからね。私はいつも言ってるんですよ。支配人のKは弁護士みたいなものだ、と。ああ、あなたの訴訟のことで心配なんかしてませんよ。ティトレリのところへ行く気になりました？　私の紹介なら、きっとあいつ、できることはなんでもしてくれるはずです。行ってみたらいい、と本当に思いますよ。もちろん、きょうでなくてもいい。いつか、機会があれば。しかしですね――ひとつ念を押しておきたいんですが――、私にすすめられたからといって、本当にティトレリのところに行かなきゃならない義務なんてありませんからね。もちろん、ティトレリなしでやっていけるとお考えなら、あんなやつ、無視しておくほうがずっといい。もしかしたらあなたはもう、綿密な計画を立てているかもしれない。ティトレリはその邪魔になりかねない。そうですよ、だったら当然、行くことはない。あんなやつからアドバイスをもらおうとすれば、きっと我慢も必要になる。ま、好きにしてください。これが紹介状です。で、これが住所」

がっかりしてKは紹介状を受け取り、ポケットに突っこんだ。一番うまくいった場合でも、この紹介状がもたらしてくれる利益は、工場主がKの訴訟を知っていて、画家がそのニュースをひろめる損害より、比較にならないほど小さいのだ。すでにドアのほうにむかっている工場主に、ひとことお礼の言葉を述べる気にもなれなかった。ドアのところで工場主と別れるときに、Kは「行ってみますよ」と言った。「あるいはですね、いま非常に忙しいので、私のオフィスに来てください、って手紙を書きます」。「わかってますよ」と、工場主が言った。「あなたは最善の策を見つけるでしょう。ただね、ティトレリみたいな連中を銀行に呼んで、ここで訴訟の話をすることは、むしろ避けようとなさるんじゃないか、と思ってました。それに、ああいう連中にじかに手紙を出すことも、かならずしも得策じゃない。でも、きっとよく考えておられるはずだし、どうしたらいいか、おわかりですよね」。Kはうなずき、控え室を通って工場主を送っていった。落ち着きを装っていたが、自分自身に愕然としていた。ティトレリに手紙を書くつもりだ、と言ったのは、紹介状に感謝していることと、もうティトレリと会う算段をしていることを、ともかく工場主にしめそうとしただけのことだ。もしもティトレリの援助に価値があると思ったら、ためらうことなく本当に手紙を書いただろう。その結果、どんな危険があるかということは、工場主に言われてはじめて気がついたのだ。おれの頭は、こんなに頼りないものになったのか？　怪しい人間をわざわざ手紙で銀行に呼んで、頭取代理の部屋とはドアひとつ隔てただけのところで、訴訟についてアドバイスしてもらうなどということをやってしまうなら、おれはもっと、ほかの危険も見逃していたり、危険に飛び込んだりしかねない？　いや、大いにその可能性があるんじゃないか？　いつも誰かがそばにいて、おれに警告してくれるとはかぎらない。そして、よりによっていま、おれが全力を傾けなければならない問題で、これまで気づかなかったが、おれには油断や不注意があるんじゃないか、と心配になってきた。オフィスの仕事をやっているときに感じた困難が、訴訟でもはじまるのだろうか？　しかしともかくいまになってみると、どうしてティトレりに手紙を書いて、銀行に来てもらおうなどと思ったのか、さっぱりわからなかった。

Kはいろいろ考えて、まだ首をふっていた。秘書がそばに寄ってきて、控え室のベンチに腰かけている3人の男のことを知らせた。3人は、Kに呼ばれるのをずいぶん長いあいだ待っていた。秘書がKと話しているので、3人は立ち上がっていた。誰がこの機会を利用して、一番最初にKに近づこうとした。銀行側が遠慮なく3人に、この部屋で待たせて時間を無駄にさせたのだから、3人のほうも、もう遠慮はしなかった。「支配人さん」と、さっそく1人が言った。だがKは、秘書にオーバーをもってこさせていた。秘書に手伝ってもらってオーバーを着ながら、3人に言った。

「申し訳ありません。残念ですが、いまはみなさんとお話しする時間がありません。至急やらなければならない仕事があり、いますぐ出かけなくてはなりません。ご覧のとおり、ずいぶん長いあいだ引き止められちゃいまして。恐縮ですが、あした以降、いつでもかまいません、またお越しいただけないでしょうか？ あるいは電話でお話しすることもできますが？ あるいは、いま、手短にご用件をお聞かせいただければ、文書で詳しい回答をさしあげます。しかし一番いいのは、またお越しいただくことです」。Kの提案を聞かされて、待っていたことが完全に無意味になった3人は、驚きのあまり黙ったまま、おたがいに顔を見合わせた。「それじゃ、よろしいですね」と、Kはたずねた。もう向きを変えていて、秘書から帽子を受け取った。開いているKの部屋のドアから外が見える。雪が非常に激しくなっていた。それを見てKはオーバーの襟を立て、首のところまでボタンをはめた。

そのとき、ちょうど隣の部屋から頭取代理が出てきた。オーバーを着たKが3人の男とやり合っているのをほほ笑みながら見て、たずねた。「お出かけですか、支配人さん?」。「ええ」と言って、Kは背筋を伸ばした。「急ぎの仕事で」。だが頭取代理は、もう3人の男のほうをむいていた。「で、この方たちは?」とたずねた。「ずいぶん長いあいだお待たせしたみたいだが」。「でも、話はついてます」と、Kは言った。だが、もう3人は収まらなかった。Kを取り囲んで、きっぱり言った。自分たちが何時間も待ったのは、重要な用件があるからで、いますぐ、しかも差しでじっくり話し合う必要があるからなんですよ。頭取代理はしばらく3人の言い分を聞き、Kのことも見ていた。Kは帽子を手に取り、ところどころについているほこりを払っている。それから頭取代理が言った。「あのですね、じつに簡単な方法があるんですよ。私でよろしければ、喜んで支配人のかわりにお話をうかがいます。もちろん、すぐに相談が必要なご用件でしょうから。われわれも、みなさんも、仕事をしている人間です。時間がどんなに大切なのか、承知しています。こちらにいらっしゃいませんか?」。そう言って頭取代理は、自分のオフィスの控え室のドアを開けた。

頭取代理のやつめ、おれが仕方なくあきらめた仕事まで、器用に自分のものにしやがって! しかしおれは、絶対に必要なもの以上のものを、あきらめたんじゃないか? 会ったこともない画家に、なにを望んでいるのか、はっきりしない。大したことは期待できないとわかっている。それなのに画家のところへむかっているあいだに、銀行でおれの評判は、傷ついてガタガタになる。オーバーを脱いで、お客を取り戻したほうが、ずっといいんじゃないか。すくなくとも2人は、まだ待たされているはずだ。実際、Kはそうしていたかもしれなかった。だがそのとき、Kの部屋に頭取代理の姿が見えた。まるで自分の書類棚のような顔をして、書類棚を探している。Kがムッとしてドアに近づいたとき、頭取代理が声をかけてきた。「あれっ、まだ出かけてなかったのか」。Kのほうに顔をむけた。張りのあるたくさんのしわは、年齢ではなく力を証明しているみたいだ。頭取代理はすぐにまた探しはじめた。「契約書の写しを探してるんだ」と言った。「あの会社の代表が、ここにあるはずだ、って言うんでね。探すの、手伝ってもらえない？」。Kが一歩近づいたとき、頭取代理が「ありがとう、あったよ」と言って、大きな書類の束をかかえて、自分の部屋に戻っていった。契約書の写しだけではなく、ほかの書類もいっぱいもっていったにちがいない。

「いまは、かなわないな」と、Kは思った。「だがこの個人的なゴタゴタが片づいたら、あいつには一番最初に痛い思いをさせてやろう。それもこっぴどく」。そう考えるとちょっと落ち着いた。廊下に通じるドアをずっと開けたまま待っていてくれた秘書には、「仕事で出かけた」と折りを見て頭取に伝えてくれ、と言ってから、Kは、これでしばらく自分のことに集中できるぞ、と、喜びを嚙みしめるようにして銀行を出た。

すぐに画家のところへむかった。画家の住んでいる町はずれは、裁判所事務局のある町はずれとは正反対の側にあった。もっと貧しい一角だった。家並みはもっと暗く、道はゴミだらけで、溶けた雪にゴミが浮かんでゆっくり動いている。画家が住んでいる建物では、大きな門の片側の門扉だけが開いていた。もう一方の門扉には下のほうに割れ目ができていて、ちょうどKが近づいたとき、そこから湯気を立てて気味悪い黄色の液体が流れてきて、1匹のネズミが近くの溝に逃げこんだ。階段の下では小さな子どもが地面に腹這いで寝転がっていて、泣いているのだが、門の向かい側にあるブリキ工場から響いてくる音がうるさすぎて、泣き声はほとんど聞こえない。ブリキ工場の扉は開いている。3人の手伝い職人が半円状になり、なにかの製品のまわりに立って、ハンマーでたたいている。大きなブリキ板が壁に掛かっていて、青白い光を投げかけ、その光が2人の手伝い職人のあいだに差しこんで、顔と作業エプロンを浮かびあがらせている。Kはそれらをちらっと見ただけだった。できるだけ早くここから退散したかった。画家にちょっと探りを入れたら、すぐに銀行に戻るつもりなのだ。ここでささやかな成果でもあれば、銀行のきょうの仕事にいい影響があるだろう。4階まで来ると、仕方なくゆっくり歩いた。すっかり息が切れていたのだ。階段も各フロアの天井の高さも異常に高く、おまけに画家は最上階の屋根裏部屋に住んでいるという。空気も非常に息苦しかった。階段室がなく、狭い階段が両側の壁にはさまれていて、壁の上のほうにところどころ小さな窓があるだけだった。Kがちょっと立ち止まったそのとき、女の子が何人か住居から出てきて、笑いながら急いで階段をのぼっていった。Kはその後をゆっくり追った。ひとりの女の子に追いついた。つまずいて、みんなから遅れてしまっていた。並んで階段をのぼりながら、Kはその子にたずねた。「ここにティトレリという画家、住んでる?」。背中のちょっと曲がった、まだ13歳にもなっていない女の子だが、質問されて、Kをひじで突き、横からKを見あげた。まだ大人でもないし、体に欠陥もあるのに、すっかりすれっからしになっている。にこりともせず、まじめな顔をして、なにかを要求するような鋭い目つきで、Kをじっと見ている。そういう態度に気づかなかったような顔をして、Kはたずねた。「ティトレリという画家、知ってる?」。女の子はうなずき、こんどは女の子のほうがたずねた。「なんの用なの?」。先にちょっとでもティトレリのことを知っておくほうが、都合がいいように思えた。「絵を描いてもらいたいと思って」と、Kは言った。「描いてもらう?」とたずねて、女の子はあんぐり口を開け、とんでもないことか変なことを言われたかのように、そっとKをたたいて、ただでさえ短いスカートを両手でたくしあげ、一目散にほかの女の子の後を追いかけた。ほかの女の子たちの叫び声は、上のほうでぼんやりとしか聞こえない。階段のつぎの角でKはふたたび全員の女の子に会った。背中の曲がった女の子からKの目的を聞かされたらしく、みんなでKを待っていたのだ。階段の両側に立って、壁に体を押しつけて、Kがすり抜けやすいようにし、手でエプロンのしわを伸ばした。この人垣もそうだが、どの顔にも、子どもらしさとすれっからしが混在していた。女の子たちは、Kの通った後、笑いながら寄り集まっていたが、先頭には、背中の曲がった女の子がいた。リーダーなのだ。その子のおかげで、Kは迷わないですんだ。まっすぐ階段をのぼっていこうとすると、ティトレリのところに行くには、分かれている階段を選ばなければならないと教えてもらったのだ。その階段は特別に狭く、非常に長く、まっすぐで、全部が見通せて、一番上がティトレリの住居のドアだった。上のほうに小さな天窓が斜めについているおかげで、ドアには、ほかの階段とちがって比較的明るい光が差しこんでいた。生木《なまき》の角材で組まれていて、ティトレリという名前が赤く太い絵筆で書かれている。Kがお供といっしょにまだ階段のまん中にたどり着かないうちに、たくさんの足音に誘われたらしく、ドアがちょっと開いて、寝間着しか着ていない男がドアのすき間にあらわれた。大勢でやってきたのを見て、男は「ああ！」と叫んで、姿を消した。背中の曲がった女の子が喜んで手をたたき、ほかの女の子たちはKを押して、もっと早くと急がせた。まだ上までたどり着いていないのに、上では画家がドアを全部開けて、深々とお辞儀して、Kに入ってくるようすすめた。女の子たちのことは拒否した。どんなに頼まれても、誰ひとり入れようとはしない。女の子たちは、許してもらえないなら、逆らってでも入ろうとするのだが、画家は入れようとはしない。背中の曲がった子だけが、画家が伸ばした手をすり抜けて、入ることができたが、画家が追いかけて、スカートをつかみ、ぐるっと1回転させて、ドアの前にいる女の子たちのところに降ろした。ほかの女の子たちは、画家がそこからいなくなっても、敷居をまたごうとはしなかった。Kには事情がわからなかった。すべてが友好的な合意のもとで起きているようにも見えたからだ。ドアのところにいる女の子たちは、ひとりずつ順番に首を伸ばしては、画家にむかって、Kには理解できない、いろんな冗談を投げつけている。画家も笑っているのだが、そのあいだ背中の曲がった女の子は画家につかまえられて、ふり回されている。それから画家はドアを閉め、あらためてKにお辞儀し、手を差しだして、自己紹介した。「画家のティトレリです」。Kは、ドアを指さして言った。「ドアの向こうでは女の子たちがささやいている。「あなた、ずいぶん人気があるみたいですね」。「ああ、あのお転婆どもか」と言って、画家は寝間着の首のボタンをとめようとしたが、うまくいかない。おまけに裸足で、黄色がかった幅の広いリネンのズボンをはいているだけだった。ズボンを締めているひもは、その長い端がぶらぶら揺れている。「お転婆どもには、ほんとにウンザリだ」と、画家がつづけた。さっきのボタンが外れてしまった寝間着のことはほったらかしにして、椅子をもってきて、Kにすわるように言った。「あのお転婆のひとりをね、描いてやったことがあるんだが——きょうは姿も見せていないけど——それ以来、みんなに追いかけられるようになった。ぼくがいるときは、許可しないかぎり入ってこないんだが、いなくなると、いつも誰かが入りこんでる。合い鍵をひとつ用意していて、みんなで使いまわしてるんだ。それがどんなにわずらわしいことか、想像もつかないほどですよ。たとえばね、ぼくが女性を描こうと思って、家に連れてきて、ぼくの鍵でドアを開けると、背中の曲がった子がそのテーブルのそばにいる。絵筆でくちびるを赤く塗ってるんだが、そのあいだに、その子が面倒を見ることになってる妹たちが走りまわって、部屋じゅう汚してくれる。またね、これはきのう起きたばかりのことだが、ぼく、夜遅くなってから帰ってきた。——そのせいでぼくもよれよれだし、部屋も散らかってるんだが、どうか大目に見ていただきたい——つまりね、夜遅くなってから帰ってきて、ベッドにもぐりこもうとしたら、誰かに脚をつねられた。ベッドの下をのぞいて、また1匹つまみ出してやった。なんでこんなにぼくのところへ押しかけてくるのか、わからない。ぼくが連中を誘ってるんじゃないことは、わかってもらえるでしょう。こんな調子だから、もちろん仕事の邪魔になる。このアトリエ、ただで使わせてもらってなきゃ、とっくの昔に引っ越してるんだがね」。ちょうどこのときドアの向こうで小さな声がした。おずおずと甘えた声だ。「ティトレリ、もう入っていい？」。「駄目だ」と、画家が答えた。「あたしひとりでも駄目？」と、またたずねた。「駄目だ」と言って、画家はドアのところへ行き、鍵をおろした。

Kはそのあいだに部屋を見まわしていた。こんなにみじめで小さな部屋をアトリエと呼ぶなんて、自分じゃ絶対、考えつきもしなかっただろう。縦にも横にも大股で2歩以上は歩けない。床も、壁も、天井も、全部が木で、角材と角材のあいだには細い裂け目が見えた。Kの向かい側の壁にベッドがあり、いろんな色の寝具が乗っかっていた。部屋のまん中のイーゼルには絵がのっていて、シャツで隠されている。シャツの袖が床までぶら下がっている。Kの後ろには窓があり、窓の外は霧のため、雪でおおわれた隣の家の屋根しか見えなかった。

錠前のなかで鍵のまわる音がして、Kは、すぐに帰るつもりだったことを思い出した。工場主の手紙をポケットから取り出し、画家に渡して、言った。「お知り合いのこの人から、あなたのことを教えられ、すすめられてやってきたんですよ」。画家は手紙をざっと読んで、ベッドに投げつけた。ティトレリが工場主の知り合いで、工場主の施しを頼りにしている貧乏人だと、はっきり聞かされていなかったら、Kは実際、ティトレリは工場主とは知り合いじゃなく、すくなくとも工場主のことを思い出せないのだ、と思ってしまうところだった。おまけに画家が、こうたずねてきた。「絵、買ってもらえるんですか？　それとも描きましょうか？」。Kは驚いて画家を見つめた。手紙にはいったいなにが書かれてるんだ？　Kはてっきり、工場主が手紙で画家に、Kは訴訟のことを問い合わせたいだけだ、と知らせてくれたのだと思っていた。だが、おれは急ぎすぎた。なんにも考えずにやってきてしまった！　しかしいまは画家になんとか返事をする必要がある。イーゼルに目をやりながら、こう言った。「ちょうど描いてるところなんですね」。「ああ」と言って、画家はイーゼルにかけていたシャツを、ベッドの手紙のほうに投げた。「肖像だ。いい仕事だけど、まだ仕上がってない」。その偶然がKには好都合だった。裁判の話をするチャンスが、文字どおり提供された。明らかにそれは裁判官の肖像画だったのだ。おまけに、弁護士の仕事部屋にあった絵とびっくりするくらい似ている。こちらはまったく別の裁判官の絵だ。

顔一面にふさふさした黒いひげをつけているデブの男だ。ひげがほっぺたの横に大きく飛び出している。あの絵は油絵だったが、この絵はパステルで薄くぼんやり色をつけている。だがそれ以外の点は似ていた。ちょうど裁判官が、ひじ掛けをしっかりつかんで、脅かすように玉座のような椅子から立ち上がろうとしている。「これ、裁判官ですね」と、言いそうになったが、とりあえず言葉を呑みこんだ。細部を見ようとするかのように、絵に近づいた。まん中には大きな人物が、玉座のような椅子の背もたれのうえのほうに描かれている。よくわからないので、画家にその人物のことをたずねた。「もうちょっと仕上げなきゃな」と答えて、画家は小さなテーブルからパステルを取り、人物の輪郭に細かい線でちょっと陰影をつけたが、それでもKにははっきりわからない。「正義の女神だよ」と、画家がとうとう言った。「そうか、なるほど」と、Kは言った。「これが目隠しの布で、これが天秤か。でも、かかとには翼があって、飛んでるんじゃないのかな?」。「ああ」と、画家が言った。「注文だから仕方がない。じつはね、正義の女神と勝利の女神を一体にしたやつなんだ」。「組み合わせがよくないな」と言って、Kはほほ笑んだ。「正義の女神はじっとしてなきゃ。天秤が揺れるでしょ。公正な判決が下せない」。「ぼくはね、注文されたように描くんだ」と、画家が言った。「それはそうですね」と、Kは言った。自分の言葉で誰も傷つけたくなかった。「この人物が玉座のような椅子に本当に立っているように、描いたわけですよね」。「いや」と、画家が言った。「人物も椅子も見たことがない。全部ぼくの創作だよ。こんなふうに描いて、とは言われたけど」。「ええっ？」と、Kはたずねた。画家の言っていることがよくわからないようなふりを、わざとした。「でもこれ、裁判官でしょ。裁判官の椅子にすわってる」。「そうだよ」と、画家が言った。「でも地位の高い判事じゃない。こんな玉座みたいな椅子にすわったことなんかない判事だ」。「それなのに、こんなにいかめしい格好をしてるわけ？　まるで裁判所の長官みたいだ」。「見栄っ張りなんだからさ、注文主たちは」と、画家が言った。「でも連中は、そんなふうに描いてもらってもいいという許可を上からもらってるんだ。どんなふうに描いてもらってもいいのか、それぞれに細かい規定がある。ただね、残念ながらこの絵じゃ、細かい服装やすわり方までは判断できない。パステルは、こういう絵にはむいてないんだ」。「うん」と、Kは言った。「変だな、パステル画で描かせるなんて」。「この判事の希望なので」と、画家が言った。「女性に贈るらしい」。絵を見ているうちに、仕事をする意欲がわいてきたらしい。画家は寝間着の袖をまくりあげ、パステルを何本か手に取った。Kの目の前で、パステルの先が細かく動き、裁判官の頭部にそって、赤みがかった陰影が生まれ、その陰影が絵の縁にむかって放射状に薄くなっていく。だんだんその陰影のたわむれが、頭部をとり囲む飾りとか、勲章のようになってきた。正義の女神のまわりは、目立たない色調になったこと以外は、明るいままだった。その明るさのせいで、その姿がとくに飛び出しているように見える。印象としては正義の女神でもなく、勝利の女神でもなく、むしろいまは完全に狩りの女神のように見える。画家の仕事にKは思ったより引きこまれていたが、とうとう自分を責めた。ここに来て、ずいぶん時間がたったのに、なんにも用事をすませてないじゃないか。「どういう名前なのかな、この判事？」と、Kは突然たずねた。「それは言えないな」と、画家が答えた。絵に没頭していて、明らかに客のことを忘れている。最初はあんなに気をつかってKを迎えたのに。気まぐれなやつめ、とKは思い、こんなことで時間を無駄にしたことに腹を立てた。「裁判所に信用があるんでしょ？」と、Kはたずねた。すぐに画家はパステルを脇に置き、背筋を伸ばして、手をもみ、ニヤニヤしながらKをじっと見た。「さ、本音でどうぞ」と、画家が言った。「裁判のこと、知りたいんでしょ。紹介状にも書いてあったけれど。ところが最初は、ぼくの絵の話をした。気を引くためにね。でも、悪く思いませんよ。そんなやり方がぼくに合わないなんて、わかりっこなかったんだから。いや、いや！」と言って、画家は強く制止した。Kが反論しようとしたからだ。そして話をつづけた。「ところでね、おっしゃるように、ぼくは裁判所に信用があるんだ」。画家はちょっと間をおいた。Kに、事実を受けいれる時間をあたえようとしているかのようだ。するとまたドアの向こうで女の子たちの声が聞こえた。どうやら鍵穴のまわりに押しかけているらしい。もしかしたらドアの角材の裂け目からも部屋のなかがのぞけるのかもしれない。Kはともかく弁解しないことにした。相手の気をそらせたくなかったからだ。しかし、画家をもちあげすぎて、いわば手の届かない存在にしてしまう気もなかったので、こんな質問をした。「それは公認の地位？」。「いや」と、画家は話の腰を折られたかのように、ぶっきらぼうに答えた。しかしKは、画家を黙らせようという気はなく、こう言った。「うん、そんなふうに公認じゃない地位のほうが、公認の地位より影響力がある場合がよくある」。「そう、それがぼくの場合だ」と言って、画家はうなずき、額《ひたい》にしわを寄せた。「きのう、工場主とあなたのケースについて話をした。ぼくがあなたの力になれないか、と聞かれたので、『その人、ぼくのところに来ればいいのに』

と答えておいた。するとうれしいことに、早速あなたがやってきた。あなたには、非常にショックなんだろうね。当然だと思います。ところで、ともかくそのオーバー、脱ぎません？」。すぐに帰るつもりだったにもかかわらず、画家にそう言われて非常にありがたかった。部屋の空気がしだいに息苦しくなってきていた。何度もKは変だなあと思いながら、隅に置いてある小さな鉄のストーブを見ていた。明らかに火は入っていない。部屋の蒸し暑さは、説明がつかなかった。Kがオーバーを脱ぎ、ついでに上着のボタンをはずしていると、画家が弁解するように言った。「ぼく、暖かくしてないと駄目なんだ。ここはその点、いいでしょう？　部屋がその意味じゃ、非常にいい場所にある」。Kはなにも言わなかった。じつはKの居心地が悪かったのは、暖かさのせいではなく、むしろ空気のせいだった。むっとしていて、ほとんど息ができない。ずいぶん前から部屋の換気をしていない。ベッドに腰をおろすように言われて、Kの不快感はさらに高まった。画家のほうは、イーゼルの前にある、部屋でたったひとつの椅子にすわっている。おまけに、なぜKがベッドの端から動こうとしないのか、誤解しているらしい。それどころか、遠慮は無用と言って、Kがためらっていると、無理やりKをもっと奥の布団と枕のうえにすわらせた。それから自分の椅子に戻り、ついにはじめて具体的なことを質問してきた。質問されてKは、ほかのことを忘れてしまった。「潔白ですか?」とたずねられたのだ。「はい」と、Kは言った。こう答えたことがKはことのほかうれしかった。私人にたいして答えたので、なんの責任も生じないからだ。これまで、こんなにオープンに質問されたことはなかった。このうれしさを味わいつくすために、Kはこうつけ加えた。「完全に潔白です」。「そうか」と言って、画家はうつむき、なにか考えているようだ。突然、頭を上げて、こう言った。「潔白だったら、話は非常に簡単だ」。Kの視線は暗くなった。裁判所に信用があると言っているこの男、まるでなんにも知らない子どものようなことを言うじゃないか。「私が潔白だからといって、話が簡単になるわけじゃない」と、Kは言った。ともかくほほ笑むしかなく、ゆっくり首をふった。「細かい問題がたくさんあって、そういうことに裁判所がこだわる。最後には、もともとなんにもないのにどこかから、大きな罪を引っ張り出してくる」。「ええ、ええ、たしかに」と、画家が言った。まるでKに余計な邪魔をされたかのような口調だ。「それでもやっぱり潔白なんでしょう?」。「ええ、そうです」と、Kは言った。「そこが肝心なんだ」と、画家が言った。反論されてもびくともしない。ただ、そんなにきっぱり断言しているのに、それが確信によるものなのか、無関心によるものなのか、はっきりしない。Kはまずそれを確かめたくて、こう言った。「あなたはね、私なんかより、ずっと裁判所のことを知っているはずだ。私は、いろんな人から聞いたことしか知らない。だけど、おなじことしか言われなかった。つまり、軽率に告訴をすることはない。裁判所が告訴するときは、被告の罪を確信しているときだ。その確信を捨てさせるのは、じつにむずかしい、と」。「むずかしい？」と質問して、画家は片手を高く上げた。「絶対に、確信を裁判所に捨てさせることはできない。判事を全員、このキャンバスに描いて並べてあげるから、このキャンバスの前で自分の弁護をする。そのほうが、実際の法廷で弁護するより、ずっと勝ち目があるだろうね」。「そうだな」と、Kはつぶやいた。画家に探りを入れようとしただけだったことを忘れていた。

また女の子がドアの向こうで質問をはじめた。「ティトレリ、その人、まだ帰らないのかな」。「うるさいぞ」と、画家がドアにむかって叫んだ。「わからないのか、お客さんと話をしてるんだ」。だが女の子は納得せず、たずねた。「その人の絵、描くんでしょ？」。画家が答えないでいると、さらに言った。「お願いだから描かないで、そんな嫌な人」。はっきり聞き取れないが、賛成する声がからみ合って聞こえてくる。

画家はドアのところへひとっ跳びし、ちょっと開いてすき間をつくった。——お願い、と言って、女の子たちが組んだ手を伸ばしてきた。——画家が言った。「静かにしないと、みんな、階段から突き落とすよ。ほら、そこの階段にすわって、おとなしくしてなさい」。すぐには言うことを聞きそうにないので、仕方なく命令した。「階段にすわるんだっ！」。ようやく静かになった。

「失礼しました」と言って、画家はKのところへ戻ってきた。Kはあまりドアのほうを見ていなかった。自分を守ってくれるのか、そしてどんなふうに守ってくれるのかは、画家にまかせっきりにしていたのだ。いまもほとんど動かないでいると、画家がKのほうに身をかがめ、外に聞こえないようにささやいた。「あの女の子たちも裁判所の者なんだ」。「ええっ？」と言って、Kは顔を横にずらして、画家をじっと見た。画家はふたたび椅子にすわり、冗談半分、説明半分に言った。「なにもかも、裁判所のものなんだよ」。「知らなかった」としか、Kは言わなかった。一般化した言い方をされたので、女の子たちについての指摘が不安ではなくなった。それにもかかわらずKは、しばらくのあいだドアのほうを見ていた。その向こうでは女の子たちが静かに階段にすわっているのだ。ひとりの女の子がストローを角材と角材のすき間に突っこんでいて、それをゆっくり上下させている。

「裁判所の概要といったものが、まだわかってないみたいだな」と、画家が言った。両脚を大きく伸ばしていたが、つま先で床をつついた。「でも潔白なんだから、そんなこと知らなくてもいいでしょう。ぼくひとりで助け出してあげますよ」。「どうやって?」と、Kはたずねた。「さっき自分で言ったじゃないですか。裁判所には論拠を届けることがまるでできない、って」。「届けることができないのは、裁判所に提出する論拠だけなんだ」と言って、画家は、Kが微妙な区別に気づいていないかのように、人差し指を上げた。「事情がちがうんだよね。こういう問題にかんして、公式の裁判所の裏で試みられることは。裏というのは、審議室とか、廊下とか、それから、たとえばここのアトリエのことだけど」。画家がいま言ったことは、まったくの出鱈目には思えなかった。むしろ、これまでKがほかの人から聞いていた話とだいたい合っている。いや、これは非常に希望がもてることですらある。あの弁護士が言っていたように、個人的な関係によって判事をそんなに簡単に動かせるものなら、虚栄心の強い判事と画家との関係はとくに重要だ。いずれにしても絶対に過小評価してはならない。Kは力になってくれる人を自分のまわりに集めているが、画家もそのひとりだと考えることができる。銀行でKは、組織する能力をほめられたことがあるが、孤立無援の状況になっている今回は、その能力を徹底的に試してみるチャンスなのだ。画家は、自分の説明がKにおよぼした効果を観察してから、ちょっと不安そうに言った。「ぼくって、ほとんど法律家みたいなしゃべり方だよね。気にならない？　裁判所の連中とずっとつき合ってるものだから、影響されちゃってね。もちろん得るものは多い。でもね、芸術家気質がほとんど消えちゃう」。「はじめて判事とコネができたのは、どうやって？」と、Kはたずねた。自分のために働いてもらう前に、とりあえず画家の信頼を獲得しておこうと思ったのだ。「非常に簡単な話だ」と、画家が言った。「親から譲られた。父も裁判所の画家だった。世襲なんだよ。新しく人を見つける必要がない。つまりさ、いろんな等級の役人を描くためには、いろんなルールが定められているからだ。ルールは何層にも重なっていて、なんといっても秘密だから、特定の家の者しか知ることができない。たとえば、そこの引き出しには父のスケッチが入ってる。誰にも見せないけどね。でも、スケッチを見たことのある者だけが、裁判官の絵を描くことができる。しかし、ぼくがそのスケッチをなくしたとしても、たくさんのルールはぼくの頭にしかたたきこまれてないので、ぼくの地位が脅かされることはないいんだ。どんな判事も、昔の偉い判事が描かれたように描かれたがる。それができるのは、ぼくだけなんだ」。「うらやましいな」と、Kは言った。銀行での自分の地位を考えた。「じゃ、あなたの地位は不動なんだね？」。「ああ、不動だよ」と言って、画家は誇らしそうに肩をそびやかした。「だから、ときどきさ、訴訟に巻きこまれたかわいそうな人の力になろうとしたりするわけ」。「どんなふうにして？」と、Kはたずねた。まるで自分は、いま画家にかわいそうな人と呼ばれた人間とはちがうような顔をして。だが画家は、話をそらされることもなく言った。「たとえばあなたのケースなら、あなたは完全に潔白なんだから、こうするね」。潔白だとくり返し言われることが、Kには、わずらわしくなっていた。ときどきKは思ったのだが、潔白だと言うことによって画家は、訴訟の好結果を、自分が力を貸すことの前提にしているかのようだ。だったら当然、前提そのものが崩れている。そんな疑いがあったにもかかわらず、Kは自分を抑え、画家の話をさえぎらなかった。画家の助けを当てにすることを断念するつもりはなかった。当てにしようと決心していたのだ。画家の力のほうが、弁護士の力より怪しくないように思えてもいた。Kは弁護士より画家のほうがはるかにましだとさえ思った。画家の言い方のほうが、悪意がなくオープンだったからだ。

画家は椅子をベッドのほうに寄せてきていた。声をひそめて話をつづけた。「最初に聞くのを忘れちゃったけど、どういう種類の釈放が望みなのかな。3つの可能性があるんだ。本当の無罪判決と、見かけの無罪判決と、引き延ばし。本当の無罪判決がもちろん一番だけど、ぼくにはその種の解決策にもちこむ力がまったくない。ぼくの考えじゃ、本当の無罪判決にもちこめる人物なんてどこにもいない。その場合、おそらく決め手になるのは、被告が潔白だということだけだ。あなたは潔白なんだから、自分の潔白だけを頼りにすることも、本当にできるかもしれない。そうするとぼくの力も、ほかの人の力もいらなくなる」

理路整然と話されて、Kは最初びっくりしたが、画家とおなじように小声で言った。「矛盾してるんじゃないかな」。「どこが?」と、画家が寛容に言って、ほほ笑みながら後ろにもたれた。そのほほ笑みを見て、Kは感じた。これからおれは、画家が言ったことじゃなく、裁判手続きそのものに矛盾を見つけようとしはじめたみたいだな。それにもかかわらずKはひるまず、言った。「最初にあなたはね、論拠は裁判所には届かない、と言った。後になって、それを公の裁判所に限定した。そしていまは、潔白なら裁判でなんの助けもいらない、とすら言う。まずこの点に矛盾がある。それからまた最初にね、あなたは、判事に個人的な影響をおよぼすことができる、と言ったけれど、いまはさ、あなたの言う本当の無罪判決は個人的な影響によって獲得できる、ってことを否認しているわけだ。この点に、もうひとつの矛盾がある」。「そんな矛盾なら簡単に説明できるよ」と、画家が言った。「いま問題になっているのは、ふたつの別々のことだ。法律に書かれていることと、ぼくが個人的に経験したこと。混同しちゃいけない。法律には、といってぼくは読んだことないけどさ、もちろん一方では、潔白な者は無罪になる、と書いてある。でも他方、判事に影響をおよぼすことができる、とは書いていない。ところがぼくが経験したのは、まさに正反対のことなんだ。本当の無罪判決は聞いたことがないけれど、判事への影響ならたくさん聞いている。ぼくの知ってるどのケースでも潔白じゃなかった、という可能性がもちろんある。しかし、それって変じゃないかな？　あんなにたくさんケースがあったのに、誰ひとり潔白じゃなかった？　子どものときからぼくはね、父が家で訴訟の話をするときは、しっかり聞いてきた。判事たちも父のアトリエにやってきて、裁判の話をした。ぼくのまわりじゃ、その話題しかないんだ。自分でも裁判所に行ける機会があると、かならず出かけた。数え切れないほど多くの訴訟を、重要な段階になると傍聴したし、公開されているかぎり追っかけた。それなのに——仕方なく認めるわけだけどね——本当の無罪判決なんてひとつも見たことがない」。「本当の無罪判決なんてひとつもない、か」と、Kは言った。まるで自分自身に、そして自分の希望に話しかけているかのように。「しかしそれは、私が裁判についてもってる意見を、証明するようなものだな。その面から言っても裁判なんて無意味なんだ。首切り役人がひとりいれば、裁判所なんて全部いらなくなる」。「一般化しちゃいけない」と、画家が不満そうに言った。「ぼくは自分の経験を語っただけなんだから」。「それで十分じゃないか」と、Kは言った。「それとも昔は無罪判決があった、と聞いたことは?」。「そういう無罪判決は」と、画家が答えた。「たしかにあったそうだ。ただね、そのことを確認するのは非常にむずかしい。裁判所の最終決定は公表されないし、判事たちでさえ知ることができない。だから昔の裁判事例については伝説しか残ってないんだ。でも伝説では、本当の無罪判決が伝えられている。それも数多くね。信じていいと思うけれど、証明はできない。にもかかわらず全部を無視してしまう必要はない。伝説は、ある種の真実を含んでいるんだし、とても美しい。ぼくも、そういう伝説を題材にして、絵を何枚か描いたことがあるよ」。「伝説にすぎないなら、私の意見は変わらないな」と、K

は言った。「法廷で伝説を証拠にするわけにもいかんだろうし」。画家が笑った。そして、「そりゃ、駄目さ」と言った。「じゃ、こんな話をしても無駄なんだ」と、Kは言った。とりあえず画家の意見は全部、受けいれることにするか。本当らしくないとしても、また、ほかの報告と矛盾するとしてもだ。いまのおれには、画家の言ったことを全部、正しいかどうか確かめたり、いや、反論したりする時間なんてないんだから。ともかくこの画家が、確実ではないにしても、おれを助ける気になってくれただけでも、まともな収穫じゃないか。そこでKは言った。「じゃ、本当の無罪判決は無視しましょう。でも、あとふたつ可能性があるわけでしょ」。「見かけの無罪判決と、引き延ばしとがね。このふたつだけが問題になる」と、画家が言った。「その話をする前に、上着を脱いだらどうです？　暑そうじゃないですか」。「ああ」と、Kは言った。これまで画家の説明にばかり気をとられていたが、暑さのことを言われると、急に激しい汗が額《ひたい》に噴きだしてきた。「いや、耐えられないほどだ」。Kの不快感はじつによくわかるというような顔をして、画家がうなずいた。「窓、開けられないのかな？」と、Kはたずねた。「駄目なんだ」と、画家が言った。「ガラスをはめて固定してるから、開けられない」。そのときKは気がついた。ずうっとおれは、突然この画家か、自分が、窓のところへ行って、さっと窓を開けることを期待していたのだ。たとえ霧でも、口を大きく開けて吸い込むつもりだった。だがここが、外気から完全に遮断されているのだと思うと、めまいを感じた。そばの羽毛布団を軽くたたいて、Kは弱々しい声で言った。「気持ちが悪いし、体にも悪いな」。「いや、そんなことはない」と言って、画家は窓を弁護した。「開けられないから、ガラスが一重なのに、二重窓より熱を逃がさないんだ。換気したいと思った場合は、といっても、角材にすき間があるから空気はどこからでも入ってきて、そんな必要はほとんどないんだが、ドアをひとつ開ければいい。いや、ふたつとも開けてもいい」。その説明を聞いて、Kはちょっと安心し、まわりを見まわして、もうひとつのドアを見つけようとした。画家がそれに気づいて、言った。「後ろだよ。ベッドでふさいじゃってるけど」。ようやくいまKは壁のところに小さなドアを見た。「ここ、アトリエとして使うには、小さすぎるんだ」と、画家は言った。Kの非難の先手を打つつもりらしい。「なんとか工夫するしかなかった。ドアの前のベッドは、もちろん非常に都合が悪い。たとえば、いまぼくが描いてる判事はね、いつもベッドのところのドアから入ってくるから、そのドアの鍵を渡してるんだ。ぼくが留守でも、このアトリエで待ってられるからね。

ところがその判事がやってくるのは、いつも朝早くだから、ぼくはまだ寝ている。どんなにぐっすり寝てたって、ベッドのそばのドアが開けば、もちろん、かならずたたき起こされちゃう。朝、ベッドをまたがれると、判事に悪態をつくんだが、それを聞いたら、あなただって、判事にたいする畏敬の念なんて消えちゃうんじゃないかな。もちろん鍵を取り上げることもできるけど、そんなことしたら、ますます事態が悪くなるだけ。こんなドア、ちょっと力を入れるだけで、簡単に外れちゃうからね」。こんな話を聞かされているあいだ、Kは上着を脱ぐべきかどうか思案していた。しかし脱がなければ、これ以上ここに居つづけることは不可能だと気がついたので、上着を脱いだけれども、話が終わったらすぐに着ることができるよう、膝のうえに置いた。Kが上着を脱ぐやいなや、女の子のひとりが叫んだ。「上着、脱いじゃったよ」。見世物を自分の目で見ようとして、みんなで角材のすき間に殺到する音が聞こえる。「つまり女の子たちは」と、画家が言った。「ぼくが絵を描くから、あなたが脱いだんだ、って思ってるわけだ」。「そうか」と、Kは言ったが、あまりおもしろくなかった。シャツだけになったのに、あまり気分がよくならなかったのだ。不機嫌そうにKはたずねた。「あとふたつの可能性、なんて言ったかな？」。なんと呼ばれていたのか、忘れてしまったのだ。「見かけの無罪判決と、引き延ばし」と、画家が言った。「どちらを選ぶかは、あなた次第。どちらも私の力でなんとかなる。もちろん努力しないと手に入らないが、努力の仕方がふたつはちがう。見かけの無罪判決だと、一時的だが集中が必要。引き延ばしだと、ずっと楽だけど時間がかかる。で、とりあえず、見かけの無罪判決の場合。それをねらいたいなら、大きな紙にあなたの潔白を証明する文章を書いてあげる。その文章は父から伝わっているもので、完璧だ。その証明書をもってね、ぼくが知り合いの判事のところを回る。たとえば最初は、いまぼくが描いてる判事。モデルになりに今晩やってきたら、その証明書を見せる。まず証明書を見せて、あなたが潔白であることを説明し、あなたの潔白を保証する。それはたんに外面的な保証であるだけじゃなく、本当に拘束力のある保証でもあるわけ」。画家の視線には、Kのせいで厄介な保証をすることになったんだぞ、という非難のようなものが混じっていた。「ご親切にありがとう」と、Kは言った。「判事はあなたの言うことは信じるにもかかわらず、私には本当の無罪は言い渡さないんだろうな」。「さっき言ったように」と、画家が答えた。「それに、誰もがぼくの言うことを信じてくれるという保証もまったくない。たとえば判事によっては、あなたを連れてこい、と言うだろう。そうなると、いっしょに行ってもらうことになる。でもそういう場合、半分勝ったも同然なんだ。もちろん前もってあなたには、その判事のところではどんな態度をとるべきか、しっかり教えておくから、安心してもらっていい。具合が悪いのは、最初からぼくを――まあ、そういうこともあるんだが――拒否する判事。こういう連中のことは、もちろんいろいろ手をつくしてみるけれど、あきらめるしかない。あきらめてもいいと思う。何人かの判事には決定権もないわけだしね。さて、その証明書に判事から十分な数の署名をもらったら、その証明書をもって、あなたの訴訟を担当している判事のところへ行く。もしかしたらその判事からも署名がもらえるかもしれない。そうするといつもより、もうちょっと速くことが運ぶ。これでまず、大きな障害がなくなり、被告にとって一番安心できる時期になる。変な話だけど、本当なんだ。無罪判決の後よりもこの時期のほうが安心できる。もう特別に苦労することもない。判事はその証明書でたくさんの判事から保証をもらっているので、なにも心配せずにあなたに無罪を言い渡すことができる。いろんな形式的な手続きをすませてからになるが、ぼくやほかの知り合いのためにも、きっとそうしてくれるだろう。あなたは裁判所から出てきて、自由の身だ」。「それで私は自由になるわけか」と、Kはためらいながら言った。「ええ」と、画家が言った。「でも、見かけだけの自由にすぎない。正確に言えば、一時的な自由。つまりね、ぼくの知り合いは下の判事たちで、最終的に無罪を言い渡す権利がない。その権利をもっているのは、あなたにも、ぼくにも、ぼくたち全員にもまったく手の届かない、一番上の裁判所なんだ。それがどんなものなのか、ぼくらは知らない。ついでに言っておくと、知りたいとも思わない。告訴から自由にするという大きな権利は、だからね、ぼくらの判事にはないんだ。しかし、告訴から離すという権利はもっている。つまりね、こうして自由を言い渡されると、あなたは一時的には告訴から離されているけれど、告訴のほうはあなたの頭上にずっと漂っていて、上からの命令があるとすぐに、効力を発揮するわけ。裁判所にいいコネがあるから、教えてあげられるんだが、裁判所事務局の規定では、本当の無罪判決と見かけの無罪判決とのちがいが、はっきり形になってるんだよ。本当の無罪判決の場合、訴訟の文書は完全に片づけられることになっている。訴訟手続きからすっかり姿を消すんだ。告訴だけじゃなく、訴訟も、それから無罪判決までもが廃棄されている。すべてが廃棄されている。だが見かけの無罪判決の場合は、ちがう。文書にはこれといった変化は起きない。ただし潔白の証明書や、無罪判決や、無罪判決の理由については分量がふえてるけれどね。ところで文書はあいかわらず訴訟手続きのなかから消えていない。裁判所事務局のたえまないやりとりのなかで必要になると、上級裁判所に送られたり、下級裁判所に戻ってきたりして、振幅の大小や、渋滞の大小があるものの、振り子のように往復するんだ。その道筋は見当がつかない。外から見るとときどき、すべてがとっくの昔に忘れ去られ、文書がなくなり、無罪判決が完全なものである、というふうに見えることがある。しかし事情通はそんなこと信じないでしょう。文書はなくならない。裁判所が忘れることはない。ある日――思いがけないときに――ひとりの判事がいつもより注意深く文書を手にして、そのケースでは告訴がまだ生きていることに気づき、すぐに逮捕せよと命令する。この場合ぼくはね、見かけの無罪判決と新しい逮捕のあいだには、長い時間がたっていると想定したわけだけど、そういう可能性はあるし、そういうケースを実際にいくつか知っている。でも同様に、無罪を言い渡された者が家に帰ると、そこには再逮捕の命令を受けた者が待っていた、という可能性だってあるわけだ。そうなると当然、自由な生活は終わりになる」。「で、また訴訟がはじまる？」と、Kは信じられないような顔をしてたずねた。「もちろん」と、画家が言った。「また訴訟がはじまる。以前と同様、見かけの無罪判決を勝ち取る可能性もある。また全力を注がなきゃならない。降参しちゃ駄目だ」。最後のセリフを画家が口にしたのは、もしかしたら、Kがちょっと落ちこんだように見えたからかもしれない。「しかし、また見かけの無罪判決を勝ち取ることは」と、Kは、画家の暴露話に先手を打とうとするかのようにたずねた。「最初のときより、むずかしいんじゃないかな?」。「その点については」と、画家が答えた。「はっきりしたことは言えない。たぶんあなたは、判事たちが再逮捕ということに影響されて、被告に不利な判断をするんじゃないかと思ってるわけでしょ? そんなことはない。判事たちは無罪判決のときには再逮捕を予見してたわけだから。その事情はほとんど影響しないんだ。しかしね、ほかにも理由はたくさんあるから、判事たちの気分が法律上の判断と同様に変わってしまうということがある。だから、あらためて無罪判決を勝ち取るためには、状況の変化に応じた努力が必要だし、最初の無罪判決をもらったときとおなじくらい熱心にやらなきゃね」。「でもこの2回目の無罪判決だって、最終的なものじゃないわけだ」と言って、Kは首を横にふった。「もちろんちがう」と、画家が言った。「2回目の無罪判決の後には3回目の逮捕があり、3回目の無罪判決の後に4回目の逮捕があり、という具合だ。無罪判決は見かけのものだから、当然そういうこともあるわけだ」。Kは黙っていた。「見かけの無罪判決は、あなたには有利じゃないみたいだな」と、画家が言った。「もしかしたら、引き延ばしのほうがいいかもしれない。引き延ばしがどんなものか、説明しようか?」。Kはうなずいた。画家はもう椅子にもたれかかっていた。寝間着が大きくはだけている。寝間着に手をつっこんでいたが、その手で胸と脇腹をなでている。「引き延ばしというのは」と言って、画家は、しばらく前をじっと見ていた。ぴたっとくる説明を探しているのかもしれない。「引き延ばしというのはね、訴訟をいつまでも一番下の段階にとどめておくことなんだ。引き延ばしを成功させるには、被告とその支援者が、いやとくに支援者が、裁判所と個人的な接触を持続させておくことが必要なのさ。くり返しになるけれど、見かけの無罪判決を勝ち取るときのようにエネルギーを使う必要はないが、そのかわりはるかに注意力が必要になる。訴訟から目をそらせちゃならない。担当判事のところへは定期的に行くだけじゃなく、特別の機会にも行かなきゃね。そして、どんな方法でもいいが、担当判事とは友好的な関係を維持しておくんだ。担当判事を個人的に知らない場合は、知り合いの判事に働きかけてもらう必要があるが、だからといって、担当判事とじかに話すことをあきらめちゃ駄目。こういう点をちゃんと押さえておけば、まず、訴訟が最初の段階から上にあがることはないと考えてもいい。訴訟は中止にはならないけれど、被告はほとんど自由の身であるのと同様に、有罪判決を受ける心配がない。見かけの無罪判決とちがって、引き延ばしには利点がある。被告にとって未来はそんなに不確実じゃない。突然逮捕されるという恐怖から守られている。ほかの状況がきわめて思わしくないときでも、見かけの無罪判決を勝ち取るときに味わう緊張や興奮を引き受けなければならないのか、と心配する必要がない。もちろん引き延ばしにも、被告にとって不利な点がある。それを軽く考えちゃいけない。といってもそれはね、被告がけっして自由じゃない、ということを言ってるんじゃない。自由じゃないのは、見かけの無罪判決の場合でも、厳密に考えれば、おなじだから。それとは別のことで不利な点がある。訴訟は、すくなくとも見かけの理由がなければ、進んでしまうんだ。だから訴訟では外から見て、なにかが起きていなくてはならない。つまり、ときどきいろんな指示をし、被告を尋問し、取り調べをする、などなどの必要がある。訴訟はね、わざと限定された小さな輪のなかで、ずっと回転しつづけていなくちゃならない。そのせいで、もちろん被告は、ある種の不快感を味わうことになるけれど、それをひどすぎると思っちゃいけない。どれも形式的なものにすぎないんだから。たとえば尋問はあっという間に終わる。出かける時間がなかったり、気がすすまなかったら、断ればいい。判事によっては、いろんな指示を長期にわたって前もっていっしょに決めさせてくれることもある。要するにさ、被告なんだから、ときどき判事に顔を見せておくだけでいいんだよ」。最後の言葉を聞きながら、Kは上着を腕にかけて立ち上がっていた。「ほら、立ったよ」と、ドアの外ですぐに女の子が叫んだ。「もうお帰り？」と、画家がたずねた。画家も立ち上がっていた。「きっと空気のせいだな。帰る気にさせちゃったのは。ああ、とても残念。まだ話しておきたいことがあったんだけど。もっと手短に話せばよかった。でも、話はわかってもらえたと思うよ」。「もちろんですよ」と、Kは言った。話を聞くために緊張していたので、頭が痛い。Kがわかったことを確認したのに、画家はもう一度、話を要約した。Kに慰めをおみやげに渡そうとしているかのようだ。「ふたつの方法には共通点がある。被告が有罪判決を受けないよう、邪魔してくれる」。「でも、本当に釈放されないよう、邪魔もしてくれる」と、Kは、そのことに気づいたことを恥じているかのように言った。「お、核心をつかみましたね」と、画家が早口で言った。Kはオーバーに手を伸ばしたが、上着を着る決心すらしていない。できることなら両方ともかかえたまま、新鮮な空気めがけて駆けだしたかった。女の子たちは早合点して、「着るよ」と言い合っていたが、その声を聞いても、着る気にはならなかった。画家は、Kの気持ちをなんとか読みたくて、こう言った。「ぼくの提案については、まだ心が決まってないみたいだな。わかりますよ。あなたがすぐに決めるようなら、ぼくだって、思いとどまらせようとしただろうからね。いい点と悪い点は紙一重。しっかり見積もらなきゃ。でも、あんまり時間を無駄にするのも駄目」。「またすぐ来ますよ」と、Kは言った。突然、決心して上着を着、オーバーを肩にひっかけ、ドアのほうへ急いだ。ドアの向こうで女の子たちが叫びはじめた。叫んでいる女の子たちの姿がドア越しに見えるように思えた。「約束、守ってくださいよ」と、画家が言った。画家はKを見送ろうとはしなかった。「でないと、銀行に行きますよ。どうすることにしたのか、聞きに」。「ドアの鍵、開けてもらえないかな」と言って、Kは取っ手に手をかけた。反発する力を感じた。外から女の子たちが握っているのだ。「女の子たちにうるさくされたいわけ？」と、画家がたずねた。「こっちから出たほうがいい」と、画家がベッドの向こうのドアを指さした。だがそのドアを開けるかわりに、画家はベッドの下にもぐりこみ、そのままの姿勢でたずねた。「もうちょっとだけいいかな。絵、見てもらえないだろうか。買ってもらってもいいんだけど」。Kは、失礼にならないようにしようと思った。ちゃんと相談に乗ってくれたのだし、これからも力になると約束してくれた。それなのにKはうっかりして、お礼の話をするのをまったく忘れていた。だから断るわけにはいかない。アトリエから逃げ出したくて体がふるえていたにもかかわらず、絵を見せてもらうことにした。画家はベッドの下から、額に入れていない絵をまとめて引っ張り出してきた。ほこりまみれだったので、画家が一番上の絵のほこりを吹き払うと、ほこりが目の前でしばらく舞って、Kは息ができなかった。「荒れ野の風景です」と言って、画家はKに絵を渡した。黒い木が2本、暗い草地のなかで離ればなれに立っている。背景はカラフルな日没だ。「きれいだな」と、Kは言った。「もらおう」。うっかりぶっきらぼうに言ってしまった。画家が気を悪くせず、もう1枚の絵を床からとりあげたので、ほっとした。「その絵と対《つい》になってる絵です」と、画家が言った。対《つい》のつもりで描かれたのだろうが、どこが対《つい》になっているのかさっぱりわからない。こちらに木があり、こちらに草地があり、むこうが日没だ。だがKにはそんなことはどうでもよかった。「きれいな風景だな」と言った。「2枚とも、もらいましょう。私のオフィスに掛けよう」。「モチーフが気に入ってもらえたみたいだな」

と言って、画家は3枚目をとりだした。「ちょうどよかった。似たような絵がもう1枚ありました」。しかしその絵は、似ているというよりは、これまでのとまったくおなじ絵だ。画家はこれを機会に、古い絵を売りつけようとしている。「それも、もらいましょう」と、Kは言った。「いくらになるのかな、3枚で?」。「そのことは、つぎの機会にでも相談しましょう」と、画家が言った。「急いでいるようだし、これで縁が切れるわけじゃない。ともかく絵が気に入ってもらえてよかった。ここにある絵、全部さしあげますよ。荒れ野の風景ばっかりだけど、これまで荒れ野の風景はずいぶん描いてきた。暗すぎるって、嫌がる人もいるんだが、逆に、あなたもそのひとりだけど、その暗さがいいんだと言ってくれる人もいる」。しかしいま、Kは乞食画家の絵の話なんかに興味はなかった。「全部、包んでもらおうかな」と言って、画家の言葉をさえぎった。「あした、用務員に取りに来させるから」。「そんな必要はない」と、画家が言った。「絵は運んでくれる人間がいると思うから、いっしょに帰ればいい」。そしてようやくベッドの上でかがみこむようにして、ドアの鍵を開けた。「遠慮なくベッドに上がって」と、画家が言った。「みんな、そうするんだよ、この部屋に来た人は」。そんなふうに言われなくても、Kは遠慮などしなかっただろう。それどころかすでに片足を羽毛布団のうえに乗せていたのだが、開いたドアから外を見て、足を引っこめた。「なんだ、あれは？」と、画家にたずねた。「なにを驚いてるのかな？」とたずねて、画家のほうも驚いている。「裁判所事務局だよ。ここが裁判所事務局ってこと知らなかった？　裁判所事務局はほとんどの屋根裏にもあるわけだから、ここにあってもおかしくないんじゃない？　ぼくのアトリエもじつは裁判所事務局の一部なんだが、裁判所に使わせてもらってるんだよ」。Kは、ここにも裁判所事務局があったことには大して驚かなかった。Kが驚いたのは、自分にたいしてだった。裁判所のことをまるで知らない自分に驚いたのだ。いつも準備しておくこと。けっして不意を衝《つ》かれないこと。自分のすぐ左に判事が立っているとき、なにも考えずに右を見ないこと。そういうことが、被告のとるべき態度の基本ルールだと思っていたのに——なんと自分は、その基本ルールにくり返し違反していたのだ。目の前に長い廊下が走っている。そこから空気が流れてくる。その空気と比べれば、アトリエの空気のほうが新鮮だった。ベンチが廊下の両側に並んでいるのは、Kの行った事務局の待合室とそっくりおなじだ。事務局の仕様について詳細な規定があるらしい。いまのところ訴訟の当事者の行き来はそれほどではない。男がベンチで半分横になっている。

ベンチに乗せた両腕に顔を埋めてしまっており、眠っているらしい。別の男が薄暗がりのなかで廊下の先に立っている。Kはベッドを越え、画家が絵をもって後を追った。ふたりはやがてひとりの廷吏と会った。——平服の普通のボタンにまじってつけている金ボタンで、それが廷吏だと、Kは見分けられるようになっていた。——その廷吏に画家が、絵をもってKのお供をするように言った。Kは歩くというより、よろめいている。ハンカチを口に押しつけていた。そろそろ入口に近づいたとき、女の子たちが殺到してきた。ということは、やっぱり捲《ま》くことができなかったわけか。女の子たちはアトリエの別のドアが開けられたのを見たらしく、回り道をして、脇から押し寄せてきた。「もうお供できないよ」と叫んで、画家は女の子にもみくちゃになりながら笑った。「さようなら！　あんまり長いこと考えないように！」。Kはふり返りもしなかった。通りに出ると、やってきた最初の馬車に乗った。ともかく廷吏を追っ払いたかった。廷吏の金ボタンは、おそらくほかの誰も気にしないのだろうが、Kにはずっと目障りだった。仕事熱心な廷吏は御者台にすわろうとしたが、Kに降ろされた。銀行に着いたとき、正午はとっくにすぎていた。絵は馬車に置いていきたかったが、そのうち画家と会うときに見せる必要があるかもしれないと考えた。だからオフィスに運ばせ、自分のデスクの一番下の引き出しに押しこんで鍵をかけた。こうしておけば、すくなくとも何日かは、頭取代理に見られなくてすむ。

商人ベック／弁護士の解任

ようやくKは、弁護士から代理権をとりあげようと決心していた。そうするのが正しいのかどうか、疑いがすっかり消えたわけではなかったが、そうせざるをえないという気持ちのほうが強くなった。そう決心したため、弁護士のところへ行こうと思った日は、仕事をするエネルギーがすっかり消えてしまった。仕事のスピードがとくに遅くなり、オフィスに非常に遅くまで残ることになった。ようやく弁護士の家のドアの前に立ったとき、すでに10時をすぎていた。ベルを鳴らす前に、もう一度考えてみた。弁護士に解任を伝えるのは、電話か手紙のほうがいいんじゃないかな。じかに話をすると、きっと非常に気まずい思いをするぞ。にもかかわらずKは結局、じかに話をすることにした。どんな方法で通告しても、解任は、黙って、あるいは型通りの短い言葉で受けいれられるだろう。でもそうなると、たとえばレーニがちょっと探りを入れてくれないかぎり、弁護士がどんなふうに解任を了承したのか、絶対にわからないだろう。また、この解任がKにとってどんな意味をもつのか、まんざら捨てたものでもない弁護士の意見を聞くことも、絶対にできないだろう。弁護士がKの前にすわっていて、解任の通告に驚いたら、Kとしては、弁護士から多くを聞き出せないとしても、顔色や態度から、自分の知りたいことはすべて読み取ることができるだろう。しかし、やっぱりこの弁護士に弁護をまかせたほうがいいと納得して、解任するのをやめるということだって、ありえないわけではなかった。

弁護士の家のドアのベルを鳴らしても、いつものように最初は返事がなかった。「レーニなら、さっさと出てくるんだが」と、Kは思った。しかし部外者が割り込んでこないだけ、ましだった。いつもなら、ナイトガウンを着た男などが絡《から》んでくるのだが。2回目のベルを押しながら、Kはふり返って別のドアを見た。今回はそちらも閉まったままだ。ようやく弁護士の家のドアののぞき穴に2つの目が見えた。しかしレーニの目ではなかった。誰かがドアの鍵を開けたが、とりあえずドアを押さえたまま、奥にむかって、「あの人だ」と声をかけてから、ようやくドアを全部開けた。Kはドアに体を押しつけていた。背後にある別の住居のドアで、せわしなく錠前の鍵が回されているのが聞こえてきたからだ。目の前のドアがようやく開くと、Kはまっすぐ玄関ホールに駆けこんだ。部屋と部屋のあいだの廊下を、レーニが下着のまま逃げていくのが見えた。ドアを開けた男が声をかけたのは、レーニだったのだ。しばらくレーニの後ろ姿を目で追ってから、Kは、ドアを開けた男のほうを見た。小柄でやせた男で、顔一面にひげをはやしている。手にロウソクをもっている。「新しく来た人？」と、Kはたずねた。「いいえ」と、男が答えた。「この家の者じゃありません。弁護士には代理を頼んでいるだけで、法律のことでやってきてるんです」。「上着も着ないで？」とたずね、Kは手を動かして、男の服装の欠陥を指摘した。「あ、失礼」と言い、男ははじめて自分の状態に気づいたかのように、ロウソクで自分を照らした。「レーニの恋人ですか？」と、Kは単刀直入にたずねた。後ろに組んだ両手で帽子をもち、両脚をちょっとひろげて立っていた。自分が厚手のオーバーを着ているだけで、

Kは、やせて小柄なその男にたいして非常に優越感を感じた。「とんでもない」と言って、男は驚いて身を守るように片手を顔の前に上げた。「ちがいますよ、ちがいますよ。なにをおっしゃるんですか？」。「じゃ、ちがうということで」と言って、Kはほほ笑んだ。「ともかく――行きましょう」。Kは男に帽子で合図して、先に歩かせた。「お名前は？」と、Kは歩きながらたずねた。「ブロックです。商人のブロックです＊」と言って、小柄な男は自己紹介しながらKのほうをふり返ったが、Kは立ち止まらせなかった。「それ、本名ですか？」と、Kはたずねた。「もちろん」というのが答えだった。「どうして疑うんです？」。「わけがあって、名前を隠してるんじゃないかと思って」と、Kは言った。気が楽な感じがした。知らない土地に行って、身分の低い連中と話すときにしか感じないような気分だ。自分のことはなにも言わず、相手の関心のあることだけクールに話して、相手をもち上げるのだが、気が変わったら馬鹿にもする。弁護士の仕事部屋のドアのところでKは立ち止まり、ドアを開けた。そし

＊　章タイトルの「商人ベック」は、本文では「商人ブロック」として登場します。このズレについては、巻末の解説をお読みください。

て、言われたまま先に歩いていく商人に声をかけた。「そんなに急がないで！　ここ、照らしてみてください」。Kは、レーニがここに隠れたのではないかと思った。商人にすみずみまで探させたが、部屋は空っぽだった。裁判官の肖像画の前で、Kは後ろから商人のズボン吊りを引っぱって、止めた。「この人、知ってますか？」とたずねて、人差し指で高いところを指さした。商人はロウソクを高くかかげ、まばたきしながら見あげて、「裁判官ですね」と言った。「位の高い裁判官かな？」とたずねて、Kは商人の斜め前に立ち、絵が商人にあたえる印象を観察した。商人は感心して見あげている。「位の高い裁判官ですね」と言った。「あんまり見る目がないな」と、Kは言った。「下級の予審判事のなかでも最下級なんだよ」。「あ、思い出しました」と言って、商人がロウソクを下げた。「聞いたことありますよ」。「そうでしょ、もちろん」と、Kは叫んだ。「うっかりしてたけど、もちろん聞いたことあるでしょ」。「でも、どうして、どうしてかな？」とたずねながら、商人はKに手で押されて、ドアのところまで移動した。廊下に出て、Kは言った。「レーニがどこに隠れてるか、知ってますよね」。「隠れてる？」と、商人が言った。「いや、台所にいて、弁護士のスープつくってるんじゃないかな」。「どうしてすぐに言ってくれなかったんです？」と、

Kはたずねた。「案内しようと思ったのに、あなたに呼びもどされたからですよ」と、商人が答えた。矛盾したことを要求されて、混乱しているようだ。「非常にうまく立ちまわっていると思ってるでしょ」と、Kは言った。「じゃ、案内してください」。台所には来たことがなかった。驚くほど大きくて、たっぷりした設備だ。コンロだけでも普通のコンロの3倍はある。そのほかの細かいところは見えなかった。台所の照明がいまは、入口に吊されている小さなランプだけだからだ。コンロのところでレーニが、いつものように白いエプロンをつけて、タマゴを割って鍋に落としている。鍋はアルコールの炎で温められている。「こんばんは、ヨーゼフ」と、横目で見ながら言った。「こんばんは」と言って、Kは手で商人に、横にある椅子にすわるよう合図した。商人がすわった。Kのほうはレーニのすぐ後ろに行き、肩におおいかぶさるようにして、たずねた。「こいつ、誰なんだ?」。レーニは片手でKを抱き、もう一方の手でスープをかき回し、Kを自分の前に引き寄せて、言った。「気の毒な人なのよ。かわいそうな商人で、ブロックとかいったわ。ほら、見てよ」。ふたりはふり返った。商人が、Kに言われた椅子にすわっている。光がいらなくなったので、ロウソクは吹き消していたが、煙が立たないよう、芯を指でつまんでいる。「お前、下着だっただろ」と言って、Kはレーニの顔を手でコンロのほうにむけ直した。レーニは黙っている。「恋人なのか？」と、Kはたずねた。レーニがスープ鍋をつかもうとしたので、Kはレーニの両手をつかんで、言った。「さ、答えろよ！」。レーニが言った。「仕事部屋に来て。全部話すから」。「駄目だ」と、Kは言った。「ここで説明してもらおうか」。レーニはKにしがみつき、キスしようとした。Kは拒んで、言った。「キスなんかするなよ」。「ヨーゼフ」と言って、レーニは頼むように、しかしはっきりKの目を見た。「ブロックさんに嫉妬なんかしないでよ」。それから商人にむかって、「ルーディ」と言った。「助けてよ。ほらね、あたし疑われてる。ロウソクなんか置いて」。こちらを見ていないと思われたかもしれないが、商人にはすっかり事情がわかっていた。「どうして嫉妬しなきゃならないのか、私にもわかりませんねえ」と、商人は間のびした調子で言った。「じつは、ぼくにもわからない」と言って、Kは商人をほほ笑みながら見つめた。レーニは大きな声で笑い、Kのすきをついて、Kの腕に身をからませてきて、ささやいた。「もういいでしょ、あんな人。どんな人間か、わかるでしょ。ちょっと面倒見てあげたのは、弁護士の大事なお客だから。ただそれだけのこと。あなたはどうなのよ？　きょうは弁護士に用事でも？　弁護士はきょう、とても具合が悪いのよ。どうしても、って言うのなら、取り次ぐけど。でも夜は、ずっとあたしといてよ、絶対。ずいぶん長いこと来なかったでしょ。弁護士だって心配してたわ。訴訟のこと、忘れないで！　あたしもね、いろんなこと聞いたから、伝えたいことあるのよ。ともかくオーバー、脱いだら？」。レーニはオーバーを脱ぐのを手伝い、帽子を受け取り、それらをもって玄関ホールまで走り、掛けると走って戻ってきて、スープの様子を見た。「先に取り次いだほうがいいかな？　先にスープもってったほうがいいかな？」。「先に取り次いでくれ」と、Kは言った。怒っていたのだ。もともとレーニとは、訴訟のことを、とくに弁護士解任の問題をじっくり相談しようと思っていたのだ。それなのに商人がいたから、その気がなくなってしまったのだ。しかしいまは、自分の問題がきわめて重要に思えた。こんな小柄な商人には口をはさませなければいいんだ。そう考えて、もう廊下に出ていたレーニを呼びもどした。「やっぱりスープが先だ」と言った。「ぼくとの話し合いのためには元気になってもらわなきゃな。腹もすかせてるだろうし」。「あなたも、こちらの弁護士に依頼してるんですね」と、隅のほうから商人が確かめるように小声で言った。しかしその言葉は善意にとられなかった。「あなたに関係あるのかな？」と、Kは言った。「黙ってなさいよ」

と、レーニが言った。「じゃ、先にスープもってくわ」とKに言って、スープを皿に注いだ。「ただね、すぐ寝てしまわないか、心配だな。食べると、すぐ寝ちゃうんだから」。「ぼくの話を聞いたら、目が覚めちゃうと思うよ」と、Kは言った。弁護士とは重大な交渉をするつもりなのだ。ずっとそのことをレーニに気づかせようとしていた。どんな話なの?、とたずねてくれたら、ようやくレーニに相談できるのだが。しかしレーニは、はっきり言われたことを、きっちりやっただけだった。お盆をもってKのそばを通るとき、わざとKに軽くぶつかって、ささやいた。「スープを飲みおわるまでに、取り次ぐからね。話が終わったら、それだけ早く戻ってこれるでしょ」。「さ、行け」と、Kは言った。「さ、行け」。「もっと優しくしなさいよ」と言って、レーニはドアのところでお盆をもったまま、もう一度ふり返った。

Kはその姿を見送った。さあ、これで決まったぞ。弁護士は解任しよう。レーニとは前もって相談できなくなったが、それもいいだろう。レーニは全体が十分に見渡せるとはいえないから、きっと解任を思いとどまるように言っただろう。もしかしたら今回は、解任するのを本当に邪魔したかもしれない。おれもまだ解任に懐疑的だったり、不安だったりして、しばらくたってから、ようやく解任したのかもしれない。解任の決断は避けようがないからだ。しかし早く実行すれば、それだけ害も少なくなる。ところでこの商人も、もしかしたらなにか言ってくれるかもしれない。

Kはふり返った。それに気づくやいなや商人はすぐに立ち上がろうとした。「どうぞすわったままで」と言って、Kは椅子を商人のそばに寄せた。「こちらの弁護士への依頼は、以前からですか?」と、Kはたずねた。「ええ」と、商人が言った。「ずいぶん以前からです」。「代理人になってもらって何年になります?」と、Kはたずねた。「どういう意味でですか」と、商人が言った。「仕事上の法律問題なら——私、穀物商なんですよね——こちらの弁護士には、私が商売を引き継いだときからだから、20年くらい前からかな。私自身の訴訟のことをおたずねなら、訴訟がはじまってからだから、5年はすぎてるかな」。それから、「うん、5年以上ですね」とつけ加えて、古いブリーフケースをとりだした。「ここに全部書いてるんですよ。お望みなら、詳しい数字がわかります。全部は覚えきれません。私の訴訟は、どうやらもっと前からだな。女房が死んですぐだったから、5年半以上になりますね」。Kはもっと商人のそばへ寄った。「じゃ、こちらの弁護士は普通の法律問題も引き受けるわけ?」とたずねた。裁判所と法学とが結びついていることにKはものすごく安心した。「もちろん」と言ってから、商人はKにささやいた。「普通の法律問題のほうが、ほかの問題より有能だとさえ言われてるんですよ」。しかし、言ったことを後悔しているようだ。Kの肩に手をおいて、言った。「お願いだから、内緒にしてください」。Kは、商人の太ももをたたいて安心させた。「私、おしゃべりじゃないから」。「根にもちますからね、こちらの弁護士」と、商人が言った。「あなたみたいに誠実な依頼人には、なにもしないでしょう」と、Kは言った。「そんなことないですよ」と、商人が言った。「興奮すると、見境《みさかい》がつかなくなっちゃう。それに私はそんなに誠実じゃないし」。「どうしてまた？」と、Kはたずねた。「打ち明けろというんですか？」と、商人は迷いながら言った。「ええ、話してもらってもいいと思う」と、Kは言った。「じゃ」と、商人が言った。「全部じゃないけど、打ち明けましょう。でも、あなたの秘密も教えてください。そうすれば弁護士にたいして共同戦線が張れる」。「ずいぶん用心深いんだなあ」と、Kは言った。「じゃ私も、あなたがちゃんと安心できるように、秘密を話しますよ。で、弁護士に誠実じゃない、ってどういうことなんです？」。「あのですね」と、商人がためらいながら言った。不名誉なことを告白するような口調だ。「ほかにも弁護士を雇ってるんです」。「そんなに悪いことじゃないでしょ」と言って、K

はちょっとがっかりした。「いや、ここでは」と、商人が言った。告白をはじめてから息苦しくなっていたが、Ｋの言葉を聞いて気を楽にした。「禁じられてるんですよ。一番駄目なのが、世間でいう弁護士のほかに、もぐりの弁護士を雇うこと。それをね、私、やっちゃったんだ。こちら以外に、もぐりの弁護士を５人」。「５人も！」と、Ｋは叫んだ。数を聞いて、はじめて驚いた。「こちら以外に、５人も弁護士を？」。商人がうなずいた。「おまけにいまは６人目と交渉中」。「でもどうしてそんなに弁護士が必要なんだろう」と、Ｋはたずねた。「必要なんですよ、みんな」と、商人が言った。「説明してもらえないかな？」と、Ｋはたずねた。「いいですよ」と、商人が言った。「なんといっても私は訴訟に負けたくない。当然でしょ。だから、役に立ちそうなことは、なにひとつ見逃しちゃいけない。ある場合はね、役に立つ見込みがごくわずかにすぎないとしても、捨てちゃいけない。だから私は、財産を全部、訴訟につぎ込んできた。商売の金も全額、引き出した。以前はね、事務所もワンフロアほぼそっくりあったけれど、いまじゃ、表通りに面していない裏側の、小さなひと部屋ですませてる。従業員は見習いがひとりだけ。こんなに落ちぶれたのは、もちろんお金が消えたからだけじゃない。もっと大きな原因は、働くエネルギーが消えちゃったから。訴訟のためになにかしようとなると、ほかのことはほとんど留守になる」。「ということは、自分でも裁判所に行ってるわけですか?」と、Kはたずねた。「その点、ぜひ聞かせてもらいたいな」。「その点は、ちょっとしか話せませんね」と、商人が言った。「最初は、自分でもやろうとしたけれど、すぐにやめちゃった。ものすごく疲れるのに、あんまり成果がない。自分で裁判所に行って交渉するのは、すくなくとも私には不可能だとわかった。裁判所ですわって待ってるだけでも、ひと苦労だ。あなただって事務局のひどい空気、知ってるでしょう」。「私が行ったことがあると、どうして知ってるのかな?」と、Kはたずねた。「ちょうど待合室にいたんですよ。あなたが通ったとき」。「なんて偶然なんだ!」と、Kは叫んだ。話にすっかり引きこまれ、最初、商人のことを滑稽だと思ったことはすっかり忘れている。「私のこと見たわけか!　あなたは待合室にいて、私が通りかかった。一度ね、行ったことがあるんだ」。「大した偶然じゃないですよ」と、商人が言った。「私は、ほとんど毎日、行ってるんです」。「おそらく私も、よく出かけることになると思う」と、Kは言った。「ただ、あのときほどうやうやしく迎えられはしないだろうけど。みんなが立ってくれた。判事だと思われたんだろうね」。「いいえ」と、商人が言った。「あのときは廷吏に挨拶したんですよ、みんな。あなたが被告だってことは、わかってた。そういう情報は、あっという間に広まるもので」。「みんなに知られてたのか」と、Kは言った。「じゃ、もしかしたら私、威張ってると思われたかもしれない。誰か、なにか言わなかったかな?」。「いいえ」と、商人が言った。「そんなことありません。馬鹿なことしか言いませんからね」。「馬鹿なことって、どんな?」と、Kはたずねた。「どうしてそんなこと聞くんです?」と、商人は怒って言った。「あなたはあそこの人たちのこと、よく知らないみたいだし、もしかしたら誤解してるかもしれない。いいですか、こういう訴訟手続きの場合、まともに考えたらわからないようなことが、くり返し、山のように語られるものなんですよ。ともかくね、疲れすぎていて、多くのことに気をとられてるから、その代償に迷信にとびつくんです。ひとごとのように話してますが、私も大差ありません。たとえばそういう迷信のひとつですがね、被告の顔から、とくにくちびるの様子から、訴訟の結末がわかるんだ、と言う者が多いんです。で、そういう連中の意見によれば、くちびるの様子から判断すると、あなたは近いうちにきっと有罪判決を下されるそうなんです。くり返しておきますが、おかしな迷信だし、たいていの場合、事実によって完全に否定されるものだ。でもね、ああいう連中といっしょにいると、その種の意見からなかなか逃げられない。その迷信がどれくらい強力なものか、考えてみてください。あなた、あそこでひとりの男に話しかけましたよね。でも男はほとんど返事できなかった。男を混乱させる理由は、もちろんたくさんある。でも理由のひとつは、あなたのくちびるを見たことだった。後で男が話したところによると、あなたのくちびるに、自分の有罪判決のしるしを見たと思ったらしい」。「私のくちびるに？」とたずねて、Kは手鏡をとりだし、自分の顔をじっと見た。「くちびるに変わったところは見えないが。どうですか？」。「私にも見えません」と、商人が言った。「まったく見えません」。「迷信を信じやすいんだね、その連中」と、Kは叫んだ。「そう言いませんでした？」と、商人が言った。「私はこれまで敬遠してたんだよね」。「普通は、つき合ってなんかいませんよ」と、商人が言った。「つき合いがあって、意見を交換してるんだろうか？」と、Kは言った。「不可能でしょうね。人数が多いんだから。それに、共通の利害もあまりない。ときにはひとつのグループで、共通の利害があると思われることがあっても、やがて誤解だったとわかる。いっしょに裁判所にたいしてなにかをすることもできない。どのケースも個別に審理される。裁判所はじつに慎重なんです。だから、いっしょにはなにもできない。個人だけがときどき、こっそりなにかを達成する。なにかが達成されてから、ようやくみんなが知ることになる。どうやってそうなったのか、誰にもわからない。つまり、共同でなにかするということはない。ときどき待合室に集まることはあるけれど、そこではほとんどなにも相談されない。迷信はね、ずっと昔からあって、文字どおり勝手に増殖するんです」。「待合室にいる人たちを見たけれど」と、Kは言った。「待ってるのが、じつに無駄に思えたな」。「待ってるのは、無駄じゃありません」と、商人が言った。「無駄なのは、自分で介入することだけ。私は、こちらの弁護士のほかに5人も弁護士を雇ってる、って言いましたよね。すると誰もが、思うはずだ——最初は私も思いましたよ——もう、6人にすっかり任せることができるぞ、と。しかしそれはまったくちがうんですよ。1人を雇っているときよりも、6人のほうが任せられない。これ、わかってもらえないでしょうね？」。「わからない」と言って、Kは、商人のあまりの早口をなだめるように、自分の手を商人の手のうえに重ねた。「もうちょっとゆっくり話してもらえないだろうか。私にとっては非常に重要な話ばっかりなので、きちんと話を追えないんです」。「ああ、これは失礼しました」と、商人が言った。「新人の1年生でしたね。訴訟がはじまったのは半年前、ですよね？　そう聞いてます。新人の訴訟なんだ！　私のほうは何度も何度も考えてきたから、世界で一番わかりきったことなんですよ」。「じゃ、いいですねえ、訴訟もずいぶん進展しているわけだから？」と、Kは言った。商人の案件がどんな具合なのか、ストレートにたずねようと思ったわけではない。はっきりした答えも返ってこなかった。「ええ、私の訴訟、5年も転がしてきました」と言って、商人はうなだれた。「なまやさしいことじゃなかった」。それからしばらく黙っていた。Kは、レーニが戻ってくるのではないか、と聞き耳を立てていた。その一方、戻ってきてほしくなかった。まだたくさん聞きたいことがあったし、こうやって商人と親しそうに話しているところを、レーニには見られたくもなかった。しかし他方では、おれが来てるのに、弁護士のところに長居してるとは、と怒っていた。スープを運ぶだけで、こんなに時間がかかるのか。「あの頃のこと、よく覚えてますよ」と、商人が再開した。Kはすぐに耳をそばだてた。「私の訴訟が、いまのあなたの訴訟とおなじくらいの年齢だった頃はね、こちらの弁護士しか雇っておらず、おまけにあまり満足してなかった」。「いよいよ全部、聞けそうだ」と思い、Kは勢いよくうなずいた。うなずけば、商人も大事なことを全部しゃべってくれる気になるかと思ったのだ。「私の訴訟はね」と、商人がつづけた。「進展しなかった。審理があり、すべての審理に行き、商売の帳簿もみんな提出した。後で聞くと、そんなもの、まったく必要じゃなかったそうですがね。くり返し弁護士のところへも行き、いろんな請願書を提出してもらった――」。「いろんな請願書?」と、Kはたずねた。「ええ、もちろん」と、商人が言った。「そこんところ、ぜひ聞かせてほしい」と、Kは言った。「私の場合、あいかわらず最初の請願書を書いてる途中なんだ。まだなにもできてない。こちらの弁護士は、私のこと、いい加減に扱ってるんだ、くそっ」。「請願書ができてないってことには、それなりにいろんな理由があるんですよ」と、商人が言った。「ところで私の請願書はね、後でわかったところによると、まったく無意味だった。そのひとつを裁判所の役人の厚意で読ませてもらったことだってある。むずかしく書いているけど、まったく内容がない。とくにラテン語がいっぱい書いてあって、私にはチンプンカンプンだった。それから何ページにもわたって具体的でない嘆願がつづき、何人かの特定の役人にたいするお世辞があった。名前は書いてないけれど、事情がわかっている人間が読めば、誰のことだか見当がつく。それから弁護士の自画自賛。まったく犬みたいに裁判所にたいしてへりくだっている。そして最後は、私のケースに似ていると思われた昔の判例が検討されていた。その検討はね、私が読めたかぎりでは、非常に綿密におこなわれていた。それでもってこちらの弁護士の仕事を判断するつもりはありませんよ。私の読んだ請願書だって、たくさん書かれた請願書のひとつにすぎない。ともかくですね、私が言いたいのはこの点なんですが、あの頃の私の訴訟には、まったく進展がなかった」。「どんな進展を望んでいたわけですか?」と、Kはたずねた。「もっともな質問だ」と言って、商人がほほ笑んだ。「こういう訴訟手続きで進展が見られるのは、ごくまれなんですよ。しかしあの頃は、私も知らなかった。私は商人だ。あの頃はいまよりもっと商人だった。進展をこの手でつかみたかった。訴訟全体が終結にむかうべきだと考えていた。すくなくともまともに動きはじめるべきだとね。そのかわりにあったのが審問だけで、どの審問も、たいていおんなじ内容だった。その答えなんてお経みたいに覚えてた。週に何回か裁判所の使いが、私の事務所とか、私の家とか、私に連絡のとれそうなところにやってきた。もちろん、わずらわしかったですよ。（いまは、すくなくともその点は改善されましたね。電話のほうがずっと楽だ）。とくに商売仲間とか、親戚のあいだでも、訴訟の噂がひろまりはじめた。そうなるとあらゆる方面で損害が生じた。でもね、なんの合図もないものだから、近いうちに最初の公判がはじまるということすらわからない。

だから弁護士のところへ行って、文句を言った。弁護士には、長々と説明されたけれど、きっぱり断られた。あなたの期待にはそえませんね。誰も公判の日取りを確定することはできません。請願書でそれを要求するのは――私がそう望んだわけですが――前代未聞のことで、そんなことをしたら、あなたも、弁護士である私も破滅するだろう、と。私はね、この弁護士がやろうとしないことやできないことでも、別の弁護士なら、できるんじゃないか、と考えた。で、別の弁護士を探しまわったわけです。結論を先に言うと、誰ひとり公判の日取りの確定を要求したり、勝ち取ったりできなかった。それは、後でお話しするような留保がつきますが、実際できないんです。だからこの点にかんして、こちらの弁護士は私をだましてたわけじゃない。しかしほかの点で私は、別の弁護士を物色したことを後悔してません。フルト博士から、もぐりの弁護士について話を聞かされたことありませんか。おそらく非常に軽蔑した感じの説明だったでしょう。実際、そんな連中なんですが。しかしね、博士がもぐりの弁護士の話をして、自分や自分のお仲間とはちがうんだと言うときには、いつも小さなミスがまぎれこんでるので、ついでにその点も気をつけてください。博士はいつも自分たちのような弁護士のことを、ほかの弁護士と区別して『大弁護士』と呼んでいる。

それ、ちがうんですよね。もちろん誰だって、好きなときに『大』と名乗ればいい。でもこの場合、それを決めるのは裁判所の慣習だけなんだ。つまり慣習によると、もぐりの弁護士のほかに、小弁護士と大弁護士がいるんです。で、こちらの弁護士やそのお仲間は小弁護士にすぎないんですよ。大弁護士のほうは、私は耳にしただけで、目にしたことなんてありませんが、小弁護士とは比較にならないほど位が高い。軽蔑されているもぐりの弁護士と、小弁護士とのちがいどころじゃない」。「大弁護士？」と、Kはたずねた。「いったい誰なんだ？　どうやったら会えるのかな？」。「聞いたことなかったんですね」と、商人が言った。「たいていの被告は、その話を聞いた後、しばらく大弁護士の夢を見るんです。そんな夢、見ないほうがいいですよ。誰が大弁護士なのか、私は知りません。会うことも絶対にできないでしょう。大弁護士が介入した、と確実に言えるようなケースなんて、私は知らない。大弁護士に弁護される人もいるけれど、望んだからといって弁護してもらえるわけじゃない。大弁護士はね、たぶん自分が弁護したいと思う人間しか弁護しない。大弁護士が面倒を見る事件は、たぶん下級裁判所を通過したものにちがいない。ところで、大弁護士のことは考えないほうがいいですよ。考えちゃうと、ほかの弁護士との相談とか、その弁護士の助言とか支援とかが、不愉快で役立たずなものに思えてきますから。私も経験がありますが、できることならなにもかも投げ出して、家のベッドにもぐりこんで、なんにも聞きたくなくなっちゃうんです。もちろんそれもまた馬鹿ばかしいことで、ベッドにもぐりこんでても、ゆっくり落ち着けません」。「じゃ、その頃は大弁護士のことは考えなかったわけかな?」と、Kはたずねた。「うじうじとは考えなかった」と言って、商人がまたほほ笑んだ。「完全に忘れることは、残念ながらできませんが。とくに夜なんか、つい考えちゃう。でもあの頃は、すぐに結果がほしかったから、もぐりの弁護士のところへ行ったわけです」

「ふたりで仲良くすわっちゃって」と、レーニが叫んだ。お盆をもって帰ってきていたのだが、ドアのところで立ち止まっている。実際、ふたりはくっついてすわっていたのだ。ちょっとでも向きを変えれば、頭と頭がぶつかるにちがいない。商人は小柄なうえに背中を曲げているので、Kは、ひとことも聞き漏らさないでおこうと思えば、深くかがむしかなかった。「もうちょっと待って」と言って、Kはレーニを制止した。イライラして、あいかわらず商人の手のうえに重ねた手をふるわせている。

「訴訟の話を聞かせてほしいと言われてね」と、商人はレーニに言った。「聞かせてあげたら、いいじゃない」と、レーニが言った。商人にたいしては優しいけれど、軽蔑したような口のきき方が、Kは気に入らなかった。いまわかったが、この男にはそれなりの価値がある。すくなくとも経験があって、それを上手に伝えることができるじゃないか。レーニのほうがおそらくこの男を誤解してるんだ。Kは怒って、レーニをながめた。レーニは商人の手から、しっかり握りしめていたロウソクを取り上げ、エプロンでその手をぬぐってやり、そばにひざまずいて、ズボンに垂れたロウを掻《か》いてはがしてやっている。「もぐりの弁護士の話だったね」と言っただけで、Kは黙ってレーニの手を押しのけた。「なにするのよ?」と言って、レーニはKを軽くたたいて、仕事をつづけた。「ええ、もぐりの弁護士の話」と言って、商人は考えこむように額《ひたい》をなでた。Kは助け船のつもりで言った。「すぐに結果がほしかったから、もぐりの弁護士のところへ行ったわけでしょ」。「ええ、そうです」と言ったが、商人は先をつづけなかった。「もしかしたらレーニの前じゃ、話したくないのかも」と思って、Kは、先をすぐにも聞きたいという気持ちを抑えて、商人に催促するのをやめた。「取り次いでくれた?」と、レーニにたずねた。「もちろん」と答えた。「待ってるわよ。ブロックは、もういいでしょ。後でも話ができるんだし、ここにいるんだから」。Kはまだためらっていた。「ここにいるんですか？」と、商人にたずねた。商人の口から答えを聞きたかった。レーニが商人のことをこの場にいない人間のようにしゃべるのが、Kは気にくわなかった。きょうはレーニにたいしてひそかに怒っていた。しかし答えたのは、またレーニだけだった。「ここによく泊まるのよね」。「ここに泊まる？」と、Kは叫んだ。商人がここで待っているのは、おれが弁護士との話を急いですませているあいだだけで、話が終わるといっしょに外に出て、邪魔されず徹底的に話をするつもりだった。「そうよ」と、レーニが言った。「ヨーゼフ、みんながあなたみたいにね、好きな時間にやってきて、弁護士に面会できるわけじゃないのよ。弁護士が病気にもかかわらず、しかも夜の11時に会ってくれることを、不思議ともなんとも思ってないみたいだけど。あなたね、友だちがやってくれることを、あまりにも当然だと考えてるんじゃない？　ま、友だちなら、すくなくともこのあたしなら、喜んでそうするけどね。別にお礼はいらない。あたしのことが好きなら、それだけでいい」。「君のことが好き？」と、一瞬Kは思ってから、ようやく頭で理解した。「そうか、おれはレーニのことが好きなんだ」。それにもかかわらずKは、ほかのことはみんな無視して、言った。「弁護士が会ってくれるのは、ぼくが依頼人だからだよ。

そんなことのために他人の力が必要なら、一歩すすむたびに物乞いして、感謝しなきゃならないだろ」。「この人、きょうはずいぶん荒れてるわね？」と、レーニが商人に言った。「おれはいま、のけ者なんだな」と思って、Kは商人にたいしてまで腹を立てそうになった。商人は、失礼な口のきき方をするレーニにこう言った。「弁護士が会うのは、ほかにも理由があるんじゃないか。この人のケースは私のケースよりおもしろいからね。それにこの人の訴訟は、はじまったばかりだから、おそらくそんなに行き詰まっちゃいない。それで弁護士も喜んで仕事をするんだ。後になると、ちがってくるだろうけど」。「そうだよね」と言って、レーニは笑って商人を見つめた。「おしゃべりでしょ、こちらは。こちらの言うことなんか」と、こんどはレーニはKのほうをむいた。「信じちゃ駄目よ。優しいんだけど、おしゃべりなんだから。もしかしたらそのせいもあって弁護士に好かれてないのかも。ともかくこちらが弁護士に会ってもらえるのは、弁護士の気のむいたときだけ。なんとかならないものかと、ずいぶん努力したけど、駄目ね。そうだな、何度かブロックを取り次ぐでしょ、するとその3日後にようやく会ってもらえる。でも、呼ばれた時間にブロックがいなかったら、すべてが水の泡。また取り次ぐことからはじめなきゃならない。だからね、ここに泊まってもいいことにした。実際、夜に、ブロックを呼べとベルが鳴ったことがある。そんなわけでブロックは、いまじゃ、夜も待機してるわけ。ところが最近はね、弁護士が呼べと言ってたのに、ブロックがいるとわかると、ときどき取り消すこともあるのよ」。Kは確認するように商人のほうを見た。商人はうなずき、さっきKと話したときのように率直に言った。もしかして恥ずかしくてボーッとなっているのかもしれない。「ええ、後になると弁護士にすっかり依存するようになっちゃうんで」。「嘆いてるふりしてるだけだからね」と、レーニが言った。「この人、ここに泊まるのが好きなのよ。前に何度も言ってたけど」。レーニは小さなドアのところに行き、それを開けた。「この人の寝る部屋、見てみる？」と、レーニはたずねた。Kはそちらへ行って、敷居のところから部屋をのぞいた。天井が低く、窓がない。狭いベッドがひとつあるだけで満杯だ。そのベッドで横になるには、ベッドの柱脚《ポスト》をのぼらなければならない。ベッドの枕元には壁のくぼみがあって、ロウソクと、インク瓶と、ペンと、それから書類がひと束、きちんと並べて置いてある。書類はどうやら訴訟の書類らしい。「女中部屋で寝るんですか？」とたずねて、Kは商人のほうにふり返った。「レーニが用意してくれたんです」と、商人が答えた。「非常に都合がいいんだ」。K

はじっと商人を見つめた。この商人から受けた第一印象は、もしかしたら正しかったのかもしれないな。たしかに経験はある。訴訟が長引いているからだ。しかしその経験のために高い代償を払ったのだ。突然、Kは商人を見ているのがつらくなった。「さ、ベッドに寝かせてやって」と、レーニに声をかけた。レーニはなにを言われたのかわからないみたいだ。K自身は弁護士のところへ行き、弁護士を解任して弁護士から自由になるだけではなく、レーニと商人からも自由になるつもりだった。しかしドアのところへ行く前に、商人に小声で呼びかけられた。「支配人さん」。Kは怒った顔でふり返った。「約束、忘れてませんか」と言って、商人がすわったまま、頼むようにKのほうに身を乗り出した。「私にも秘密、教えてもらわなくちゃ」。「そうだった」と言って、Kは、こちらを注意深く見ているレーニをちらっと見た。「じゃ、言おうか。でも、ほとんど秘密じゃないんだけどな。これから弁護士のところへ行って、解雇するんだ」。「解雇するんだと」と叫んで、商人は椅子から跳びあがり、両腕をふりあげて台所を走りまわった。何度も叫んでいる。「弁護士を解雇するんだと」。レーニはすぐKに飛びかかろうとしたが、商人が邪魔をしたので、両手のこぶしで商人をごつんと突いた。両手のこぶしを固めたままレーニはKの後を追ったが、Kはずいぶん先に行っていた。Kが弁護士の部屋に入ってから、レーニが追いついた。ドアが閉まりかかったとき、レーニは片足をドアのすき間に突っこんで、ドアが閉まらないようにして、Kの腕をつかまえ、引き戻そうとした。しかしKに手首を強く締めつけられたので、うめきながら仕方なくKを放した。レーニはすぐに部屋に入ろうとまではしなかったが、Kはドアに鍵をかけた。

「ずいぶん待ったぞ」と、弁護士がベッドから言った。ロウソクの光で読んでいた書類をナイトテーブルに置き、眼鏡をかけて、Kを鋭く見つめた。謝るかわりに、Kは言った。「すぐに失礼します」。Kの言葉は謝罪の言葉ではなかったので、弁護士はそれを無視して、言った。「このつぎはこんな遅い時間には会いませんよ」。「私もそうしないつもりです」と、Kは言った。弁護士は質問するような目でKをじっと見た。「おかけなさい」と言った。「では遠慮なく」と言って、Kは椅子をナイトテーブルのところに寄せて、すわった。「ドアの鍵をかけたようだが」と、弁護士が言った。「ええ」と、Kは言った。「レーニのせいですよ」。誰も容赦するつもりはなかった。だが弁護士がたずねた。「しつこくしたのかな、また？」。「しつこく？」と、Kはたずねた。「そうだ」と言って、弁護士は笑った。咳の発作がはじまり、発作がおさまると、また笑いはじめた。「あのしつこさ、あなたも気づいたでしょう?」と言って、弁護士はKの手をたたいた。Kはぼんやりナイトテーブルに手をついていたが、あわてて引っこめた。「大したことじゃないと思ってるわけだな」と、弁護士が言った。Kは黙っていた。「だったら結構。でないと、謝らなければならなかったかもしれん。それはな、レーニの変わった癖なんだ。私はとっくの昔に認めてやっている癖なんだがね。こんな話をするのも、あなたがさっき、ドアに鍵をかけたからだよ。わざわざ説明する必要もなさそうだが、あんまりびっくりした顔をして私を見つめているので、説明しておこう。レーニの癖というのは、ほとんどの被告のことも、美しいと思うことなんだ。みんなにまとわりつき、みんなを大好きになる。しかし、みんなからも好かれてるようだ。許してやると、私を楽しませようとして、その話を聞かせてくれることもある。あなた、驚いているようだが、私はあんまり驚いてはいない。ちゃんと見る目があれば、被告は実際、しばしば美しく見える。ただしそれは、不思議な、ある意味では自然科学的な現象なんだ。もちろんね、告訴された結果、外見に、はっきりと確認できるような変化があらわれるわけじゃない。ほかの裁判事件とはちがうんだ。たいていの被告は、いつもの生活をつづけている。いい弁護士を雇って、ちゃんと面倒を見てもらえば、訴訟による障害はあまりない。それにもかかわらず、経験のある者が見れば、大群衆のなかからでも被告をひとりずつ見分けることができるんだ。なにを手がかりにして？　とたずねるだろうね。私の答えには満足できないだろうが、ともかく被告はじつに美しいんだよ。罪があるから被告が美しくなるわけじゃない。というのも――すくなくとも弁護士として言っておかなきゃならんが――すべての被告に罪があるとはかぎらないのだからな。将来の罰が現在の被告をすでに美しくしているわけじゃない。というのも、すべての被告が罰せられるとはかぎらないのだからな。とすると、被告にたいする訴訟手続きのせいでしかない。訴訟手続きは、なんらかの形で被告にまとわりついておるからな。たしかに、美しい者のなかでも特別に美しい者もいる。だが、みんなが美しいんだ。みじめなウジ虫みたいな、あのブロックでさえ」

弁護士の話が終わったとき、Kはすっかり落ち着いていた。最後の言葉にははっきりうなずいて見せさえした。そうやって、以前から考えていたことを自分で確認したのだ。つまり弁護士は、今回もそうだが、いつも核心に迫らない一般的な話をして、おれの気を散らして、Kの事件のために実際なにをやったのかという大事な問題から、おれの目をそらせようとする。弁護士は、今回はKがいつもより反抗的だと気づいたらしい。Kに話す機会をあたえようとして黙っている。しかしKが黙ったままなので、たずねた。「きょうは用件があって来られたわけだね?」。「ええ」と言って、Kは手でロウソクをちょっとおおって、弁護士をもっとよく見ようとした。「きょうでもって弁護をやめていただく。そう言いにきたんです」。「本当かね?」と、弁護士がたずねた。ベッドから上半身を起こし、片手を枕について体を支えている。「本当です」と、Kは言った。Kは待ち伏せをしているように、背中をぴんと伸ばしてすわっている。「では、その計画について話し合うとするか」と、弁護士がちょっと間をおいて言った。「もう計画じゃありません」と、Kは言った。「だとしてもだ、われわれとしてはそんなに急ぐこともないわけで」。弁護士は「われわれ」という言葉を使った。Kを手放すつもりがないらしい。代理人であることが許されなくなっても、助言者ではありつづけたいと思っているらしい。「急いだわけじゃありません」と言って、Kはゆっくり立ち上がり、椅子の後ろにまわった。「よく考えました。考えすぎたかもしれないくらいです。決心は変わりません」。「では、ちょっと言わせてもらってもいいかな」と言って、弁護士は羽毛布団をはねのけ、ベッドの端にすわった。白いすね毛の脚が寒さでふるえている。弁護士はKに、ソファーの毛布をとってくれと頼んだ。Kは毛布をもってきて、言った。「それじゃあ、わざわざ体を冷やすようなものですよ」。「こうせずにはおれんのだ」と言いながら、弁護士は羽毛布団で上半身をくるんでから、両脚に毛布を巻きつけた。「叔父さんは私の友だちだし、あなたのこともだんだん好きになってきた。それははっきり言える。恥ずかしいことではないしな」。老人にしんみりした話をされるのは、Kにはじつに迷惑だった。詳しく説明しなければならなくなる。できることなら説明は避けたかった。それだけではない。そんなふうに切り出されると、動揺もした。とはいえ決心をひるがえすことは絶対にないが。「そんなふうに思っていただき、ありがとうございます」と、Kは言った。「私の問題のために尽力していただき、うれしく思います。できるかぎりのことをやっていただきました。私にとって有利になると思われたことも。ですが最近、それだけでは十分じゃない、と確信するようになったんです。もちろんですね、私よりずっと先輩で、経験も豊かなフルト博士を説得して、私の考えを押しつけようなんてつもりは絶対にありません。これまで、知らないうちにそんなことをしてしまっていたら、どうぞお許しください。しかし問題は、さっきの博士のお言葉を借りれば、こうせずにはいられないくらい重大なんです。私の確信によればですね、訴訟には、これまでよりはずっと強力な介入が必要なんです」。「わかるよ」と、弁護士が言った。「気が短いんだな」。「短くないですよ」と、Kはちょっとイライラしながら言って、弁護士の言葉をあまり気にしなくなった。「叔父とはじめてこちらにお邪魔したとき、気づかれたと思いますが、私にとって、訴訟は大した問題ではなかった。無理やり思い出させられなかったら、すっかり忘れていた。しかし叔父から、弁護をお願いするようにと強く言われて、頼むことになりました。逆らうのもなんですからね。そうなると当然、これで訴訟はそれまでより楽になるだろう、と期待した。弁護士に代理を頼むのは、訴訟の負担をちょっとでも軽くするためですからね。しかし実際は逆だった。それまで感じたことがないほど、訴訟のことが心配になった。あなたにお願いしてからのことです。お願いしていなかったときは、なにもしなかった。でもそれで、ほとんどなんの心配もなかった。ところが逆に、代理人を頼むと、なにかが起きるように手配したわけだから、私としては、いまかいまかと、いつもより緊張して、あなたの介入を待っていた。だがなんの介入もない。あなたからは、たしかに裁判についていろんな情報をもらいました。ほかの人からではもらえなかった情報かもしれません。しかしですね、それだけじゃ十分じゃない。いままでは訴訟が、文字どおりひそかに、私の身に迫ってきてるんですから」。Ｋは椅子を突き飛ばしていた。両手を上着のポケットに突っこんで、突っ立っている。「弁護活動では、ある時点から」と、弁護士が小さな声で落ち着いて言った。「なにひとつ新しいことが起きなくなるんだよ。これまで何人の依頼人が、訴訟でおなじような段階になると、あなたとおなじように私の前に立って、おなじようなことを言ったことか」。「だとしたら」と、Ｋは言った。「おなじようなその依頼人はみんな、私と同様、正しかったわけですよ。あなたの言うことは反論にもならない」。「反論しようとしたわけじゃない」と、弁護士が言った。「しかしね、このことは言っておきたい。あなたはね、ほかの依頼人より判断力があると思ってたんだ。なにしろあなたには、裁判所のことや私の弁護活動のことを、ほかの依頼人よりずっとたくさん説明してきたんだから。だが仕方がないね。それでも十分に信頼してもらえない。むずかしい人だな、あなたは」。なんと腰が低いんだろう、おれにたいして、この弁護士は！　名誉ある身分ということをまったく気にしてない。こういうタイミングでこそ、名誉には敏感になるはずなのに。どうしてこんな態度をとるんだろう？　見たところ、仕事もたくさんある弁護士だし、金持ちでもある。報酬が消えても、依頼人を失っても、大したことではないはずだ。それに病気がちなんだから、むしろ仕事を減らすことを考えたほうがいい。それなのにおれを手放そうとしない。なぜだ？　叔父にたいする義理なんだろうか？　おれの訴訟が本当に特別なケースだと思っているから、ここでひと花咲かせたいと考えているのか？　おれにたいして、ひと花咲かせたいのかもしれないが、あるいは――こちらの可能性も絶対に除外できないぞ――裁判所の仲間にたいしてかもしれない。遠慮もせずにジロジロ弁護士をながめてみたが、本人からはなにもわからない。もしかしたら、わざとなに食わぬ顔をして、自分の言葉の効果のほどを測っている、と考えることもできそうだ。しかし弁護士は、どうやらKの沈黙を自分には好都合と判断したらしく、話をつづけた。「気がついただろうが、私はね、大きな事務所を構えているが、助手をひとりも使っていない。昔はちがった。若手の法律家が何人か働いてくれてた時期もある。いまは私ひとりだがね。理由のひとつは、私の弁護活動の変更と関係があって、仕事をあなたのケースのような法律問題に限定するようになったからだ。また別の理由は、その種の法律問題のおかげで、私の認識がどんどん深くなっていったことと関係がある。私の依頼人にたいして、また、私が引き受けた任務にたいして罪を犯さないでおこうとすれば、この仕事は誰にも任せられないと思ったのだ。しかしね、すべての仕事をひとりでやろうと決心すれば、当然、代理人になってくれという依頼はほとんど断るしかなかった。とくに気になる依頼しか、引き受けられなくなった。――けれども、私が投げ捨てたどんなパンくずにも、飛びつくやつは結構いる。しかもすぐ近くにだ。私のほうは、依頼数は減ったけれども、仕事が大変で、病気にもなった。しかしそれでも自分の決心を後悔していないぞ。実際に断った以上に、もっと依頼を断るべきだったかもしれない。しかしな、私は引き受けた訴訟に没頭し、それが絶対に必要だったことがわかり、成功で報いられた。あるとき私は、通常の法律問題の弁護と、私のやっている法律問題の弁護とのちがいをだね、じつに見事に表現した論文を読んだことがある。つまり、ある弁護士は依頼人に1本の撚《よ》り糸《いと》をたどらせて判決まで連れていく。別の弁護士は依頼人をすぐ肩にのせ、判決まで運び、そこで降ろさず、判決を越えさせる。そういうことだ。しかし私が、こういう大仕事を後悔していないと言えば、ちょっと嘘になる。あなたのケースのように、この大仕事がまったく認められないなら、私は後悔したくなってしまうわけだからだ」。この演説にKは納得したというよりイライラした。もしもおれのほうが折れたら、どんなことになるのか、それとなく弁護士の口調から聞き出せたように思った。例のようになだめたりすかしたりがはじまるだろう。請願書がはかどっていることや、裁判所の役人の機嫌がよくなったことや、しかしまた今回の仕事に大きな困難が立ちはだかっていることなどが、それとなく言われるだろう。――要するに、漠然とした希望でおれをだまし、漠然とした脅迫でおれを苦しめようとして、うんざりするくらいお馴染みのことが並べられることだろう。そんなことはきっぱり阻止しなくちゃな。というわけでKは言った。「解任されなければ、私の問題で、なにをしてくれるつもりですか」。弁護士はこの屈辱的な質問にさえ順応して、答えた。「あなたのためにこれまでやってきたことを、つづけますよ」。「思ったとおりだな、やっぱり」と、Kは言った。「これ以上、なにを言われても無駄ですね」。「もうひとつやろうと思っていることがある」と、弁護士が言った。Kをイライラさせたことが、まるでKではなく、自分の身の上に起きているかのような口ぶりだ。「つまり私は、こんなふうに推測してるんだよ。あなたは、法律顧問である私をまちがって判断するようになっているだけではない。ほかにもおかしな態度をとるようになっている。それはね、被告にもかかわらず、待遇がよすぎるからなんだ。いや正しくは、待遇がいい加減だからだ。いい加減というのは見かけだけのことだがね。いい加減な待遇には、それなりの理由がある。鎖につながれているほうが、自由であるより、ましな場合がしばしばある。しかし、ほかの被告がどんなふうに扱われているのか、見せてあげようか。もしかしたら、なにか学べるかもしれないからな。これからブロックをここに呼ぼう。ドアの鍵を開けて、ナイトテーブルのそばにすわるんだ」。「いいですよ」と言って、Kは弁護士に言われたとおりにした。学ぶ用意はいつもあった。しかし万一の場合にそなえて、Kはたずねた。「私はあなたを解任する。それはおわかりですよね？」。「ああ」と、弁護士が言った。「だが、きょう解任を撤回してもいいんだぞ」。弁護士はふたたびベッドに横になった。羽毛布団をあごまでかぶり、壁のほうへ寝返った。そしてベルを鳴らした。

ベルの合図とほぼ同時に、レーニがあらわれた。急いで視線を走らせて、なにが起きたのか、知ろうとしている。Kが静かに弁護士のベッドのそばにすわっているので、レーニは安心しているようだ。こちらをじっと見つめているKにうなずいて、ほほ笑んだ。「ブロックを連れてきてくれ」と、弁護士が言った。連れてくるかわりに、レーニはドアの外に出ただけで、叫んだ。「ブロック！　弁護士さんのとこへ！」。そして、弁護士が壁のほうをむいたままで、なにも気にしていないようなので、こっそりKの椅子の後ろにまわった。それからKの邪魔をした。椅子の背もたれにおおいかぶさったり、両手でとても優しく慎重にKの髪をすき、Kのほっぺたをなでた。とうとうKはやめさせようとして、レーニの手をつかんだ。レーニはちょっと抵抗したが、手はKにまかせた。

ブロックは呼ばれてすぐにやってきていたが、ドアの前で立ち止まり、入ろうかどうしようか思案しているみたいだ。まゆをつり上げ、首をかしげている。弁護士のところへ来い、という命令がくり返されるのではないか、と聞き耳を立てているかのようだ。Kは、さあ入ったら、と言ってやることもできたが、この弁護士だけでなく、この家にあるすべてのものともきっぱり縁を切る気になっていたので、じっと動かずにいた。レーニも黙っていた。ブロックは、すくなくとも誰からも追い払われないと気づいたので、つま先立って入ってきた。顔がひきつり、両手が背中でこわばっている。逃げ帰るときのことを考えて、ドアは開けたままにしておいた。Kのことはまったく見ず、盛り上がった羽毛布団ばかりを見ている。その下に弁護士が寝ているのだが、体を壁のそばに寄せているので、姿を見ることすらできない。しかし声が聞こえた。「ブロックか?」と、弁護士がたずねた。ブロックはずいぶん中まで入ってきていたのだが、その質問に文字どおり胸を突かれ、それから背中を突かれ、よろめいて、体をかがめて立ち止まって、言った。「さようでございます」。「なんの用だ？」と、弁護士がたずねた。「まずいときに来たもんだな」。「呼ばれたのではないのでしょうか？」と、ブロックは弁護士にではなく、むしろ自分自身にたずねて、身を守るため両手を前に出して、逃げ出す準備をした。「呼ばれたんだよ」と、弁護士が言った。「それなのに、まずいときに来たもんだな」。ちょっと間をおいてからつけ加えた。「お前はいつも、まずいときに来る」。弁護士がしゃべりはじめてから、ブロックはベッドのほうを見なくなっていた。むしろ部屋の隅のほうをじっと見つめている。しゃべっている弁護士を見るのが、まぶしくてたまらないかのようだ。聞くことも大変だった。弁護士は壁にむかって話しているだけでなく、小声で早口なのだ。「帰ったほうがよろしいのでしょうか？」と、ブロックはたずねた。「もう来たんだから」と、弁護士が言った。「帰るな！」。弁護士はブロックの願いを聞いてやったのではなく、鞭かなにかで脅かした、と思えるほどだ。「きのうな」と、弁護士が言った。「第3判事のところへ行った。私の友人だ。だんだん話をお前のことにもってった。どう言われたか、知りたいか？」。「はい、お願いします」と、ブロックは言った。弁護士がすぐに答えなかったので、ブロックはもう一度、お願いしますと言い、ひざまずかんばかりに体をかがめた。それを見てKが怒鳴りつけた。「なにやってるんだ?」と叫んだ。レーニがKの叫ぶのをやめさせようとしたので、Kはレーニのもう一方の手もつかむことになった。レーニは何度もうめきながら、手をもぎ離そうとした。Kが叫んだことで、ブロックが罰せられた。弁護士がこうたずねたのだ。「お前の弁護士は誰だ?」。「先生でございます」と、ブロックは言った。「私のほかには?」と、弁護士がたずねた。「誰もおりません」と、ブロックは言った。「だったらほかの人間の言うことは聞くな」と、弁護士が言った。ブロックは完全に了解した。Kにたいして悪意のある視線をむけ、激しく首をふった。この動作を言葉に翻訳すれば、乱暴な罵《ば》詈《り》雑《ぞう》言《ごん》になっただろう。Kは思った。こんなやつと親しくなって、おれのことを相談するつもりだったのか!「もう邪魔はしませんよ」と言って、Kは椅子の背にもたれかかった。「ひざまずくなり、四つん這いになるなり、好きにすればいい。私は気にしないから」。だがブロックにも自尊心があった。すくなくともKにたいしては。こぶしをふりまわしながらKのほうに寄っていき、叫んだ。弁護士のそばにいるときだけ出せるような大声だ。「私にたいして、そんな口のきき方はしないように。許されないことだ。どうして私を侮辱するんです？　しかもこちらの弁護士さんの前で。私たちはふたりとも、君も私も、お慈悲でここにいられるだけじゃないのか？　君は、私よりましな人間なのか。君も被告で、訴訟を起こされている。なのに君が紳士なら、私だって紳士だ。君より背は高くはないがね。だから私も、紳士として話しかけてもらいたいものだ。とくに君には。君は、そこに静かにすわって、静かに話を聞くことが許されている。ところが私は、君の言うように、四つん這いになっている。しかしそんなことに優越感を感じるのなら、昔の判決の名文句を教えてあげようか。容疑者は、静かにしているより、動いているほうがいい。静かにしていると、知らないうちに秤にかけられて、かならず罪の重さを測られてしまうからだ」。Kはなにも言わなかった。混乱したこの人間を、驚きの目でじっと見つめた。たったの1時間で、どんな変化に見舞われたのか！　訴訟のせいで、こんなに左右に揺さぶられているのだろうか？　どこに敵がいて、どこに味方がいるのか、見分けられなくなっているのか？　弁護士がわざとこの男を侮辱したのは、今回はなんといっても、このおれに自分の力を見せつけるためだ。おまけにそうやって、おれも屈服させることができるかもしれない。そんな弁護士の魂胆が、この男にはわからないのだろうか？　ブロックにそういう能力がないとしたら、あるいは、弁護士を恐れすぎていて、わかってもなにもできないとしたら、ではどうしてこの男は、あんなにずる賢く、大胆に弁護士をだまして、ほかの弁護士を雇っていることを黙っていられるのだろうか。こいつの秘密なんか、おれがすぐにばらしてしまうかもしれないのに、どうしてこいつは、おれを攻撃することができるんだ。だがブロックはもっと大胆になった。弁護士のベッドへ行き、そこでKの悪口を言いはじめたのだ。「弁護士先生」と言った。「お聞きください。この男はこんな口のきき方を私にするんです。自分の訴訟ははじまってからまだ日も浅いくせに、訴訟を起こされて5年のこの私に、お説教しようとするんです。ののしりさえする。なにも知らないくせに、ののしるのです。微力ながら、礼儀や義務や裁判所の慣習が要求することをしっかり研究してきた、この私をののしるのです」。「人のことは気にするな」と、弁護士が言った。「お前が正しいと思うことをやればいい」。「たしかに」と、ブロックは自分で自分をはげますように言った。そしてちらりと横目で見ながら、ベッドのすぐそばでひざまずいた。「もう、ひざまずいております、弁護士さま」と言った。だが弁護士は黙っている。ブロックは片手で慎重に羽毛布団をなでている。部屋がしーんとしていた。レーニがKの手を払いながら、言った。

「痛いわね。離してよ。ブロックのとこへ行くんだから」。レーニはブロックのほうへ行き、ベッドの端に腰をおろした。ブロックはレーニが来たことを非常に喜んだ。すぐにレーニに、さかんに無言の合図を送って、弁護士にとりなしてくれるよう頼んだ。弁護士のもっている情報を切実に必要としているようだ。もしかしたら、雇っているほかの弁護士たちにそれを活用させるためだけかもしれないが。おそらくレーニは、弁護士をどう扱えばいいのか、よく知っているのだろう。弁護士の手を指さして、キスするようにくちびるをとがらせた。すぐにブロックが手にキスした。レーニに催促されて、もう一度キスした。だが弁護士は黙ったままだ。そこでレーニが弁護士のうえにかがみこんだ。体を伸ばすと、きれいな体の線がくっきり見える。レーニは弁護士の顔におおいかぶさるようにして、長くて白い髪の毛をなでてやっている。こうなると弁護士も返事をするしかない。「教えてやったものかどうか、迷ってる」と、弁護士が言った。首をすこしふっているのが見える。もしかしたらそうやって、レーニの手に触れようとしているのかもしれない。ブロックが、うなだれたまま聞き耳を立てている。聞き耳を立てることによって、命令にそむいているかのようだ。「なんで迷ってるの？」と、レーニがたずねた。Kは、しっかり稽古した会話を聞いているような気がした。何度もくり返されてきた会話で、これからも何度もくり返されるのだろうが、ブロックにだけは新鮮味を失わないのかもしれない。「きょうのあいつ、態度はどうだった?」と、弁護士は答えるかわりに質問をした。レーニは報告する前に、ブロックを見おろして、しばらく観察した。ブロックはレーニに両手を差しだし、もみ手をして頼んでいる。とうとうレーニがまじめな顔をしてうなずき、弁護士にむかって、言った。「落ち着いていて、熱心だったわ」。年季の入った商人で、長いひげをはやした男が、若い娘にいい点数をつけてくれと頼んでいる。なにか下心があるのかもしれないが、そばにいる者の目には納得のいかない光景だ。見ている者まで侮辱されたような気持ちになる。Kには理解できなかった。なぜ弁護士がこんな光景を見せて、おれを引き留めることができると考えたのか。おれを早々と追っ払っていなくても、こんな光景を見せれば追っ払うことができただろう。弁護士の手口には、そういう効果があったのだ。幸いKは、そんな手口に長いあいださらされることがなかった。長いあいださらされれば、依頼人はついに世間というものを忘れてしまい、道に迷ったまま、訴訟の終わりまで引きずられていきたいと望むのだ。そうなると依頼人ではなく、弁護士の犬だ。弁護士が犬に、犬小屋に入るみたいにベッドの下にもぐりこんで、そこから吠えろ、と命令したら、犬は喜んでそうしただろう。Kは、ここで話されたことをすべて正確に記録し、それを上級審に告発し、レポートせよと依頼された者のように、優越感をもってチェックしながら、耳を傾けた。「あいつ、きょうは一日中、なにをやってた?」と、弁護士がたずねた。「あたしの仕事をね」と、レーニが言った。「邪魔しないように、女中部屋に閉じこめておいたの。普段から、あいつ、そこにいるんだけど。小窓からときどき、あいつがなにをしているのか、確かめることができたわ。いつもベッドの上でひざまずいて、あなたに借りた書類を窓敷居のうえで開いて、読みふけってた。なかなかいい印象だったな。というのはね、あそこの窓は通気孔にしかつながってないから、ほとんど明かりが射さない。それなのにブロックは読んでたわけだから、どんなに従順かってことの証明みたいなものでしょ」。「おお、それはうれしいね」と、弁護士が言った。「しかし読んで、わかったのかね?」。その会話のあいだ、ブロックはずっとくちびるを動かしていた。レーニに言ってもらいたい答えをくちびるで伝えようとしているのだろう。「そんなこと、もちろん」と、レーニが言った。「はっきり答えられないわ。ともかく、一心不乱に読んでるように見えた。一日中、おんなじページを読んでいて、読みながら指で行をたどってたわ。

いつ小窓から見おろしても、ため息をついてた。読むのがものすごく大変みたい。あなたが貸した書類って、きっとわかりにくいんでしょ」。「たしかにわかりにくい。あいつに理解できるとは思わない。あの書類を読んでだな、あいつを弁護するための戦いがどんなに大変なものなのか、ちょっとでもわかればいいんだ。では誰のために、私はこの大変な戦いをやっているのか？　それは——口にするのも馬鹿ばかしいが——それは、ブロックのためだ。それがどういうことなのか、ブロックも理解できるようにならんと。あいつ、休まず研究しておったか？」。「ほとんど休まなかったわ」と、レーニが答えた。「1回だけ、水を飲みたいと言ってきたから、小窓からコップを渡してやったわ。8時には部屋から出して、食べ物をあげた」。ブロックはKを横目でちらっと見た。ほら、自分はほめられていて、Kも感心しているにちがいない、とでも言うように。いまは希望にあふれているようだ。動きも自由になり、膝をついたまま体を揺らしていた。それだけに、弁護士からつぎのように言われたとき、凍りついたのが、よけい目立った。「あいつをほめているわけか」と、弁護士が言った。「だったらますます話しづらくなる。判事の話は有利なものじゃなかったからな。ブロック本人についても、ブロックの訴訟についても」。「有利なものじゃなかった?」と、レーニがたずねた。「どうしてそんなことに?」。ブロックがレーニを緊張した視線でじっと見ている。ずっと前に言われた判事の言葉を自分に有利なように変える力が、レーニにはあるのだと思っているらしい。「有利なものじゃなかった」と、弁護士が言った。「私がな、ブロックのことを話しはじめると、不愉快そうな顔までしたんだ。『ブロックの話はやめてくれ』と、判事が言った。『私の依頼人なんだよ』と、私は言った。『利用されてるんだよ、君は』と、判事が言った。『あの件は負けたとは思ってないぞ』と、私は言った。『利用されてるんだよ、君は』と、判事がくり返した。『そうは思わない』と、私は言った。『ブロックは訴訟のことに熱心だ。いつもその問題を追いかけている。ほとんど私の家に住んでいて、新しい情報を手に入れようとしておる。そんなに熱心なやつはあまりおらんぞ。たしかに人間として感じがよくない。行儀が悪い。汚らしいやつだ。しかし訴訟にかんしては非の打ちどころがない』。非の打ちどころがない、と言ってやったんだぞ。わざと大げさに。すると判事が言った。『ブロックはずる賢いだけだ。たくさん情報を集めてだね、訴訟を引き延ばすことを心得ている。しかしなんにも知らないことと比べれば、そのずる賢さなんて知れたもの。あいつの訴訟はまだはじまってすらいない、なんて知ったら、どう思うだろう？　訴訟のはじまりを告げるベルすら鳴らされていない、なんて言われたら、どう思うだろう？』。落ち着くんだ、ブロック」と、弁護士が言った。ちょうどブロックが膝をわなわなさせながら、立ち上がろうとしていた。明らかに説明を求めようとしているのだ。このときはじめて弁護士が、まっすぐにブロックを見て詳しい話をした。疲れた目で、半分はどこを見るともなく、半分はブロックを見おろしている。ブロックは弁護士の視線を感じて、またゆっくりひざまずいた。「判事の言葉は、お前にはまったく無意味なんだ」と、弁護士は言った。「なにを言われても、いちいち気にするな。またそんなに驚くようなら、もうなにひとつ教えてやらんからな。誰かがなにか言えば、お前は、最後の判決が下されるときのような顔をして、相手の顔を見る。恥ずかしいと思え。ここには私の依頼人もいるんだ！　私にたいする信頼まででもが、お前のおかげで揺らいでしまうじゃないか。どうしたいんだ？　まだお前は生きている。まだお前は私に守られている。無駄な心配はやめろ！　どこかで読んだことがあるだろうが、最後の判決は不意にやってくる場合がある。思いもかけない人の口から、思いもかけない時に聞かされるのだ。たくさんの留保をつければ、それは本当だ。だが、おなじように本当のことがある。お前が心配していることに、私は吐き気をもよおす。信頼が必要不可欠なのに、お前にはそれが欠けておる。さて私はなにを言ったのか？　判事の言葉を再現しただけだ。わかるだろ、訴訟手続きにはいろんな見解が山のように積み重なって、見通せなくなる。たとえばこの判事は、訴訟手続きの開始を私とはちがう時点だと考えている。それだけのことだ。訴訟が、ある段階になると、昔の慣習にしたがって、合図に鐘が鳴らされる。この判事の見解では、それで訴訟がはじまるのだ。それにたいする反対意見もあるが、いまはな、全部を教えてやることはできん。聞いても理解できんだろう。反対意見がたくさんある、ということでいいだろう」。下にいるブロックは当惑して、指を毛皮のベッドサイドマットに押しつけて動かしていた。判事に言われたことが心配になり、判事の家来であるという立場をしばらく忘れてしまい、自分のことしか頭になく、判事に言われた言葉の意味を、ああでもない、こうでもないといじくり回していた。「ね、ブロック」と、レーニが注意するような口調で言った。そしてブロックの上着の襟をつまんで、ちょっと引きあげた。「その毛皮、いじくるのやめて、弁護士さんの話、聞きなさいよ」

大聖堂で

Kは、銀行の取引先のイタリア人のために、芸術的な価値のある旧蹟をいくつか案内するよう指示された。非常に重要な客で、この町にははじめて滞在する。別のときに指示されていたなら、きっと名誉に思っただろう。しかしいまは、銀行内で自分の評判をやっとの思いで保っているときなので、嫌々ながら引き受けた。1時間でもオフィスから引き離されただけで、心配でたまらなくなる。オフィスにいる時間を有効に使うことが、以前のようにはできなくなってしまった。ちゃんと仕事をしているふりをしているだけで、時間がすぎてしまうこともあった。それだけによけい、オフィスにいないと、心配が大きかった。頭取代理はいつも様子をうかがっていた。Kが留守のときには、ときどきKのオフィスにやってきて、Kのデスクにすわり、Kの書類を引っかき回し、Kが長年ほとんど友だちのようにつき合ってきた顧客を迎えて、自分の客にしてしまう姿が目に浮かぶように思えた。それどころか、Kのミスをあばきたてる姿さえ目に浮かぶように思えた。仕事をしているとき、いまのKはいつも千もの方角から危険に迫られているように思え、それを避けることができなくなっていた。だから、どんなに鼻が高くなるような仕事であっても、外出や、ちょっとした出張を命じられると――そんな指示がこのところ偶然ふえていたのだが――、おれをオフィスから離して、おれの仕事を点検するつもりだな、と、つい想像するようになった。すくなくとも、おれなんかオフィスにいなくてもほとんど困らないと思われてるんだ、と。そういう指示のほとんどは、簡単に断ることもできただろう。だが断ろうとはしなかった。Kの心配がほとんど根拠のないものであったとしても、指示を断れば、自分の不安を告白することになるからだ。だから、さりげない顔をして引き受けた。2日間の大変な出張を命じられたときは、ひどい風邪を引いていることさえ言わなかった。ちょうど秋雨の頃で、それを理由に出張を思いとどまらされる危険があったからだ。猛烈な頭痛をかかえてその出張から戻ってきたとき、つぎの日にイタリア人の取引先を案内するように言われたのだ。すくなくとも今回は拒否したい、という誘惑が非常に大きかった。とくに、今回あたえられた役割は、取引に直接つながっている仕事ではなかった。取引先にたいするこの種の接待は、疑いもなく大事なことなのだが、Kにとってはそれほど重要ではなかった。おれの地位は仕事の成功によってでしか守れない。おれがそのイタリア人を思いがけないほど満足させたとしても、おれの仕事が成功しなければ、まったく無意味なんだからな。たとえ1日でも仕事の現場から外されたくなかった。もう戻れなくなるという恐れが、あまりにも大きかった。思い過ごしだということはよくわかっていたが、それでも怖くて息苦しくなった。しかし今回は、具合のいい口実を考えることはまず不可能だ。Kのイタリア語の力は大したものではなかったが、十分ではあった。しかも決定的な事情もあった。Kは以前から美術史の知識があった。しばらくのあいだ、しかもそれは取引の都合にすぎなかったのだが、市の文化財保護委員会のメンバーになっていたこともある。そのため銀行では、きわめて誇張されて美術通ということになっていたのだ。しかも噂によると、そのイタリア人が美術好きだったので、Kを案内役に選ぶことは当然だった。

嵐のように激しい雨の朝だった。これからの1日のことを腹立たしく思いながら、Kは7時にはもうオフィスに来ていた。お客が来るとなんにもできなくなるので、その前にちょっとでも仕事を片づけておくためだ。とても疲れていた。ちょっと準備をしようと思って、前の晩の半分をイタリア語の文法の勉強に使ったからだ。最近は窓のところにすわるのが癖のようになっており、デスクより窓のほうが魅力的だった。しかし誘惑には負けず、仕事をするため椅子にすわった。残念ながらそのとき秘書がやってきて、こう告げられた。頭取さんに言われて来ました。支配人さんが来られているかどうか、見てこい。来られているなら、どうか応接室までお越し願いたい。イタリアの方がもうお見えです、と。「すぐ行きます」と言って、Kは小さな辞書をポケットに突っこみ、外国人のために用意しておいた町の名所旧蹟のアルバムを脇にかかえ、頭取代理のオフィスを通って、頭取室へ行った。早くオフィスに来ていたので、すぐに対応できることがうれしかった。おそらく誰も期待していなかっただろう。頭取代理のオフィスは深夜のようで、もちろん誰もいなかった。おそらく秘書は代理も応接室に呼んだのだろうが、無駄だったのだ。Kが応接室に入ると、2人の紳士が深々とした安楽椅子から立ち上がった。頭取がにっこりほほ笑んだ。Kがやってきたことが非常にうれしいらしい。すぐに紹介してくれた。イタリア人はKの手を力強く握り、誰かさんは早起きですね、と笑いながら言った。それが誰なのか、Kにはよくわからなかった。おまけに変な言葉だったので、しばらくしてからでないと意味は見当がつかなかった。Kは2、3のなめらかなセンテンスで答えたが、イタリア人はそれを笑いながら聞いて、何度も神経質に手を動かして、ふさふさした灰青色の口ひげをさわった。口ひげには明らかに香水をふってあるらしく、近くに寄って、においを嗅ぎたくなるほどだ。みんなが腰をおろして、ちょっとした会話がはじまったとき、Kはイタリア人の話が断片的にしか理解できないことに気づいて、不愉快になった。ゆっくり話されたときは、ほぼ完璧に理解できるのだが、そんなことはごくまれで、たいていの場合、言葉が文字どおり口からあふれ出てきて、本人はそれが楽しくてたまらず首をふっている。そんなときは決まってどこかの方言に巻き込まれるので、Kにはイタリア語とは思えなくなった。ところが頭取は聞いてわかっただけでなく、話しもした。しかしそれは十分に予想できたことである。なにしろイタリア人は南イタリア出身で、頭取も何年間かは南イタリアに住んでいたのだから。いずれにしてもK

には、このイタリア人とはほとんどコミュニケーションができそうにないことがわかった。フランス語も話すが、じつにわかりにくい。おまけに口ひげがくちびるの動きを隠してしまう。くちびるの動きが見えれば、理解の手助けになったかもしれないのだが。Kは不愉快なことをいろいろ予想しはじめた。イタリア人を理解しようと思うことは、とりあえずあきらめた。――簡単に理解してしまう頭取がいるのだから、そんな努力は不必要だったわけだが。――Kは、不機嫌な顔をしてイタリア人を観察するだけにした。安楽椅子に深く、しかしリラックスしてすわっている。きりっと仕立てた短い上着を何度もつまんで引っ張っている。両腕を上げて、手首の関節をだらんと動かしながら、なにかを描こうとしている。なにを描こうとしているのか、Kには理解できなかったが、それでも前かがみになってイタリア人の手から目を離さなかった。ほかになにもすることもなく話のやりとりを機械的に目で追っていたが、とうとう以前からの疲れが出てきた。驚いたことにKは、ぼんやりしたまま立ち上がり、向きを変えて、出て行こうとした。だが、その寸前に幸い、はっと気がついて思いとどまった。ようやくイタリア人が時計を見て、とび上がった。頭取に別れの挨拶をして、Kのほうに突進してきた。あまりにもぴったり寄ってきたので、Kは安楽椅子を後ろにずらさなければ、身動きできなかったほどだ。頭取は、Kの目を見て、Kがこのイタリア人のイタリア語に困っていることに気づいたにちがいない。ふたりの会話に割り込んできた。それも頭のいい繊細なやり方で。つまり、ちょっと助言をしているだけのように見せかけながら、じつは、イタリア人がひっきりなしに割り込んできては言い立てたことを全部、要約してKにわかるように伝えてくれたのだ。おかげでKはつぎのことがわかった。このイタリア人にはまだ仕事が2、3残っている。残念ながら、きょうはあまり時間がないらしい。実際、大急ぎですべての名所を見て回るつもりはない。むしろ――もちろんこれはKが賛成してくれた場合の話で、決定権は全面的にKにあるわけだが――見物するのは大聖堂だけでいい。しかし徹底的に見物しようと決めているのだ。こんなに学問があって感じのいい人に――これはKのことを言っているのだが、K自身はイタリア人の言うことを聞き流し、頭取の言葉を急いで理解することで精一杯だった――案内してもらって、見物できるとは、じつにうれしい。そこでKにお願いがあるのだが、もしも都合がよければ、2時間後の、たとえば10時に大聖堂に来てもらえないだろうか。私自身もその時間にはきっと行けると思うのだが。Kは必要な返事を2、3した。イタリア人は、まず頭取と握手し、それからKと、それからまた頭取と握手してから、ふたりに見送られて、体は半分しかふたりにむけず、おしゃべりのほうはあいかわらず中断せず、ドアにむかって歩いた。Kはしばらく頭取といっしょにいた。頭取はきょうはとくに心苦しそうに見える。Kには謝っておく必要があると思っていて、こう言った。――ふたりは親しそうに並んで立っていた。――最初はね、イタリア人とは自分が行くつもりだったのさ。しかし――頭取は詳しい理由をあげなかったが――Kに行ってもらうことにした。あのね、最初のうちは、イタリア人の言うことがすぐにわからなくても、気にすることはない。急にわかるようになるものなんだ。たとえほとんど理解できなくても、そんなにひどいことじゃない。イタリア人にとっては、理解されることなんか、大事じゃないんだ。ところで君のイタリア語は、びっくりするくらいうまいな。今回の仕事もきっと見事にこなしてくれるだろう。そう言われてKは別れた。まだ残っている時間を使って、大聖堂の案内に必要なめずらしい単語を辞書から書き出した。きわめて面倒な作業だった。秘書が郵便物をもってくる。行員がいろんなことを問い合わせにやってくるのだが、Kが仕事中だったので、ドアのところで立ち止まっている。しかしKに用件を聞いてもらうまで、動こうとはしない。頭取代理がKの邪魔をする機会を見逃すわけはなく、何度も入ってきては、Kの手から辞書を取り上げては、明らかに用もないのにパラパラとページをめくっている。取引客までもが、ドアが開いたときには、薄暗い控え室に姿をあらわし、ためらいながらお辞儀をして、気づいてもらおうとしている。しかしKに姿を見てもらえたかどうか、わからない。——Kのまわりでは、Kを中心にしてこんな動きがあったのだ。K自身は、必要な単語を並べ、辞書で探し、辞書から書き写し、その発音の練習をし、最後には暗記しようとした。以前は記憶力はよかったのだが、すっかり衰えたらしい。ときどきKは、こんな苦労の原因となったイタリア人にたいして怒り狂い、辞書を書類のなかに埋め込んで、もう準備なんかするものかと決心したが、やっぱり黙ったままイタリア人と大聖堂の美術作品の前を歩きまわるわけにもいかないか、と思い直して、もっと怒り狂いながら辞書を引きずり出した。

ちょうど9時半に、出かけようとしたとき、電話が鳴った。おはよう、元気？と、レーニの声が聞こえた。急いでお礼を言ってからKは、いまは話せない、大聖堂に行かなきゃならないから、と言った。「大聖堂に？」と、レーニがたずねた。「ああ、大聖堂に」。「なんで大聖堂なんかに？」と、レーニがたずねた。Kは手短に説明しようとした。だが説明をはじめたとたん、突然、レーニが言った。「狩り出されてるわけだ」。こちらが要求も期待もしていないのに、慰められるのは耐えられない。たったのふた言で電話を切った。だが受話器を戻しながら、半分は自分に、半分はもう声が聞けなくなった遠くにいる女の子にむかって言った。「ああ、狩り出されてるわけだ」

もう遅くなっていた。遅刻する心配があるほどだ。クルマで出かけた。ギリギリになってアルバムのことを思い出した。さっき渡す機会がなかったので、いま、こうやってもっている。クルマに乗っているあいだ、膝にのせたアルバムを落ち着きなくたたいていた。雨は弱くなっていたが、じめじめして、冷えて、暗かった。大聖堂のなかではほとんどなにも見えないだろう。あそこの冷たいタイルのうえに長いあいだ立っていると、Kの風邪もひどくなりそうだ。

大聖堂の広場には誰もいなかった。Kは思い出した。子どものときから気になっていたのだが、この狭い広場の家という家では、ほとんどすべての窓のカーテンがいつも下ろされている。きょうのような天気なら、もちろん、いつもよりも納得できるのだが。大聖堂のなかも誰もいないみたいだ。こんなときには当然、誰も来ようと思わない。Kは両側の側廊を歩いてまわった。会ったのはひとりの老女だけで、暖かそうな布にくるまってマリア像の前でひざまずき、じっと像を見あげている。それから遠くに寺男が足を引きずりながら壁のドアのなかに姿を消すのが見えた。Kは時間ぴったりに到着したのだ。ちょうど入ったときに、11時の鐘が鳴っていた。* イタリア人はまだ来ない。Kは正面の入口に戻った。どうしようかと思いながら、しばらくそこに立っていたが、雨のなか、大聖堂のまわりを一周して確かめた。イタリア人がどこかの側面の入口で待っているかもしれないと思ったのだ。どこにも見つからなかった。もしかしたら頭取が時間を聞きまちがえたのかも？　どうやってあのイタリア人の言葉をきちんと聞き取ることができるのだろう。それはともかく、すくなくとも半時間は待たなければならない。疲れていたので、腰をおろそうと思った。ふたたび大聖堂のなかへ入った。段のところに小さな絨毯のような切れ端を見つけ、つま先で近くのベンチの前まで動かした。もっとしっかりオーバーにくるまり、襟を立てて、腰をおろした。気晴らしにアルバムを開き、ちょっとページをめくってみたが、すぐやめることになった。すっかり暗くなって、目を上げると、近くの側廊でも細部がほとんど見分けられない。

る。遠くの主祭壇ではロウソクの明かりが大きな三角形をつくって、きらきら光っている。さっきも見たのかどうか、Kは自信をもって言えなかっただろう。もしかしたら、いま点火されたばかりかもしれない。寺男は仕事柄、こっそり歩くので、誰にも気づかれることがない。たまたまKがふり返ったとき、すぐ後ろのほうでも、柱に固定されてがっしりと背の高いロウソクが、おなじように燃えているのが見えた。とてもきれいな光だが、祭壇画の照明としてはまったく不十分だ。祭壇画はたいてい側面の祭壇の闇のなかにあるので、ロウソクの光がむしろ闇を深めている。イタリア人がやってこなかったのは、無礼だが道理にもかなっていた。来たとしても、なにも見えなかっただろうし、せいぜいKの懐中電灯で何枚かの絵をインチ単位で照らして見ていくことで、満足するしかなかっただろう。そういうやり方でどれくらいのことができるのか、調べるためにKは、近くの側面にある礼拝堂に行き、2、3段のぼって、低い大理石の手すり壁から身をのりだして、懐中電灯で祭壇画を照らした。絵の前の常

＊ 本書の底本である「史的批判版」でも、「批判版」でも、カフカの手稿どおり〈11時〉となっているが、「ブロート版」はカフカの勘違いと考えて、〈10時〉に直している。

明灯がちらちらして邪魔だ。Kが最初に目にして、部分的に見当がついたのは、甲冑をつけた大きな騎士だった。絵の一番端に描かれていた。体を剣で支えている。剣は目の前の——草の茎が何本か生えているだけの——なにもない地面に突き立ててあった。騎士は、目の前で起こっている出来事を注意深く観察しているらしい。驚くべきことに騎士は、そんなふうに立ったまま、近づこうとしていない。もしかしたら見張りを命じられているのかもしれない。Kはずいぶん長いあいだ絵を見ていなかったので、その騎士をしばらくながめていた。懐中電灯の青い光が耐えられなくて、ずっと目をパチパチさせなければならなかったにもかかわらず。懐中電灯の光を絵のほかの部分に移動させると、キリストの埋葬が描かれているのに気づいた。よく見かける描き方だが、わりと新しい絵だ。Kは懐中電灯をポケットにしまい、もとの場所へ戻った。

もうイタリア人を待つことは、どうやら必要ではない。外はきっと土砂降りだが、ここは思ったほど寒くはない。とりあえずここで待つことにした。Kの近くには大きな説教壇があった。小さな丸いその天井には、飾りのない黄金の十字架が2つ、先端を交差させて、ほとんど寝かされたように取りつけてある。手すり壁の外側が支柱につながっている部分は、緑の葉形装飾がほどこされていて、小さな天使たちが——ある者は勢いよく、ある者は静かに——つかまっている。Kは説教壇に近づき、あらゆる角度から調べてみた。石の細工はじつにていねいで、葉形装飾の内部と背後にある暗闇は、はめこんで固定してあるように見えた。そういうすき間にKは手を入れて、石を用心深くなでていった。こんな説教壇があることをこれまで知らなかった。そのとき偶然、一番近くのベンチの列の後ろにいる寺男に気づいた。だらんとした、ひだの多い黒い上着を着て、左手に嗅ぎタバコの缶をもち、Kをながめている。「どういうつもりなんだろう、この男は？」と、Kは考えた。「おれは怪しまれてるのかな？チップがほしいんだろうか？」。Kに気づかれたとわかると、寺男は、2本の指でタバコをつまんだまま、右手で漠然と方向を指示している。どういう意味なのか、ほとんど理解できない。Kはしばらく待った。しかし寺男は手の合図をやめず、うなずくことによって手の合図を強調した。「どういうつもりなんだろう？」と、Kはつぶやいた。その場所から呼びかけることは見合わせた。しかし財布をとりだし、一番近くのベンチに突進して、その男のところへ行こうとした。だがその男はすぐに手で拒絶する動作をし、肩をすくめて、足を引きずりながら逃げていった。子どものときKは、そんなふうに足を引きずりながら急いで歩く格好をして、馬に乗っている真似をしようとしたことがあった。「子どもじみた年寄りだな」と、Kは思った。「寺男くらいしかできない頭なんだ。おれが立っていると、立ち止まって、おれが先に行く気があるのか、様子を見てる」。ほほ笑みながらKは側廊を通り抜け、高くなっている主祭壇の近くまで年寄りを追いかけた。年寄りは合図をやめなかったが、わざとKはふり返らなかった。年寄りの合図には、自分の後を追うのをやめさせる目的しかなかったのだ。とうとう追うのをやめにした。あまり年寄りを不安がらせたくなかった。イタリア人がもしもやってきた場合のことを考えて、幽霊みたいなこの年寄りを追い払ってしまわないでおこうと思った。

中廊に戻って、アルバムを置いておいた場所を探そうとしたとき、柱のところで、聖歌隊のベンチにほとんどくっつくようにして、予備の小さな説教壇があるのに気づいた。なんの飾りもない青白い石だけでできている。とても小さいので、遠くから見ると、聖人像を置くために空けてある壁龕《ニッチ》のように思える。説教師は手すり壁からきっと一歩も下がることができない。おまけに説教壇の石の丸天井が異常に低くて、なんの飾りもないけれど、反り返っているので、中背の男でもまっすぐに立つことができず、ずっと手すり壁から身をのりだしていなければならない。この予備の説教壇は説教師を苦しめるためにあるようなもので、なんのために必要なのか、わからない。芸術的な装飾をほどこした大きな説教壇がほかにあるのだから。

上のほうにランプが吊されていなかったら、Kはこの小さな説教壇には気づかなかったにちがいない。ランプは説教のはじまるちょっと前に用意されることになっているものだ。これから説教がはじまるのだろうか？　誰もいない教会で？　Kは足もとの階段を見た。柱にしがみつくようにして説教壇までつながっている。とても狭いので、人間のためというよりは、柱の飾りでしかないように思えた。だが説教壇の足もとには――Kは驚きのあまり、思わずほほ笑んだ――本当に聖職者がいたのだ。これからのぼろうとして、手すりをもち、Kのほうを見ている。それから、かすかにうなずいたので、Kは十字を切って、お辞儀をした。本来なら、もっと早くやっておくべきことだった。聖職者はひょいと弾みをつけて、短くて速い足取りで説教壇の階段をのぼった。本当に説教がはじまるのだろうか？　もしかしたら寺男はそれほど馬鹿ではなく、Kを説教師のところへ追い立てようとしたのかもしれない。たしかにそれは、誰もいない教会ではきわめて必要なことだったのだ。ところで、どこかのマリア像の前に老女がいたが、その老女もやってくるべきではないのか。それにしても説教があるのなら、どうしてオルガンの前奏がないのだろう。だがオルガンは静かなまま、高くて大きな闇から弱い光を放っているだけだった。

Kは考えた。いますぐここから逃げ出すべきではないか。いま逃げ出さなかったら、説教の最中に逃げ出せる見込みはない。そうなると終わるまで、帰れない。オフィスではさんざん時間を無駄にした。イタリア人を待たなければならない義務は、とっくの昔になくなった。Kは時計を見た。11時だ。しかし本当に説教がおこなわれるのだろうか？ 信者はおれひとりでいいのだろうか？ おれが、教会を見物しようと思っているだけのよそ者だとしたら、どうだろうか？ 実際、おれはよそ者にすぎないのだ。ひどい天気の、平日の、こんな11時に、説教がおこなわれると考えるなんて、馬鹿ばかしい。きっと聖職者は——しわのない暗い顔をした若い男だったが、それでも疑いもなく聖職者なのだ——まちがえて点《つ》けられたランプを消すために、階段をのぼっていっただけなのだろう。

だが、そうではなかった。ランプを消すのではなく、聖職者は明かりを点検して、もうすこし炎を大きくした。それからゆっくり手すり壁のほうにむき、前方の角張った縁を両手でつかんだ。しばらくそうやったまま、顔を動かさないで、あたりを見まわした。Kは大きく後ずさりして、一番前のベンチに両ひじをついてもたれた。落ち着きのない目でまわりを見ると、どの場所でとははっきり言えないが、寺男が仕事を終えた後のようにのんびり、背中を丸めてしゃがみこんでいる。いま、この大聖堂は、なんと静かなんだろう！　しかしKがその静かさを乱すことになった。ここにじっとしているつもりはないのだ。決まった時間に、周囲の状況などおかまいなしに説教することが、聖職者の義務なら、そうすればいい。Kがいても説教の効果が上がるわけではないのと同様、Kの協力がなくても、説教はうまくいくだろう。というわけでKはゆっくり動いた。ベンチを手探りしながら、つま先で歩き、広い中央通路に出て、誰からも邪魔されることなく歩いた。ただ、どんなに静かに歩いても石の床が音を立て、丸天井が、規則的に進んでいく足音をいくつも重ねて、弱いけれど途切れることなく反響させた。もしかして聖職者に観察されながらかもしれないが、誰もすわっていないベンチのあいだをひとりで歩いていくとき、Kはちょっと見捨てられた気分になった。大聖堂の大きさも、人間が耐えられる限界ぎりぎりのように思えた。もとの席に着くとすぐ、そこに置いてあったアルバムをさっとつかみ、脇にかかえた。ベンチが並んでいる場所を後にして、ベンチと出口のあいだのスペースに近づこうとした瞬間、はじめて聖職者の声を聞いた。トレーニングされた力強い声だ。その声を受けいれる用意のある大聖堂に、なんとよく通る声だろう！　聖職者が呼びかけたのは、信者ではなかった。誰の耳にも明らかだった。逃れようがなかった。聖職者はこう呼んだのだ。「ヨーゼフ・K！」

Kは歩くのをやめ、目の前の床を見た。とりあえず、まだ自由だ。歩きつづけることができる。遠くないところに小さな黒っぽい木のドアが3つあるから、そのどれかを通って逃げることができる。そうすると、呼ばれたのがわからなかったのだ、と解釈されるだろう。あるいは、わかったけれど、無視しようと思った、と解釈されるだろう。ふり返れば、つかまったことになる。つまりそうすれば、呼ばれたのがよくわかったし、自分が呼びかけられたのだし、言うことを聞くつもりだ、と告白したことになる。聖職者にもう一度呼ばれていたら、きっとKは立ち去ってしまっただろう。だが、Kが待っているあいだ、物音ひとつしなかったので、ちょっとだけ首をまわした。聖職者がいまなにをしているのか、見たかったのだ。さっきとおなじように説教壇に落ち着いて立っている。しかし明らかに、Kが首をまわしたことに気がついていた。もしもおれがちゃんとふり返らなかったなら、子どもの隠れん坊になっていただろう。Kはふり返った。こっちへ来るようにと、聖職者に指で合図された。すべてがオープンに進行するようなので、Kは——好奇心から、そしてまた手間をはぶくためにもそうしたのだが——急いで大またで説教壇のほうへむかった。1列目のベンチのところで止まったが、聖職者にはまだ離れすぎているように思えた。聖職者は手を伸ばし、人差し指をぐっと下にむけて、説教壇のすぐ前を指さした。Kは言われるようにしたが、その場所だと頭をぐっと反らさなければ、聖職者が見えない。「ヨーゼフ・Kだな」と言って、聖職者は手すり壁のうえで片手を曖昧に動かした。「ええ」と言って、Kは思った。以前はいつも自分の名前をオープンに言えたのにな。ちょっと前から名前が重荷になっている。それにいままでは、初対面の連中でさえ、おれの名前を知っている。最初は自己紹介をして、それから名前を知ってもらうというのは、なんとすばらしいことなんだろう。「告訴されてるね」と、聖職者はとくに声をひそめて言った。「ええ」と、Kは言った。「そう知らされてます」。「だったらお前が、私の探している人物だ」と、聖職者が言った。「私は教誨師《きょうかいし》だ」。「そうですか」と、Kは言った。「ここに来てもらうようにしたのは」と、聖職者が言った。「お前と話をするためだ」。「それは知らなかった」と、Kは言った。「私がここへ来たのは、イタリア人に大聖堂を案内するためです」。「そんなことはどうでもいい」と、聖職者が言った。「手にもっているのはなんだ？　祈禱書か？」。「いえ」と、Kは答えた。「町の名所旧蹟のアルバムです」。「手から離すんだ」と、聖職者が言った。Kが勢いよく投げ捨てたので、アルバムはぱっくり口を開き、ページが折れ曲がったまま、床をちょっとすべった。「お前の訴訟、具合が悪いのは知ってるね？」と、聖職者がたずねた。「私もそう思ってます」と、Kは言った。「いろいろ努力したが、これまでのところうまくいっていない。もっとも請願書はまだ仕上げていませんが」。「どんなふうに終わると思っているのかな」と、聖職者がたずねた。「以前は、うまく終わるにちがいない、と思ってました」と、Kは言った。「いまでは、ときどき自分でもそうは思えなくなっている。どんなふうに終わるのか、わからない。あなたには、わかってるのですか？」。「いや」と、聖職者が言った。「だが、うまく終わらない気がする。お前は有罪だと思われている。お前の訴訟は、もしかしたら下級裁判所止まりかもしれない。すくなくとも当面は、お前の罪は立証されたと思われている」。「でも私は無罪だ」と、Kは言う。「なにかのまちがいだ。そもそもひとりの人間がどうして有罪になるんだろう。みんな、誰も彼も、おなじ人間じゃないですか」。「そのとおり」と、聖職者が言った。「だがな、有罪の人間はよくそんなふうに言う」。「あなたも私に偏見をもっているわけですか?」と、Kはたずねた。「偏見なんかもっていない」と、聖職者が言った。「それはありがたい」と、Kは言った。「訴訟手続きに関係している連中は、みんな私に偏見をもっている。おまけにそれを無関係な人にまで吹き込む。私の立場はますますむずかしくなる」。「お前は事実を誤解しておる」と、聖職者が言った。「判決は突然やってくるものではない。訴訟手続きがしだいに判決に移行していくんだ」。「そういうことなのか」と言って、Kはうなだれた。「これからどうするつもりなのだ?」と、聖職者がたずねた。「まだ助けを探すつもりです」と言って、Kは顔を上げ、聖職者がどんな判断をするのか、見た。「まだちゃんと使っていない可能性のようなものが、あるんですよ」。「お前は人の力を当てにしすぎている」と言って、聖職者が非難した。「とくにそれも女の力をな。気がつかないのか。そんなものは本当の力にはならない、と」。「そうですね、と言えるのは、ときどき。いや、しばしばかもしれない」と、Kは言った。「しかし、いつもではない。女には大きな力がある。知り合いの2、3人の女が私のためにいっしょに動いてくれるなら、やれるにちがいない。とくにこの裁判では。裁判所にいるのはほとんどが女たらしだから。遠くから女を見せれば、予審判事は、裁判所の机でも、被告でも突き倒して、そこへ駆けつけようとする」。聖職者が手すり壁から乗り出すようにして頭を下げた。いまごろになって、説教壇に付いている低い天蓋が気になってきたらしい。外はどんな嵐なんだろう？　陰鬱な昼はすぎて、すでに深い夜になっていた。大きな窓のステンドグラスは、暗い壁にかすかな光すら投げかけることができない。おまけに寺男が主祭壇のロウソクを、1本ずつ順番に消しはじめた。「私に腹を立てているんですか」と、Kは聖職者にたずねた。「もしかしてあなたは知らないのかもしれない。自分がどんな裁判所で働いているのか、を」。返事がなかった。「私の経験から言っただけですよ」と、Kは言った。上はあいかわらず静かだった。「侮辱するつもりで言ったわけじゃありません」と、Kは言った。そのとき聖職者が下にいるKにむかって叫んだ。「お前は、2歩先が見えないのか？」。怒りの叫びだった。だが同時にそれは、誰かが倒れるのを見て、自分でも驚いて、不用意に思わず漏らしてしまった叫びだった。

それからふたりは長いあいだ黙っていた。きっと聖職者は、下が暗いのでKの姿がよく見えないのだ。Kのほうは、小さなランプの明かりで聖職者の姿がはっきり見えるのだが。なぜ聖職者は下りてこないのか？　説教はやらなかった。Kにちょっと伝言しただけだった。よく注意して聞けば、役に立つというよりは害になりそうな伝言だ。しかしKには、聖職者の善意は疑えないものであるように思えた。もしも下りてきたら、おれと意見が一致することも不可能じゃない。決定的で実行可能な助言をもらうことも不可能じゃない。たとえばその助言は、どうやって訴訟に影響をあたえることができるかではなく、どうやったら訴訟から逃げ出せるか、どうやったら訴訟を回避できるか、どうやったら訴訟の外で暮らせるか、を教えてくれるかもしれない。そんな可能性がきっとある。Kは最近、しばしばそのことを考えていた。聖職者がそういう可能性を知っているなら、頼めば、教えてくれるかもしれない。聖職者自身、裁判所の人間であるにもかかわらず。また、Kに裁判所のことを攻撃されたとき、穏やかな人間であることを隠して、Kを怒鳴りつけたにもかかわらず。

「下りてきませんか？」と、Kは言った。「説教するわけじゃないんでしょ。さあ、こちらへ」。「もう下りていける」と、聖職者が言った。怒鳴ったことを後悔しているのかもしれない。ランプを鉤《かぎ》からはずしながら、言った。「最初は離れたところから話をする必要があった。私は影響を受けやすい人間で、そうしないと、自分の務めを忘れてしまうから」

Kは階段の下で待った。聖職者は階段を下りきらないうちにKに手を差しだした。「ちょっと時間もらえますか?」と、Kはたずねた。「必要なだけどうぞ」と言って、聖職者は小さなランプをもってもらうつもりで、Kに手渡した。近くに来ても聖職者の荘厳な雰囲気は消えない。「ずいぶん親切なんだな」と、Kは言った。ふたりは並んで暗い側廊のなかを歩きまわった。「あなたは、裁判所の人間のなかじゃ、例外です。私の知っているかぎり、これまでの、どの裁判所の人間よりも信頼できる。あなたとなら、なんでも話せる」。「勘違いしないように」と、聖職者が言った。「なにが勘違いなんですか?」と、Kはたずねた。「裁判所のことで勘違いをしている」と、聖職者が言った。「掟への入門書のなかでそういう勘違いについて、こんな物語が紹介されている。掟の前に門番が立っていた。この門番のところに田舎から男がやってきて、掟のなかに入れてくれと頼んだ。だが門番は言った。まだ入れてやるわけにはいかんな。男はじっと考えてから、たずねた。じゃ、後でなら入れてもらえるのかい。『そうだな』と、門番が言った。『でも、いまは駄目だ』。掟の門はいつものように開いていて、門番がわきに寄ったので、男は身をかがめて中をのぞきこんだ。それに気づいた門番が、笑って言った。『そんなに気にいったのなら、入ってみたらどうだ。

おれの制止を無視して。だが忘れるな。おれには力がある。おまけに、おれは一番下っ端の番人にすぎん。広間と広間のあいだにも番人がいて、先の広間にいくほど番人の力が強い。このおれでさえ、3番目の番人の姿を見ただけで、大変な目にあうんだから』。こんなやっかいなことがあるとは田舎の男は考えてもいなかった。掟というものは誰にでもいつでも開かれてるべきじゃないか、と思った。しかし、毛皮のコートを着た門番をこれまで以上にしげしげとながめ、大きくてとんがった鼻、長くて細くて黒い韃靼《だったん》ひげを見て、男は決心した。いや、やっぱり待つか。入ってもいいぞと言われるまで。門番に腰かけをすすめられ、門扉のわきにすわった。そこに何日も何年もすわっていた。入れてもらえるよう、あれこれ試み、しつこく頼んで門番をうんざりさせた。門番はしばしば、尋問するような口調で、故郷《くに》のことなどあれこれ質問した。しかしそれはお偉方がするような気のない質問で、最後にはいつもこう言った。まだ入れてやるわけにはいかんな。田舎の男は、この旅のためにたくさんのものを準備してきていたが、門番を買収するために、たとえどんなに高価なものであれ、そのすべてを使った。門番はどれも受けとったが、受けとりながらこう言った。『受けとってやるが、ただそれは、お前のためにすぎん。なにか、し忘れたことがあったんじゃないかと、お前が思わんように』。長年のあいだ、男は門番をほとんど休まず観察した。ほかにも門番がいることを忘れ、この最初の門番こそ、掟に入る唯一の障害に思えた。男はこの不幸な偶然を、最初の何年かは思慮もなく大声でのろった。後になり年をとってからは、ひとりでボソボソとつぶやくだけだった。子どもっぽくなった。長年にわたる門番研究のおかげで、毛皮の襟《えり》にいるノミまで見わけることができたので、ノミにまで頼んだ。ひとつ助けてくれんか。門番の気持ち、変えさせたいんだよ。とうとう男の視力が落ちてきた。実際に周囲が暗くなったのか、自分の目だけが見えにくくなったのか、男にはわからない。しかし男はいま、掟の門扉から消えることなく漏れてくるひと筋の輝きに気がついた。命はもう長くなかった。死ぬ前、頭のなかで、これまでのすべての時のあらゆる経験が収束して、ひとつの質問となった。これまで門番にしたことのない質問だ。男は門番に手で合図した。硬くなっている体を起こすことができないからだ。門番は男のほうに身をかがめてやった。体のサイズが男には不都合なことにすっかり変わってしまっていたのだ。『いまさら、なにを知りたいんだ』と門番がたずねた。『満足するってことを知らないのか』。『みんな、掟のところにやってくるはずなのに』と男が言った。『どうして何年たっても、ここには、あたし以外、誰もやってこなかったんだ』。門番には男がすでに死にかかっていることがわかった。聞こえなくなっている耳に聞こえるような大声でどなった。『ここでは、ほかの誰も入場を許されなかった。この入口はお前専用だったからだ。さ、おれは行く。ここを閉めるぞ』」

「門番は男をだましたわけだ」と、Kはすぐに言ったが、この物語に非常に強くひかれていた。「そんなに急ぐな」と、聖職者が言った。「他人《ひと》の意見を鵜呑みにするものではない。お前には物語を、書かれてあるまま聞かせてやった。だましたなどとはどこにも書いてないぞ」。「でも明らかにそうだ」と、Kは言った。「あなたの最初の解釈は、完全に正しかった。門番が救いの言葉を口にするのは、その言葉が男を助けられなくなってからのことだ」。「それより前に門番は質問されなかった」と、聖職者が言った。「それに忘れないでもらいたい。門番は門番にすぎず、門番として自分の義務をはたしただけだ」。「門番が義務をはたした、と、どうしてあなたは思うんですか？」と、Kはたずねた。「義務ははたさなかったんだ。門番の義務は、関係のない者をすべて拒むことだったかもしれない。けれども、その男にとっては専用の入口だったわけだから、その男は入れてやらなくてはならなかった」。「書かれてあることにたいする敬意が足りないぞ。物語を変えてしまっている」と、聖職者が言った。「物語では、掟に入ることについて門番が重要な説明を2つしている。最初にひとつ、終わりにひとつ。ひとつは、『でも、いまは駄目だ』。もうひとつは、『この入口はお前専用だった』。このふたつの説明のあいだに矛盾があるなら、おまえの言うとおり、門番が男をだましていたことになるだろう。だがな、ここには矛盾がない。それどころか、最初の説明は2番目の説明を暗示さえしている。門番は自分の義務を逸脱したのだ、とさえ言えるかもしれない。そのうち入れてもらえるかもしれないという可能性を教えたわけだからな。その当時の門番の義務は、男を拒否することだけだったんじゃないか。ここに書かれていることについて多くの解説者が、実際、門番がああいうふうに暗示したことを、おかしいと考えている。門番は精確であることが好きみたいだし、自分の職務には厳格だからな。長年にわたって持ち場を離れず、門を閉めるのは本当に最後になってからのこと。自分の存在の重要性はしっかり意識している。『おれには力がある』と言っているからだ。上役には畏敬の念をもっている。『おれは一番下っ端の番人にすぎん』と言っているからだ。おしゃべりではない。何年も何年もにわたって、『気のない質問』しかしないと書かれている。買収が利かない。贈り物をされても、『受けとってやるが、ただそれは、お前のためにすぎん。なにか、し忘れたことがあったんじゃないかと、お前が思わんように』と言っているからだ。義務を遂行しなければならない場合は、嘆願されても心を動かされない。男は『しつこく頼んで門番をうんざりさせた』と書かれているからだ。最後に門番の外見だが、大きくてとんがった鼻、長くて細くて黒い韃靼《だったん》ひげは、几帳面《きちょうめん》な性格を暗示している。これほど義務に忠実な門番がいるだろうか？　ところが門番には別の特徴もまじっている。入れてくれと頼む者にとっては好都合な特徴で、そのうち入れてもらえるかもしれないとほのめかすことによって、自分の義務を逸脱する可能性があるわけだ。つまり門番は、ちょっと単純で、それゆえちょっとうぬぼれ屋だということも否定できない。自分の力や、ほかの番人の力や、ほかの番人の姿を見ただけで大変な目にあうと言うのだが、――つまりね、門番のそういう発言が正しいとしても、その発言の仕方からわかるように、門番の理解力は単純さと思い上がりによって曇っているわけだ。これについて解説者が言っている。ある事柄を正しく理解することと、その事柄を誤解することとは、完全に排除しあうわけではない、と。いずれにしても考えておかなければならないことだが、ああいう単純さや思い上がりは、わずかしか相手に見えないとしても、入口の見張りには弱点になる。この門番の性格上の欠陥だ。そのうえこの門番は、生まれつき人なつっこいらしい。いつも役人のような顔をしていることができない。最初の瞬間から冗談を言っている。明らかに禁止されているにもかかわらず、男に入ってみたらとすすめる。それから男を追い払ったりせず、腰かけをすすめ、門扉のわきにすわらせたと書かれている。門番は長年にわたって男の願いを我慢づよく聞いてやる。ちょっとした尋問をしてやる。贈り物を受けとってやる。男が自分のそばで、こんな門番がいる不幸な偶然をのろっても、上品に聞き流してやる。——これらはすべて同情で心を動かされた結果だと推測できる。門番なら誰でもこんなふうに行動したわけではないだろう。最後に門番は、手で合図されて、男のほうに身をかがめ、最後の質問のチャンスをあたえてやる。ただ、ちょっとイライラした気持ちが——門番はすべてが終わるのだとわかっていたので——『満足するってことを知らないのか』という言葉のなかにあらわれている。この種の解釈をさらに進めて、こう説明する者さえいるのだ。『満足するってことを知らないのか』という言葉には、ある種の友情と感心がこもっているが、見下している気持ちもなくはない、と。ともかく門番は、お前が思っているのとは別の姿になるわけだ」。「この物語のことは、私より詳しく、昔から知ってるんですね」と、Kは言った。ふたりはしばらく黙っていた。それからKが言った。「男はだまされなかった、と考えるわけですか？」。「誤解しないでもらいたい」と、聖職者が言った。「私はね、この物語にかんする、いろんな意見を紹介しただけだ。意見というものを過大評価する必要はない。書かれたものは不変だが、意見というものは、しばしば、そのことにたいする絶望の表現にすぎない。この場合にも、まさしく門番はだまされていた、という意見だってあるんだから」。「またずいぶん踏みこんだ意見ですね」と、Kは言った。「それはどんな理由で？」。「その理由は」と、聖職者が答えた。「門番が単純だという点から出発する。門番は掟の内部を知らない。知っているのは入口の前の道だけで、何度もくり返しそこを見まわらなくてはならないというわけだ。門番が内部についてもっているイメージは、子どものイメージだと思われている。男を怖がらせようとしたものは、じつは門番自身も恐れていたと想定されている。それどころか門番のほうが男より怖がっている。というのも、男は掟の内部に恐ろしい番人がいると聞かされても、中に入ることしか考えないが、逆に門番は入ろうとはしないからだ。すくなくとも入ろうとしたという話はない。門番はすでに内部に入ったことがあるにちがいない、という意見もある。ともかく掟に仕える者として採用されたわけだから、採用は掟の内部でしかおこなわれないのではないか、と言ってね。それにたいしてこう答えることができる。内部から呼ばれて門番に指名されたのだろうが、すくなくとも奥までは行っていないのではないか。3番目の番人の姿を見ただけで、大変な目にあうんだから。それだけではない。何年ものあいだ番人については発言しているが、内部のことについてなにか話したという報告もない。話すことが禁じられているのかもしれない。だが禁じられているということも話してはいない。以上のことから推論できるわけだが、門番は内部の様子や意義についてなにも知らず、内部のことについては勘違いをしている。田舎の男についても門番は勘違いしているはずだ。というのも門番は田舎の男に従属しているのに、それがわかっていないからだ。門番がこの男を自分に従属する者として扱っていることは、多くの点でわかるが、それはお前も覚えているだろう。門番がこの男に実際は従属していることは、この意見によれば同様にはっきり見えてくるはずだ。なんといっても、自由な人間は束縛されている人間より上位にあるからな。そしてこの男は実際、自由だ。どこへでも好きなところへ行ける。掟に入ることだけが禁じられている。しかもそれを禁じているのは、たったひとりの人間、つまり門番だけだ。門のわきの腰かけにすわって、そこに一生いるのは、自由意思によってだ。物語では、ひとことも強制だと言われていない。逆に門番は仕事でその持ち場に束縛されている。その場を離れて別の場所へ行くことは許されていない。どんなに望んでも、どうやら内部に入ることも許されていない。おまけに掟に仕えてはいるけれど、その入口に仕えているだけだ。ということはつまり、その入口が唯一の入口であるこの男に、仕えているだけだ。そういう理由によっても、門番はこの男に従属していることになる。長年にわたって、壮年期のすべてにわたって、ある意味では空っぽの仕事しかしなかったのだ、と考えることができる。というのも、ひとりの男が、つまり壮年期の男がやってきた、と言われているからだ。だから門番は、その男の目的が達成されるまで待たなければならなかった。しかも、男は自由意思でやってきたのだから、その男の気がすむまで、待たなければならなかった。だがその仕事の終わりもまた、その男の最期によって定められるわけだから、最後まで門番はその男に従属していることになる。そしてくり返し強調されているが、そういうことについて門番はいっさいわかっていないようなのだ。だがこのことについて目立つようなことは見られない。というのも、その意見によれば、門番がもっとひどい勘違いをしているわけで、それは自分の仕事についての勘違いだ。つまり門番は、最後に入口のことで、『さ、おれは行く。ここを閉めるぞ』と言う。しかし最初は、『掟の門はいつものように開いていて』と書かれている。いつも開いているのなら、いつもというのは、その門に定められている男の寿命にかかわらずということだから、門番であってもその門を閉めることはできないだろう。この点について意見がわかれている。門を閉めるぞと告げることによって、門番は、たんに答えようとしただけなのか、それとも、自分の職務を強調しようとしたのか、それとも、最後の瞬間になっても男を後悔させ、悲しませようとしたのか。しかし多くの意見で一致しているのは、門番が門を閉めることができないだろうという点だ。それどころか、すくなくとも最後には、わかっているという点において門番はその男に従属している、とも考えられている。というのも、男には掟の入口から漏れてくるひと筋の輝きが見えるのに、門番のほうは仕事柄、たぶん背中を入口にむけて立っているわけで、変化に気づいたことは、どんなことによっても示されていないからだ」。「納得のいく理由ですね」と、Kは言った。Kは聖職者が説明した箇所をいくつか、低い声で反復していた。「納得のいく理由だ。私も、門番がだまされていたと思うようになった。だからといって以前の意見を捨てたわけじゃないですがね。ふたつの意見は部分的に重なるんだから。門番がちゃんとわかっていたのか、だまされていたのかは、決定的な問題じゃない。私はね、男はだまされている、と言った。門番がちゃんとわかっていれば、その点を疑うこともできる。でも、門番がだまされていたなら、それは男にも伝染するにちがいない。門番は詐欺師ではないけれど、あまりにも単純だから、すぐクビにする必要があるでしょう。よく考えてもらいたいことはですね、門番の勘違いは本人にはなんの害もないけれど、田舎の男には千倍の害があるということです」。「その点については反対意見がある」と、聖職者が言った。「こんな解釈をする者もいるのだ。この物語は、門番について判断する権利を誰にもあたえていない。門番は、われわれの目にどんなふうに映ろうとも、掟に仕える者なのだ。つまり掟の一部なわけだから、人間の判断を超えている。門番が男に従属していると考えることも許されない。仕事で掟の入口に束縛されているにすぎないということですら、この世で自由に生きていることとは比較にならないほど大きなことなのだ。男ははじめて掟のところに来るのだが、門番は最初からそこにいる。掟から仕事を命じられているわけだから、門番の尊厳を疑うことは、掟を疑うことになるだろう」。「その意見には賛成できませんね」と言って、Kは首をふった。「その意見にしたがうなら、門番の言うことはすべて真実だと考えなきゃならなくなる。しかし、そんなことはできない。あなただって自分で詳しく理由を言ったでしょう」。「いや」と、聖職者が言った。「すべてを真実だと考える必要はない。ただ必然だと考えればいい」。「憂鬱な意見ですね」と、Kは言った。「嘘が世界の秩序にされるわけか」

Kはそう言って、話を終わりにした。だがそれがKの最終的な判断ではなかった。疲れすぎていたので、物語から導きだされるすべてのことを見渡すことができない。物語に導かれる思考の道筋にも慣れていなかった。現実的でない事柄を話し合うのは、Kよりも裁判所の役人たちにふさわしい。単純な物語が形をゆがめてしまった。Kはこの物語を自分の体からふり払いたいのだ。聖職者は、非常に優しい気持ちになって、寛容に、Kの言葉を黙って聞いていた。もちろんKの言葉と聖職者の意見とが一致していなかったにもかかわらず。

ふたりはしばらくのあいだ黙って歩きつづけた。Kは聖職者の横にぴったり寄りそっていた。暗闇のなかで、いまどこにいるのか、わからない。もっていたランプは、とっくの昔に消えていた。ちょうど目の前で聖人の銀の立像が、一瞬のあいだ銀色に輝いたが、すぐ闇のなかに姿を消した。聖職者に頼りきってばかりというわけにもいかないので、Kはたずねた。「いま、正面の入口の近くですか？」。「いや」と、聖職者が言った。「そこからはずいぶん離れてる。もう帰るのかね？」。そのときそんなことは考えていなかったが、すぐにKは言った。「ええ。帰らなきゃ。私、銀行の支配人なんです。みんなが私を待っている。ここにやってきたのは、取引先の外国人に大聖堂を案内するためだけで」。「では」と言って、聖職者がKに手を差しだした。「行くがいい」。「でもこんなに暗いと、ひとりじゃわからない」と、Kは言った。「左に行けば、壁がある」と、聖職者が言った。「それからずっと壁づたいに行けば、出口にぶつかる」。聖職者はすでに2、3歩、離れていたが、Kが大声で呼びかけた。「待ってくださいよ」。「待っているが」と、聖職者が言った。「私に用があるんじゃないんですか？」と、Kはたずねた。「いや」と、聖職者が言った。「さっきまで、とても親切にしてもらえたのに」と、Kは言った。「いろんなことを説明してくれた。ところがいまは、どうでもいい者のように私を去らせる」。「帰らねばならんのだろ」と、聖職者が言った。「ええ、まあ」と、Kは言った。「わかってくださいよ」。「私が誰なのか、お前のほうこそ先にわかったらどうだ」と、聖職者が言った。「教誨師でしょ」

と言って、Kは聖職者のほうに寄っていった。銀行にいますぐ戻ることは、さっき言ったほど必要ではなかった。まだここにいても大丈夫なのだ。「つまり裁判所の人間なのだ」と、聖職者が言った。「だから、なんでお前なんかに用があるのか。裁判所はお前になにも要求しない。お前が来れば、迎えてやるが、お前が帰るなら、去らせるまでだ」

終わり

31歳の誕生日の前の晩——午後9時ごろ、通りが静かな時間だ——2人の男がKの住居にやってきた。フロックコートを着て、青白い顔で太っていて、ぴったりしたシルクハットは、頭にくっついて外せそうにない。はじめての訪問なので玄関ドアのところでちょっと改まったポーズをとった。それからKのドアの前でふたたび、もっと念入りにポーズをとった。訪問は予告されていなかったが、Kもおなじく黒い服を着て、ドアのそばの安楽椅子にすわり、指にぴったり張りつく新しい手袋を、ゆっくり手にはめながら、客を待っているような様子をしていた。Kはすぐに立ち上がって、男たちを興味深そうに見つめた。「私を担当してくださるんですね?」とたずねた。一方が手にもったシルクハットでもう一方を指した。予想とはちがった客だな、とKはひそかに思った。窓のところへ行き、暗い通りをもう一度ながめた。通りの向かい側の窓は、ほとんどどれも暗い。多くの窓にはカーテンが降りている。ひとつの明るい窓のところでは、2人の小さな子どもが格子の向こうで遊んでいる。まだひとりでは歩けないので、小さな手でおたがいに相手につかまろうとしている。「年寄りの、ぱっとしない俳優を寄こしたわけか」と、Kはひとりごとを言って、もう一度それを確認するために、ふり返った。「安っぽい方法でおれを片づけるつもりだな」。突然、Kはふたりのほうを見て、たずねた。「どこの劇場に出てるんですか?」。「劇場?」と、片方が口もとをぴくぴくさせながら、もう一方に助けを求めた。もう一方は、口がきけないようなジェスチャーをした。手に負えない有機体と戦っているかのようだ。「自分たちが質問されるとは思ってないのか」と、Kはひとりごとを言って、帽子を取りに行った。

階段のところでさっそく、ふたりが腕をからませてきた。しかしKは言った。「通りに出てからにしてくれ。病人じゃないんだから」。門を出るとすぐに腕をからませてきた。これまで経験したことのないような腕のからませ方だ。ふたりが肩をぴったりKの肩の後ろに寄せ、腕は曲げないで、伸びたままのKの腕に巻きつけ、下でKの手を握るのである。教科書どおりの、訓練をつんだ、抵抗しようのない握り方だ。Kはふたりにはさまれて、体をぴんと伸ばして歩いた。いまや3人でひとつのユニットになっている。ひとりが張り倒されれば、3人ともそろって張り倒されるだろう。命のないものにしか作れないようなユニットだ。

ぴったりくっつかれているので、むずかしかったけれども、街灯の下に通りかかると、何度もKは、連れのふたりをよく見ようとした。薄暗いKの部屋よりはよく見えた。もしかしたらテノールの歌手かもしれない、と思ったのは、重そうな二重あごが見えたからだ。ふたりの、つるつるした顔に吐き気がした。目尻をなでたり、上くちびるをこすったり、あごのしわを引っ張ったりして、顔をととのえようとする手もはっきり見えた。

それに気づいて、Kが立ち止まった。そのためほかのふたりも立ち止まった。ひろびろとしていて、人影がなく、緑地や施設のある広場の端にいた。「なんでこんなの寄こしたんだ！」と、Kは質問するというよりは叫んだ。男たちは、どう答えたらいいのかわからないらしく、患者が休もうとするときの看護人のように、片方の腕をだらりとたらして待っている。「もう歩かないぞ」と、Kは試しに言ってみた。男たちは答える必要がなかった。握っている手をゆるめずに、Kの体を浮かせようとするだけで十分だった。だがKは抵抗した。「これからは力を使うこともないだろう。いま、全部使ってやる」と思った。ハエが脚をちぎれそうにしながらハエ取り紙から逃げようとしている姿が目に浮かんだ。「こいつら、手こずるだろうな」

　そのとき3人の前に、低くなっている通りから小さな階段をのぼって、ビュルストナー嬢が広場にあらわれた。本当にビュルストナー嬢なのかどうか、自信はなかったけれど、明らかにそっくりだった。だがKにとって、たしかにビュルストナー嬢かどうかなど、問題ではなかった。抵抗は無意味だということだけが、すぐ意識にのぼってきた。抵抗しても、この連中を手こずらせても、拒絶して人生の最後の輝きを味わおうとしても、ヒーローにはなれない。Kは歩きだした。すると男たちは喜び、K自身にも伝わってくるものがあった。Kが歩く方向を決めても、文句を言われない。Kは、そのビュルストナー嬢が歩く方向に歩くことに決めた。追いつきたいからではない。できるだけ長くながめていたいからでもない。それはただ、ビュルストナー嬢がそれとなく告げてくれた警告を忘れないためにすぎない。「おれがいまできる、ただひとつのことは」と、ひとりごとを言った。Kの足音とほかの3人の足音が一定なので、Kの考えていることを確認してくれた。「おれがいまできる、ただひとつのことは、落ち着いてものごとを分析する頭を、最後まで失わないことだ。おれはいつも20本の手をもつ人間として、世の中に飛びこんでいこうとした。しかも、承認されっこない目的のために。それはまちがってた。1年間の訴訟からでさえ、おれは教わることができなかった。そんな姿をおれはさらすべきなのか？　理解力のない人間としておれは退場すべきなのか？　訴訟の最初はさっさと訴訟を終わらせようとし、訴訟の最後になるとまた訴訟をはじめようとしてるじゃないか、と陰口をたたかれてもいいのか？　そんな陰口はたたかれたくない。しかしありがたいことに、ろくに口もきけない馬鹿な男たちが、こうやって付き添いになってくれているし、必要なことはおれに言わせてくれている」

そのビュルストナー嬢はそうこうするうち、横の通りへ曲がってしまっていた。Kはもう気にならなくなったので、付き添いの男たちに身をまかせた。3人は一心同体になって、月の光のなか、橋を渡っている。Kのちょっとした動きにも男たちはまったく嫌がらずに対応してくれる。Kがちょっと欄干のほうに体をむけると、3人とも体を完全に欄干のほうへむける。月の光に輝いて揺れている水が、小さな島のまわりでわかれ、島では、寄せ集められたように木や灌木の葉っぱがこんもりと重なり合っている。いまは見えないが、その下には砂利道が通っていて、気持ちのいいベンチが並んでいる。Kはときどき夏に、そのベンチで体を思いっきり伸ばしていた。「立ち止まるつもりなんか、なかったんだ」と、付き添いの男たちに言った。ふたりがまったく嫌がらずに対応してくれたので、恐縮したのだ。一方の男がもう一方の男にKの背中で、誤解して立ち止まったことをやんわり非難しているみたいだ。それからまた3人は歩きつづけた。

いくつかの坂道をのぼっていったが、ときどき警官の姿が見えた。遠くや近くで、立っていたり、歩いていたりしている。もじゃもじゃの口ひげの警官が、サーベルの柄《つか》に手をかけて、どこか怪しげなこのグループに近づいてきた。ふたりの男は歩くのをやめ、警官が口を開けそうになった。そのときKは、ふたりの男をグイと引っ張って、前に進んだ。警官が追ってこないか、用心のため何度もふり返った。警官との距離が1ブロック開いたとき、Kが走りはじめた。ふたりの男も、ものすごく息苦しかったが、いっしょに走るしかなかった。

こうして3人は町を出た。この方角だとほとんど唐突に、町が野原になる。見捨てられて荒涼とした、小さな石切り場があった。近くに1軒、まだ都会風の家が建っている。そこでふたりの男が立ち止まった。この場所を最初からふたりは目ざしていたのか、それとも疲れすぎて、これ以上走れなかったからか。ふたりの男は、黙って待っているKを放した。シルクハットをとった。石切り場を見まわしながら、ハンカチで額《ひたい》の汗をぬぐった。あたり一面、月の光が、ほかの光では考えられないほど自然に静かに降りそそいでいる。

つぎの仕事をどちらがするかについて、儀式のようなポーズを2、3交換してから――ふたりの男には、役割を指定せずに任務があたえられたらしい――、一方の男がKのところへ行き、上着を脱がせ、チョッキを脱がせ、最後にシャツを脱がせた。Kが思わず身ぶるいすると、その男は、なだめるようにKの背中をそっとたたいた。それからそれらの衣類を、いますぐではないにしても、まだ使う予定がある物のように、ていねいにまとめた。Kがじっとしていて冷たい夜気にさらされないように、男はKの腕をとって、いっしょにすこし行ったり来たりした。そのあいだにもう一方の男は、適当な場所がないかと石切り場をくまなく探した。場所が見つかったので合図をすると、片方の男がKをそこまで連れていった。採石壁の近くだ。切り出された石が転がっている。ふたりはKを地面にすわらせ、石にもたれかけさせ、頭を石のうえに寝かせた。ふたりがいろいろ努力したにもかかわらず、Kもいろいろ協力したにもかかわらず、Kの姿勢は信じられないほど不自然だった。そこで一方の男がもう一方の男に言って、しばらくのあいだKの姿勢をKひとりに決めさせたが、うまくいかない。とうとう、ある姿勢をとることになったが、それはこれまでやった姿勢で一番いいものですらなかった。それから一方の男がフロックコートの前を開き、チョッキのまわりに巻いたベルトにつるした鞘《さや》から、長くて薄い両刃の肉切り包丁をとりだし、高くかざして、研ぎ具合を月の光で確かめた。ふたたび吐き気のするような儀礼がはじまった。一方がKの上で包丁をもう一方に渡し、もう一方がまたKの上で包丁を返している。ようやくKははっきり理解した。包丁がおれの上で、手から手へ移動しているとき、そいつをつかんで、おれの体に突き刺すことが、おれのやるべきことだったのか。だがKは、そうはしなかった。まだ自由な首をまわして、まわりを見た。おれの真価を見せることができない。役所から手間を省いてやることができない。この最後のミスの責任は、必要な余力をおれに残しておかなかった者がとるべきだ。Kの視線は、石切り場に隣接している家の最上階にむけられた。明かりがパッとついて、観音開きの窓がさっと開いた。遠くの高いところに、ひとりの人間がぼんやりと見える。ぐいと窓から身を乗りだし、腕をもっと突きだしている。あれは誰だ？　友だちか？　いい人間か？　関係者か？　助けてくれようとしているのか？　ひとりだけなのか？　ほかにもいるのか？　まだ助かるのか？　忘れられていた異議があるのか？　きっとあるのだ。たしかに論理はゆるがないものだが、生きようとする人間にたいして、論理は抵抗しない。これまで会ったこともない判事は、どこにいるのか？　これまで行ったこともない上級裁判所は、どこにあるのか？　Kは両手を上げ、すべての指をひらいた。

だがKの喉には一方の男の両手が当てられ、もう一方の男が包丁をKの胸に刺し、刺したまま2回まわした。かすんでいくKの目になんとか見えた。Kの顔のそばで、ふたりの男が、ほっぺたとほっぺたをくっつけて、決着を観察している。「犬みたいだ！」と、Kは言った。恥ずかしさだけが生き残るような気がした。

Bの友だち

最近、Kは、ビュルストナー嬢とほんのひと言も話をすることができない。いろんな方法で近づこうとしたが、いつもうまく逃げられた。仕事が終わるとすぐに家に帰り、自分の部屋で明かりもつけずソファーにすわり、玄関ホールの観察しかしていなかった。たとえば女中が通って、誰もいないらしい部屋のドアを閉めると、しばらくしてKは立ち上がり、そのドアを開けてみるのだ。朝はいつもより1時間早く起きる。オフィスに出かけるビュルストナー嬢とふたりきりで会えるかもしれないからだ。だがそんな努力はどれもうまくいかなかった。そこでオフィスと住居の両方に手紙を書いて、自分の態度をもう一度釈明しようとした。どんな償いでもやるつもりです。度を超すような真似は絶対にしません。話をする機会を一度ぜひ、いただきたいものです。先に相談しておかないことには、グルーバハ夫人にもなにひとつ指示できないという事情もあるので、ぜひ。最後にこう書いた。つぎの日曜日には一日中、合図をもらえるのを待っています。願いを聞いてもらえる見込みがあるという合図であっても、また、私がすべてあなたの意のままにすると約束しているのに、なぜ頼みを聞けないのか、すくなくともその理由を説明する合図でもかまいません。出した手紙は1通も戻ってこなかった。返事ももらえなかった。そのかわり日曜日に合図があった。あまりにもはっきりしている合図だった。朝早くからKは鍵穴から、玄関ホールに特別な動きがあることに気づいた。まもなくその理由がわかった。フランス語の教師がビュルストナー嬢の部屋に越してきたのだ。モーンタータ（月曜日）という名前のドイツ人で、青白い顔をして、ちょっと足を引きずっている娘で、それまでは自分の部屋に住んでいた。何時間ものあいだ、玄関ホールを足を引きずりながら歩いている姿が見えた。下着とか、小さな敷物とか、本とか、忘れ物に気づくたびに、取りに戻っては新しい部屋に運ぶということをくり返していた。

グルーバハ夫人がKに朝食を運んできたとき――Kを怒らせてからというもの、どんなに小さな仕事でも女中には任せなかった――、たまらずKは、はじめて5日ぶりに話しかけてしまった。「どうしてきょうは、玄関ホール、あんなにうるさいのかな？」と、コーヒーを入れながらたずねた。「やめさせられないのかな？　日曜日だというのに片づけなきゃならないわけ？」。Kは顔を上げなかったけれど、グルーバハ夫人が安心したように大きく息を吸っているのに気づいた。Kの厳しい質問でさえ、自分への許しであると受けとったのだ。あるいは、許しのはじまりであると。「片づけてるんじゃないんですよ、Kさん」と言った。「モーンタークさんがね、ビュルストナーさんの部屋に移るんで、荷物を運んでるだけなんです」。それ以上はしゃべらなかった。Kにどのように受けとられるのか、話をつづけてもよいものかどうか、待っていた。Kは夫人を試すように、コーヒーをスプーンでかきまぜながら考えていた。それから顔を上げて、言った。「ビュルストナーさんのこと、この前の疑いは晴れたんですか？」。「Kさんったら」と、グルーバハ夫人が叫んだ。まさにその質問を待っていたのだ。手を組んだままKのほうに突きだした。「この前ね、たまたま言ったことをひどくとられちゃったのよね。Kさんであれ、誰であれ、気持ちを傷つけようなんて、これっぽっちも考えてなかったのよ。Kさんとは長いつき合いだから、よくわかってもらえると思うけど。ここ数日、どんなに私が苦しんだか、見当もつかないでしょう！　部屋を貸している人の悪口を、私が言いますか！　それなのにKさんは本気にするんだから！　おまけに私が、Kさんに出てってもらいたいと思ってるだなんて！　思ってるだなんて！」。最後に叫んだ声は、涙で出なくなった。エプロンを顔にあてて、大きな声ですすり泣いた。

「泣かないで、グルーバハさん」と言って、Kは窓の外を見た。頭のなかには、ビュルストナー嬢のことしかなかった。知らない娘を自分の部屋に受けいれたのか。「泣かないで」と、もう一度言って、ふり返って部屋のなかを見た。グルーバハ夫人はまだ泣いている。「あのとき、悪気があって言ったんじゃないんですよ。おたがい誤解があったのよ。昔からの友だちのあいだででも、あることでしょ」。グルーバハ夫人はエプロンを目からずらして、Kが本当に機嫌を直したのか、ながめた。「うん、まあ、そうだね」と、Kは言った。グルーバハ夫人の態度から推測すると、例の大尉はなにも漏らさなかったようなので、あえてつけ加えた。「知らない女性のことで、私がグルーバハさんと喧嘩するなんて思うのかな」。「そう、それでこそKさんだわ」と、グルーバハ夫人が言った。しかし不幸なことに、ちょっと緊張が解けたと思うとすぐに、まずいことを言ってしまった。「私はね、ずうっと考えてるんですよ。どうしてKさんみたいな人が、あんなにビュルストナーさんのことを気にかけるんだろう？　どうしてあんな人のために私と口論になるんだろう？　ちょっとKさんにひどく言われただけで、私が眠れなくなること、Kさんはわかってるのに。私はね、あの人のこと、この目で見たことしか言ってないのよ」。Kはなにも言わなかった。しゃべりはじめたらすぐに部屋から追い出すべきだったが、そうはしたくなかった。コーヒーを飲んで、グルーバハ夫人にお節介を自覚してもらうだけにした。外ではまたモーンターク嬢が足をひきずっている音が聞こえる。玄関ホールを横切っているのだ。「聞こえるでしょ？」と言って、Kはドアのほうを手で指した。「ええ」と言って、グルーバハ夫人がため息をついた。「手伝ってあげるって言ったのよ。女中にも手伝わせようとしたわ。でもね、がんこなのよ。なにもかも自分で運ぶ気なんだ。ビュルストナーさんには感心するね。私なんか、モーンタークさんに部屋を貸してるだけで、うんざりすることがよくあるのに。そんな人を自分の部屋に受けいれるわけだから」。

「グルーバハさんには関係ないことでしょう」と言って、Kはカップに残っていた砂糖を押しつぶした。「なにか被害でもありましたか?」。「いいえ」と、グルーバハ夫人が言った。「それ自体としては大歓迎よ。部屋がひとつ空くわけだし、甥の大尉を入れることができる。ずっと前から気になってるんだけど、甥がご迷惑かけてないかしら。このところ隣の居間に住まわせてたでしょ。気をつかわない子だから」。「とんでもない!」と言って、Kは立ち上がった。「そんなこと言ってませんよ。私のこと、神経質だと思ってるみたいだな。モーンタークさんの引っ越しに——ほら、また戻ってきた——我慢できないなんて言ったものだから」。グルーバハ夫人は自分の無力さを思い知った。「残りの引っ越しは延期してください、って言いましょうか? Kさんがお望みなら、すぐに言ってくるわ」。「でも、ビュルストナーさんのところへ引っ越させたいんでしょ!」と、Kは言った。「ええ」と言ったが、グルーバハ夫人はKの言っていることが完全にはわかっていない。「じゃ」と、Kは言った。「荷物を運ぶしかない」。グルーバハ夫人はうなずいているだけだ。途方に暮れて黙っている姿は、傍目《はため》には強情にしか見えないから、Kはますますイライラした。Kが部屋の窓とドアのあいだを往復しはじめたので、グルーバハ夫人は、できることなら退散したいと思っていたのに、その機会を奪われた。ちょうどKが、ふたたびドアのところにやってきたとき、ノックの音がした。女中だった。モーンタークさんがKさんとちょっとお話ししたいそうで、食堂で待ってますから、お越し願えないかとおっしゃってます。Kは女中の言うことをじっと聞いて考えてから、ふり返り、驚いているグルーバハ夫人を、ほとんど嘲笑するような視線で見た。その視線はこう言っているみたいだ。私はね、モーンターク嬢の招待をとっくの昔から予想してたんですよ。この日曜の午前は、グルーバハ夫人の間借り人たちに悩まされることになったけれど、これは、じつにタイミングのいい招待ですねぇ。Kは、すぐ行きます、という返事を女中に託してから、洋服ダンスのところへ行き、上着を替えた。そして、面倒な人だね、と小さな声で嘆いているグルーバハ夫人には、返事のかわりに、朝食の食器を下げてほしい、としか言わなかった。「ほとんど口つけなかったのね」と、グルーバハ夫人が言った。「あ、でも、下げちゃってください」と、Kは叫んだ。なぜかすべてのものにモーンターク嬢が混入していて、不快なものになっている感じなのだ。

玄関ホールを通っていくとき、ビュルストナー嬢の部屋のドアが閉まっているのを見た。だがKが招待されているのはその部屋ではなく、食堂だった。食堂のドアをノックもせず開けた。

窓がひとつで、非常に細長い部屋だ。ドアの両側の隅には棚をひとつずつ斜めに置けるスペースしかない。残りのスペースは長い食卓に占領されている。その食卓はドアの近くからはじまって、大きな窓のすぐそばまでの長さだから、窓にはほとんど近づくことができない。食卓にはすでに食器が並べてあった。それもたくさんの人数分が用意されている。日曜日にはほとんどの間借り人がここで昼食をとるからだ。

Kが入ると、モーンタ―ク嬢が窓のところから食卓の片方の側にそって、Kのところへやってきた。ふたりは黙って挨拶をかわした。それからモーンタ―ク嬢が言った。いつものように首筋を異常にまっすぐ伸ばしている。「私のこと、ご存じないと思いますが」。Kは目を細くして見つめた。「いいえ」と言った。「ずいぶん長いですよね、グルーバハさんのところで」。「でも、住んでる人にはあんまり興味がなさそうですが」。「ありませんね」と、Kが言った。「すわりませんか」と、モーンタ―ク嬢が言った。ふたりは黙って食卓のいちばん端にあった椅子を2つ引き出して、むかい合ってすわった。だがモーンタ―ク嬢がすぐ立ち上がった。小さなハンドバッグを窓敷居に置きっぱなしにしていたので、取りに行ったのだ。足をひきずりながら部屋の端まで歩いていく。ハンドバッグを軽くふりながら、戻ってきて言った。「友だちに頼まれて、ちょっとお話ししておきたいんです。本人が来るつもりだったんだけど、きょうはすこし気分が悪くて。許してあげてくださいね。私が代理なの。友だちが話をしても、私が話をしても、おんなじだと思う。いえ、逆に、私が話すほうが、たくさん聞いてもらえるかも。だって私、どちらかといえば第三者だから。そうでしょ？」。「どう言えばいいんだろう！」と、Kは答えた。モーンターク嬢の目がずっとKのくちびるに注がれていることに、うんざりしていた。そうやって主導権をとっているつもりらしい。しかしKはまずこう言った。「個人的に話をしたいとお願いしたけれど、どうやらビュルストナーさんは嫌なんですね」。「そういうことよ」と、モーンターク嬢が言った。「いや、むしろ全然そうじゃない。あなたは妙にはっきり言うけれど。だいたいですね、話し合いは拒否されたわけでも、逆に同意されたわけでもない。でもね、話し合いが不必要という場合もあるわけでしょう。それが今回の場合なの。あなたがはっきり言ったから、私もはっきり言えるわ。話し合いたい、と私の友だちに手紙で、また面とむかって頼んだでしょ。そこで、すくなくとも私はこう考えるしかないんだけど、友だちにはそれがどんな用件なのか、わかっている。だから、私には理由がわからないけれど、友だちは確信してるのよ。そんな話し合いをしても、誰の役にも立たないだろう、って。ところで私がこの話を聞いたのは、きのうがはじめて。それもかいつまんで。そのとき友だちがこう言ったの。Kさんにとっても、話し合いは重要じゃない。たまたま思いついただけのことでしょう。Kさんだって自分でも、わざわざ説明しなくても、また、いまじゃないとしてもすぐに、無意味だとわかるでしょうから、ってね。それを聞いて、私はこう言った。たしかにその通りだろうけれど、Kさんにはっきり返事をしておくほうが、すっきりして好都合じゃないかな。私が伝えてあげようか、と。しばらくためらってから、友だちも折れた。私の提案はKさんにもよかったと思う。どうでもいいようなことでも不確かな点がちょっとでもあると、ずっと気になるタイプでしょ。今回のように簡単に片づけられるなら、さっさと片づけちゃうほうがいいわけだから」。「感謝しますよ」と、すぐにKは言って、ゆっくり立ち上がり、モーンターク嬢をじっと見て、食卓のうえに目を走らせ、窓の外を見て——向かい側の家は日の光を浴びていた——、ドアのところへ行った。Kのことが信頼しきれないらしく、モーンターク嬢は2、3歩ついてきた。だがドアの前でふたりは後ずさりすることになった。ドアが開いて、ランツ大尉が入ってきたからだ。はじめてKは近くでランツ大尉を見た。背が高く、40歳くらいの男で、肉づきのいい顔が日焼けしている。Kにもちょっとお辞儀してから、モーンタークに近づき、その手にうやうやしくキスをした。動きが非常に機敏だ。モーンターク嬢にたいするその礼儀正しさは、モーンターク嬢がKから受けた扱いとはじつに対照的だ。にもかかわらずモーンターク嬢はKに腹は立てていないらしい。Kを大尉に紹介しようとさえしているように、Kには思えた。しかしKは紹介されたくなかった。紹介されたとしても、大尉にたいしてもモーンターク嬢にたいしても友好的にはなれなかっただろう。手にキスをされて、モーンターク嬢も、あるグループの仲間にされてしまったのだ。それは、じつに無邪気で無欲な顔をしながら、Kをビュルストナー嬢から離しておこうとするグループである。そのことに気づいただけでなく、Kはまた、モーンターク嬢がよく切れるけれど両刃《もろは》の剣を使ったことにも気がついた。ビュルストナー嬢は、自分とKの関係の意味を大げさに言う。頼まれた話し合いの意味をとくに大げさに言う。と同時に、なんでも大げさに言うのはKのせいなのだ、ともっていこうとするのだ。だが、そのうち、がっかりさせてやるぞ。おれは、なにひとつ大げさに言うつもりはない。ビュルストナー嬢がただのタイピストにすぎず、そのうちおれには抵抗できなくなるということもわかっている。グルーバハ夫人から聞いたビュルストナー嬢の噂は、この場合、わざと勘定に入れなかった。そんなことを考えながら、Kは挨拶もそこそこに部屋を出た。すぐに自分の部屋に戻ろうと思った。しかし背中に、モーンターク嬢の小さな笑い声が食堂から聞こえたので、もしかしたらふたりを、大尉とモーンターク嬢を、びっくりさせてやることができるかもしれないな、と思いついた。あたりを見まわし、まわりの部屋から邪魔が入る可能性はないかと聞き耳を立てた。どこも静かだ。ただし食堂から話し声が聞こえる。それから、台所に通じている廊下からグルーバハ夫人の声が聞こえる。絶好のチャンスだと思った。Kはビュルストナー嬢の部屋のドアのところへ行き、そっとノックした。反応がないので、もう一度ノックした。しかしあいかわらず返事がない。寝ているのかな？　いや、本当に具合が悪いんだろうか？　いや、こんなにそっとノックするのはKしかいないと考えて、居留守を使っているのかな？　居留守を使っているのだろうと考えて、Kはもっと強くノックをした。ノックをしても反応がないので、よくないことだな、おまけに無駄なことだな、と思わないわけではなかったが、用心しながら、とうとうドアを開けた。部屋には誰もいなかった。おまけに、Kの知っている部屋とはほとんど様子がちがう。壁にはベッドが2つ並んでいる。ドアのそばの3つの椅子には、ワンピースや下着が山のように積まれている。洋服ダンスは開いたままだ。モーンターク嬢が食堂でKにお説教をしているあいだに、ビュルストナー嬢は外出してしまったらしい。Kはそんなに驚かなかった。ビュルストナー嬢にそんなに簡単に会えるとは思わなくなっていた。こんなことをやったのは、モーンターク嬢にたいする反抗心からにすぎなかった。しかしそれだけにますます気まずい思いをした。ドアを閉めているあいだに、食堂の開いたままのドアのところでモーンターク嬢と大尉がしゃべっているのが見えたからだ。もしかしたらふたりは、Kがドアを開けてからずっと、そこに立っていたのかもしれない。Kを観察しているような様子は見せず、ひそひそおしゃべりをしながら、話の最中になんとなくまわりを見るような視線で、Kの動きを追っていたのだ。しかしKにはその視線が重たかった。急いで壁をつたって自分の部屋に戻った。

検事

長く銀行で仕事をしてきたので、人間というものを知り、世間というものを経験したが、それでもKにとっては、常連のテーブルにいる仲間が、いつも特別に尊敬にあたいする人たちに思えていた。自分がその仲間の一員であることが大きな名誉だということを、これまで自分にたいして否定したこともない。ほとんどが判事、検事、弁護士であり、そこに数人の若手の役人や弁護士見習いの参加が認められていた。若手は一番末席にすわり、特別に質問がむけられたときだけ議論への参加が許されていた。

しかしそういう質問は、たいていの場合、仲間を楽しませるためだけのものだった。とくに検事のハステラーは、いつもKの隣にすわっているのだが、そういう質問で若手に恥をかかせるのが大好きだった。ハステラーが毛むくじゃらの手をテーブルのまん中にひろげ、テーブルの末席のほうに顔をむけるだけで、みんなは聞き耳を立てた。若手のひとりが質問を受けて、質問の意味すらわからなかったり、考えこんで自分のビールを見つめていたり、話をするかわりにあごをパクパクさせたり、とうとうと――これが最悪だったが――まちがった意見や裏づけのない意見を述べたりすると、年輩の連中はニヤニヤしながらすわり直し、ようやく気分が晴れたように思えた。本当に深刻で専門的な会話は、自分たちだけにとっておいた。

Kがこの仲間に入れてもらったのは、銀行の法律顧問をやっている弁護士を通じてだった。一時期、Kはこの弁護士と銀行で夜遅くまで長い打ち合わせをすることがあった。すると当然、その弁護士といっしょにその弁護士の常連のテーブルで夕食をとることになり、その仲間に気に入られたのだ。そこにいたのは、学問があり、名声があり、ある意味では権力もある人たちばかりで、そこでの楽しみは、普段の生活とはかけ離れた難問を解こうとして、悪戦苦闘することだった。K自身は、もちろん議論に加わることはほとんどできなかったが、いずれ銀行で役に立つような多くのことを聞くことができた。それだけでなく裁判所と個人的な関係を結ぶこともできた。そういう関係はいつも心強いものだ。しかしこのテーブルでKはむしろ歓迎されているようだった。ビジネスの専門家としてやがて認められ、その種の事柄ではKの意見が——皮肉まじりではあったけれど——確かなものと見なされた。法律問題について判断が2つに分かれたとき、ときどきKに実際面からの意見が求められ、Kの名前はいろんな意見や反論のなかでくり返され、おしまいにはきわめて抽象的な議論にまで引っ張り出されたが、とてもそんな議論にまでKはついていけなかった。しかし、しだいに多くのことがはっきり見えてきた。とくにハステラー検事は親身になって助言してくれたし、友人のように親しくなった。しばしばKは夜には検事を家まで送ることさえあった。しかしKはこの大男と腕を組んで歩くことには、なかなか慣れなかった。自分のケープのなかにKをすっぽり隠してしまえるほどの大男だった。

時がたつうちに、ふたりは意気投合するようになった。教養や職業や年齢のちがいなど問題ではなくなった。昔から仲良しであったかのように、つき合った。ふたりの関係で一方がすぐれているように見えることがあるなら、それはハステラーではなく、

Kのほうだ。Kの実務的な経験のほうがたいてい正しかった。裁判所の机では考えられないほど直接的な経験だからだ。

この友情はもちろん、常連のテーブルではまもなくみんなの知るところとなった。誰がKを連れてきたのか、半ば忘れられた。ともかくハステラーがKの後ろ盾だ。Kがここにすわっている資格が疑われるようなことになれば、当然のような顔をしてハステラーの名前を出せばいいのだ。おかげでKは特別に有利な立場になった。ハステラーは声望があっただけでなく、恐れられてもいたからだ。法律問題を考える技量は非常にすぐれていたが、その点にかんしてなら多くの仲間も劣らぬ力を備えていた。しかし自分の意見を主張するときの勢いにかけて、ハステラーにかなう者はいなかった。Kの印象では、ハステラーは相手を説得できないときでも、すくなくとも相手を怖がらせた。人差し指を伸ばしただけで、多くの者を尻込みさせた。そういうとき相手は、いま自分は善良な知り合いや同僚といっしょにいるんだということも、これは理論上の問題にすぎないのだということも、現実には自分の身になにもふりかからないのだということも、忘れてしまっているかのようで――黙りこんでしまい、首をふることにさえ勇気がいった。痛ましいと思えるほどの光景もあった。相手が離れたところにすわっていると、ハステラーはそんなに距離があると、合意にもちこめないと気づいて、食事の皿を押しのけて、ゆっくり立ち上がり、相手に近づこうとするのだ。近くにいる者は頭をのけぞらせて、その顔を観察しようとした。しかしそういうことは、比較的めずらしい偶然のケースにすぎない。なんといってもハステラーが興奮したのは、ほとんど法律問題にかぎられていた。それも主として、自分がやった訴訟か、現在やっている訴訟にかぎられていた。そういう問題が話題でないときは、友好的で落ち着いていた。愛すべき笑い方をし、もっぱら熱心に食べて飲んでいた。こんなことさえあった。みんなのおしゃべりには耳を貸さず、Kのほうをむいて、腕を椅子の背もたれにのせ、小さな声で銀行のことをあれこれ聞いたり、自分のやっている仕事の話をしたり、女性関係の自慢もした。そちらの方面は裁判とほとんどおなじくらい忙しくしていた。このテーブルの仲間でKのように気兼ねなくハステラーと話をする人間はいなかった。実際、ハステラーに頼みごとがある場合はしばしば——たいていは、同僚の誰かと仲直りしてもらいたいというような話だったが——まずKのところにやってきて、仲介を依頼した。Kはいつも喜んで引き受け、簡単に仲介した。そもそもKは、こういう面ではハステラーとの関係を利用するまでもなく、誰にたいしても非常に礼儀正しく謙虚だった。そして礼儀正しさと謙虚さよりも重要なことだったが、地位の序列をきちんと区別して、誰にたいしても地位にふさわしい扱いをすることもできた。もちろんそのことをくり返し教えたのはハステラーで、その点こそハステラー自身、どんなに興奮した議論のときでも破ることがない唯一の規則だった。だから末席の若手にたいしては、まだほとんど地位がないわけだから、個人ではなく寄せ集めの塊であるかのように、いつも一般的な呼び方しかしなかった。だがハステラーに最大級の敬意を払っていたのが、この若手たちだった。11時頃に腰をあげ、家に帰ろうとすると、すぐに若手のひとりが駆け寄って、重たいオーバーを着るのを手伝い、別の若手は深々とお辞儀してドアを開けるのだ。もちろんそのドアは、Kがハステラーの後について部屋を出るまで、しっかり開けていた。最初のうちはKがハステラーを、あるいはハステラーがKをちょっとだけ送っていたが、後になるとそういう夜は、たいていハステラーがKに、うちにちょっと寄っていかないか、と言うようになった。そうやって1時間ぐらいシュナップスと葉巻ですごした。ハステラーはそんな夜がお気に入りだったので、2、3週間のあいだへレーネという名前の女を自分の家に住まわせていたときでさえ、Kを招待した。太った年増で、肌が黄ばんでいて、黒い巻き毛が額《ひたい》のところでくるくるカールしていた。その女を最初のうちKはベッドでしか見かけなかった。いつも、恥ずかしさなどどこ吹く風で寝そべって、三文小説を読んでいて、男ふたりの会話など気にしていない。夜が遅くなってようやく、伸びをしたり、あくびをしたりする。ほかの方法でも自分に注意をむけられないと、読んでいた小説をハステラーに投げつける。するとハステラーがニヤニヤしながら立ち上がり、Kが失礼することになる。しかし後になって、ハステラーがヘレーネにうんざりしてくると、ヘレーネは敏感になり、ふたりの邪魔をした。いつもきちんと服を着て待っていた。たいていは、おそらく自分では非常に高価でよく似合っていると思っている服だ。しかし実際は、舞踏会用のごてごて飾りのついた古い夜会服で、とくに長い房が飾りに何列もぶらさがっているのが目について不愉快だった。その服がどんなふうに見えるものなのか、詳しいことをKはまったく知らない。いわばヘレーネを見ることを拒否していて、何時間も目を伏せたままですわっていたからだ。そのあいだヘレーネは、腰をふりながら部屋を歩きまわったり、Kのそばにすわったりした。後になって自分の立場がますます弱くなってくると、窮地におちいった女は、Kに色目を使ってハステラーにやきもちを焼かせようとまでした。

脂肪で丸みを帯びた背中をむき出しにしてテーブルに伏せたり、顔をKに近づけて、無理やりKに顔を見せようとしたが、それは、せっぱ詰まっていたからにすぎず、悪意はなかった。そんな努力の成果は、Kがハステラーの家に寄るのを拒否したことだけだった。しばらくたってからハステラーの家に寄ってみると、ヘレーネは追い出されていた。Kは当然だと思った。ハステラーの家にその夜は特別に遅くまでいた。ハステラーの提案で兄弟の乾杯をし、帰り道のKは葉巻と酒のためにボーッとなっていた。

ちょうどそのつぎの日の朝、頭取が銀行で仕事の話をしているときに、こんなことを言った。きのうの晩、君を見かけたような気がするんだが。勘違いじゃなければ、ハステラー検事と腕を組んで歩いてたよね。頭取にはとても奇妙なことに思えたらしい。教会の名前を言ってから――もっともそれは、細かいことにまで気がつく頭取の、いつもの癖だが――こう言った。見かけたのは、その教会にそって、泉の近くのところだ。蜃気楼を見たような気分だが、そうとしか言いようがない。Kが説明した。あの検事は私の友人で、私たちは本当にきのうの晩、教会の横を通りましたよ。頭取は驚いた顔をして、Kにほほ笑みながら、すわらないかと言った。こういう瞬間があるから、Kは頭取のことが大好きなのだ。体が弱く、病気がちで、軽い咳をしながら、責任重大な仕事をいっぱいかかえている男から、Kの幸せとKの将来について気配りのようなものが洩れて見える瞬間である。ところでそういう気配りは、おなじような経験を頭取のところで味わったほかの銀行員に言わせれば、冷たくて表面的と呼べそうなものだった。頭取が2分間を犠牲にすることは、有能な銀行員を何年にもわたってつなぎ止めておく絶好の手段にほかならないのだ。——たとえそうだとしても、Kはこの瞬間、頭取の虜になっていた。もしかしたら頭取も、Kにはほかの人間とはちょっとちがう話し方をしているのかもしれない。つまり、そんなふうにしてKと対等になるために、自分が上役であるということを忘れているわけではなかった。——これはむしろ、通常の仕事のやりとりのとき、いつもやっていることだ——。しかし今回は逆に、Kの地位を忘れてしまったみたいで、子どもと話をしている感じなのである。あるいは、はじめて職を求めにやってきて、理由はわからないのに頭取の気に入られてしまった世間知らずの若者と話をしている感じなのだ。きっとKもそういう話し方をされると、相手がほかの誰であれ、また頭取自身であれ、我慢できなかっただろう。しかし頭取の配慮は本心からのように思えたのだ。あるいは、この瞬間に自分に示されたものがすくなくとも配慮である可能性があることに、うっとりしたのだ。Kは自分の弱点がわかっている。もしかしたらその理由は、こういう面において本当にまだ子どもじみているからかもしれない。父親は早死にしたので、自分の父親に心配されたことが一度もなく、すぐに家を飛び出してしまったので、これまでずっと母親の愛情はおびき出すというより拒否してきた。母親は半盲で、遠く離れた、変わることのない小さな町に暮らしている。2年ほど前に訪ねたきりだ。

「検事と友だちだなんて、知らなかったな」と、頭取が言った。弱くて優しい微笑だけが、その言葉の強さをやわらげた。

エルザのところへ

ある晩、Kが帰ろうとする直前に電話がかかってきて、すぐに裁判所事務局へ来るように言われた。反抗的な態度はよくないですよ、と警告された。Kさんは前代未聞の発言をしてますね。尋問なんて無駄だ。なんの結果ももたらさない。もたらすことができない。もう出頭はしないつもりだ。電話や手紙で呼び出されても無視するぞ。使いの者が来ても、ドアから放りだしてやる。——こういう発言は全部、記録されてるんですよ。もう十分にKさんの立場を悪くしてます。どうして言うこと聞かないいんです？　われわれが時間や労力をかえりみず、あなたの複雑な問題を片づけようと努力していないとでも？　われわれはこれまで強制措置を控えてきたが、Kさんは気まぐれに邪魔をして、強制措置を受けたいんですか？　きょうの呼び出しが最後のチャンス。好きにすればいいが、ひとつ、忘れないでもらいたい。上の裁判所は嘲笑されたら、黙っちゃおきませんよ。

ところでKは、その晩はエルザに「行くよ」と伝えていた。そのことひとつとってても裁判所には行けないわけだ。それを理由にして裁判所に行かないと言えると思うと、うれしかった。もちろんそれを口実にするつもりなどなかったが。それにその晩は、ほかにまったく予定がなかったとしても、おそらく裁判所には行かなかっただろう。ともかくKは、当然のような顔をして電話でたずねた。もしも行かなかったら、どうなるのか。「あなたを見つける方法はわかってるんですよ」というのが答えだった。「私の意思で行かなかったら、罰せられるわけですか」とたずねて、Kは、どんな答えが返ってくるのか、ニヤニヤしながら待ちうけた。「罰せられません」というのが答えだった。「それはすばらしい」と、Kは言った。「じゃ、どんな理由があって私は、きょうの呼び出しに応じなきゃならないのかな」。「普通の人なら裁判所には、強制手段を使われないようにするものですがね」。電話の声は弱くなり、最後に消えた。「強制手段を使わないのは、非常に不用心だな」と思いながら、Kは出かけた。「しかし強制手段がどんなものなのか、ひとつ経験してみる必要があるぞ」

ためらわずにエルザのところへむかった。気持ちよく馬車の隅にもたれ、両手はオーバーのポケットに突っこみ——外はもう冷えはじめていた——、にぎやかな通りに目をやった。もしも裁判所が本格的に動いているのなら、おれは裁判所に少なからぬ迷惑をかけているわけだ。そう思うと、ある意味で満足だった。裁判所に行くとも、行かないとも、おれははっきりとは言わなかった。だから判事は待ってるだろう。もしかしたら、裁判所に集まっているみんなも待っているかもしれない。このおれだけが姿を見せないで、ギャラリーはがっかりするだろうな。裁判所のことなどに惑わされず、おれは行きたいところへ行くんだ。一瞬、Kは心配になった。ぼんやりしていて御者に裁判所の住所を言っちゃったかな。そこで大声で御者にエルザの住所を言った。御者はうなずいた。おなじ住所を言われただけだった。それからKはしだいに裁判所のことを忘れた。これまでのように銀行のことで頭がいっぱいになりはじめた。

頭取代理との戦い

ある朝、Kはいつもより元気で抵抗力があるような気がした。裁判所のことはほとんど考えなかった。思い出すことがあるとしても、見通しのきかない大きなその組織も、闇のなかで手探りしてはじめて見つけることのできる隠された手がかりによって、簡単につかまえて、引き離し、壊すことができるような気がした。いつもとちがう気分なので、なんと、あの頭取代理を自分のオフィスに招待して、前から気になってい た仕事のことを相談しようと思いついたのだ。こんな場合はいつも、頭取代理は、K

との関係がこの数か月まったく変わっていないような顔をしてみせた。つねにKとせり合っていた時期と同様、落ち着いて入ってきた。Kの説明に落ち着いて耳を傾けた。うち解けた、そう、級友のようなコメントをちょっとはさんで共感を示した。ただ、わざとだとは思えないが、頭取代理が仕事の要点から絶対に逸脱することがなく、心の底から問題を受けとめようとしたので、Kは混乱した。典型的な仕事人間を前にしてKの考えは四散しはじめ、かかえている案件をやむなく自分のほうから、抵抗らしい抵抗もせずに頭取代理に任せてしまうのだった。あるときなどはひどい話だが、最後のほうになってKが気づいたときには、頭取代理が突然立ち上がって、黙って自分のオフィスに戻っていくところだった。なにが起きたのか、Kにはわからなかった。相談がきちんとまとまったのかもしれない。しかしまた、頭取代理が相談をうち切ったのかもしれない。なぜなら、知らないあいだにKが頭取代理の気分を害してしまったからだ。あるいは、Kがナンセンスなことを言ってしまったからだ。あるいは、Kが話を聞いておらず、ほかのことに気をとられていたことが、頭取代理にははっきりわかったからだ。いや、それだけでなく、Kが馬鹿げた決定をしたのかもしれない。あるいは、頭取代理がKにそういう決定をさせるように仕向けておいて、Kの失点になるようにその決定の実行を急いでいるのかもしれない。ところでその問題は二度と触れられることがなかった。Ｋは思い出したくなかったし、頭取代理は黙ったままだ。それにさしあたり目に見える影響も出ていなかった。ともかくこの件のせいでＫがひるむことにはならなかった。機会さえあれば、ちょっと元気でさえあれば、Ｋはすぐ頭取代理のオフィスのドアをノックして、自分が入ろうとするか、頭取代理を自分のオフィスに呼ぼうとした。いまはもう、以前のように頭取代理から逃げ隠れすることはできない。いますぐ決定的な成功をおさめて、突然あらゆる心配から解放され、頭取代理との関係が修復されることは、もう期待できない。やめてはならないことは、わかっていた。もしかしたら実際は退却を要求されているのかもしれないが、退却すれば、二度と前進できなくなるかもしれない危険がある。Ｋは終わってるのだ、と頭取代理に思わせてはならない。そんなふうに思ってあいつが自分のオフィスで落ち着いているなんて許せない。不安にしてやらなくては。おれは生きてるんだということを、何度でも思い知らせてやらなくては。生きてるんだから、おれだって、いまはどんなに危険じゃないように思われても、そのうち新しい能力を示して驚かせてやるぞ。たしかに、ときどきＫは、このやり方だと、結局、おれの名誉のために戦ってるだけじゃないか、と思うことがあった。おれが弱点をさらけ出して頭取代理に立ちむかっても、なんの得にもならないからだ。あいつには自分の力の強さをますます感じさせ、観察の余裕をあたえ、現状にぴったりの手を打つ可能性をあたえるだけではないか。しかしKは、自分の態度を変えることができなかっただろう。自分のことを勘違いしていた。いまこそなんの心配もせず頭取代理と張り合ってもいいのだ、と確信することがときどきあった。どんなにひどい経験をしても学習しなかった。10回やって失敗しても、11回目にはやれるのだと思っていた。どんなことをしてもKには不都合な結果にしかならなかったにもかかわらず。そんなふうに頭取代理と会った後、疲れて、汗をかき、空っぽの頭で、ぽつんと取り残されていると、自分を頭取代理のところに駆り立てたものが、希望だったのか、絶望だったのか、わからなかった。しかしつぎの機会にまたKを頭取代理のドアに急がせたのは、明らかに希望にほかならなかった。

きょうもそうだった。頭取代理がすぐに入ってきた。ドアの近くに立ち止まり、最近の習慣にしたがって鼻眼鏡をみがき、まず最初にKを見てから、Kにばかり気をとられてはいないことを示すために、部屋全体をじっくり見た。その機会を利用して、自分の視力をチェックしているかのようだ。Kはその視線に抵抗し、かすかなほほ笑みさえ浮かべて、すわりませんか、と頭取代理に声をかけた。自分はアームチェアにさっとすわり、すわったままできるだけ頭取代理の近くに寄って、必要な書類をすぐにデスクから取り、報告をはじめた。頭取代理は最初はほとんど聞いていないようだった。Kのデスクの天板には、背の低い木彫の縁飾りがついていた。デスク全体がすぐれた仕上がりで、縁飾りもしっかり木にはめこまれている。ところが頭取代理は、たったいま弛《ゆる》みに気がついたようなふりをして、それを直そうと人差し指で縁飾りをトントンとたたいた。それを見てKは報告を中断しようとしたが、頭取代理がつづけるように言った。ちゃんと残さず聞いて、理解しているからだそうだ。しかし、いまのところKは具体的なコメントをもらえていない。そのあいだに、縁飾りに特別な処置が必要になったらしい。頭取代理がポケットナイフを取りだし、もう一方の梃子《てこ》としてKの定規を使って、縁飾りをもち上げようとしている。おそらくそうするほうが深く押しこみやすくなるからだろう。Kは報告のなかにまったく新しい提案を盛りこんでおいた。頭取代理も特別の関心を寄せてくれるはずだ。いま、その提案の箇所にさしかかっていたので、中断などできなかった。それほど自分の報告に気を取られていたのだ。いや、むしろ、最近はほとんど感じることがなくなっていたことを意識して、うれしかった。おれはこの銀行でまだ意味のある人間なんだ。おれのアイデアはおれの存在を認めさせる力をもっているんだ。もしかしたらこういう主張の仕方こそが、銀行だけでなく訴訟においてもベストなのかもしれない。これまでいろいろ弁護を試み、計画してきたどんな弁護よりも、ずっとましなのかもしれない。急いで話していたので、頭取代理に、縁飾りの仕事をやめてもらいたいと、はっきり言う余裕がなかった。報告を読み上げながら、ただ2回か3回、空いているほうの手で、なだめるように縁飾りをなでた。ほとんど自分でもはっきりわからないまま、縁飾りに具合の悪いところはないのだと、頭取代理に示そうとしたのだ。たとえどこか具合が悪いとしても、いまは修理なんかより話を聞くほうが大事だし、礼儀にもかなっているのではないか、と示そうとしたのだ。しかし頭取代理は、活発ではあるが頭しか動かしていない人間によくあることなのだが、この手仕事にはまってしまっていた。縁飾りの一部が実際にもち上げられていて、いまの問題は、木ダボをもとのダボ穴に埋め込むことだ。それまでの仕事よりむずかしかった。頭取代理は立ち上がって、両手で縁飾りを天板に押しつけようとしなければならない。しかしどんなに力を入れてもうまくいかない。Kは書類を読み上げながら——ところでKはずいぶんアドリブで話していたのだが――、頭取代理がすでに立ち上がっていたのが、ぼんやりとではあるがわかっていた。頭取代理のこの内職からほとんど目を離したことはないけれど、Kとしては、頭取代理の動きは自分の報告ともどこかでつながっていると思っていたので、自分も立ち上がり、数字のしたに指をあてて、書類を頭取代理に差しだした。頭取代理のほうは、両手で押さえるだけでは十分でないことに気づいていたので、すぐに決心して全体重を縁飾りにかけた。するとたしかに圧力は十分で、木ダボは全部、きしみながらダボ穴に埋め込まれたが、上の、やわらかい枠縁の一部がまっぷたつに割れてしまった。「安物の木だな」と言って、頭取代理は怒って、デスクから離れ、すわった。

建物

最初ははっきりした意図があったわけではないが、Kはさまざまな機会に、その役所がどこにあるのか聞き出そうとした。Kの件について最初に告訴した役所のことである。簡単に聞き出せた。ティトレリもヴォルフハルトもちょっと聞いただけで、その建物の家屋番号まで詳しく教えてくれた。後でティトレリがニヤニヤしながら補足してくれた。鑑定を依頼されていない秘密の計画のことになると、いつもニヤニヤするのだが、こんな説明をしてくれた。そんな役所なんてまったく意味がないよ。指示されたことを伝えるだけで、大きな検察局の末端の機関にすぎない。ちなみに、訴訟の当事者は大きな検察局には近づくことができないんだがね。だから検察局になにか頼みたいことがあれば――もちろん頼みたいことは山のようにあるだろうけど、それを口にするのはかならずしも利口じゃない――、その場合は、ともかく、いま言った下の役所に行くしかない。だからといって担当の検察局までは行けないし、そこへ頼みごとを届けることもできない。

Kはティトレリという人間をよく知っていたので、言い返したりせず、それ以上たずねることもせず、ただうなずいて、言われたことを腹におさめた。最近、しばしば思うのだが、人を苦しめるという点にかけてなら、ティトレリは弁護士にぜんぜん負けていない。ただひとつだけちがいがあった。Kはティトレリに弁護を委任しているわけではないので、気のむいたときに、さっさとふり払うことができた。おまけにティトレリは、いまは以前ほどではないが、じつにこまめに情報を伝えてくれた。おしゃべりだった。そして最後にはKのほうでも、ティトレリを苦しめることができたのである。

そして実際、今回もティトレリを苦しめてやった。しばしばあの建物のことは、ティトレリには隠しているのだが、その役所とは関係があるけれど、まだそんなに深い関係ではないので、知られてしまうと危険なことになる、というような調子で話した。しかしティトレリがもっと詳しく教えてほしいと迫ってくると、突然Kは話題を変え、いっさいその話はしないのである。そういうささやかな成功をKは喜んで、こう思った。おれも裁判所関係の連中のことがずいぶんわかるようになった。連中と遊ぶこともできる。自分のほうから仲間になったようなものだ。すくなくともしばらくは展望もよくなっている。連中が立っている裁判所の第1段から、おれも見ているようなものだからだ。だが結局おれが、この立場を失うようなことになれば、どうなるんだろう？　それでもまだ救われる可能性はある。この連中の列にもぐりこむだけでいい。連中は地位が低いから、あるいはほかの理由でおれの訴訟の力になれなくても、おれを受けいれて匿《かくま》うことはできる。おれがよく考えてこっそり実行すれば、連中だって、そういう方法でおれを助けることは拒めないはずだ。とくにティトレリは。なんといってもおれは、あいつのことをよく知っているし、パトロンになってやってるんだから。

そのような希望をKは毎日のように食べていたわけではない。たいていは、物事をきちんと区別していたし、むずかしいことを見落としたり、飛ばしたりしないように用心していた。しかしときどき——仕事が終わった晩、くたくたの状態のときがほとんどだが——、日中の、じつにつまらない、しかもいろんな意味に解釈できる出来事に慰められることもあった。そういうときは普通、自分のオフィスのソファーにすわって——1時間はソファーで休んでからでないと、オフィスを後にできなかったのだ——、頭のなかで観察を重ねるのである。きちょうめんに観察の対象を裁判所の関係者に限定していたわけではない。うとうとしていると、いろんな人が混じってくる。裁判所がたくさん仕事をしていることを忘れ、自分がたったひとりの被告であるような気になった。ほかのみんなは役人や法律家のような顔をして裁判所の建物の廊下を歩きまわっている。鈍感きわまりない連中でさえ、あごを胸元に落とし、くちびるをとがらせ、視線をすえて、責任重大そうな顔をして考えこんでいる。そんなときはいつもグルーバハ夫人の間借り人たちがグループで登場する。頭と頭をくっつけ、告発するコーラスのように口を開けている。知らない顔がたくさんある。なにしろKはずいぶん前から、間借り人のことには無関心になっていたのだ。知らない顔がたくさんなので居心地が悪く、そのグループとは親しくかかわり合わなかったが、しかしときどき、そこにビュルストナー嬢を探すときには、かかわり合うことになった。たとえばそのグループをざっと見渡していると、突然、まったく見知らぬ2つの目がKにむかって輝くので、Kは引き止められるのだ。そのときビュルストナー嬢は見つからなかったが、見落としたのではないかと思って、もう一度探してみると、グループのちょうどまん中にいた。左右にいる2人の男に腕を貸している。ほとんどなんの印象もKには残らなかった。とくにその光景は別に新しいものではなく、ビュルストナー嬢の部屋で見たことのある水浴場の写真の、消えることのない記憶にすぎなかった。ともかくその姿を見て、Kは追い立てられるようにしてグループから離れた。しばしばこちらに戻ってくることがあったが、大またで裁判所の建物のなかをあちこち歩きまわっていた。どの部屋も非常によく知っていた。それまで見ることのできなかった秘密の廊下も、昔から住んでいた自分の家のように親しいものに思えた。いろんな細部が痛いほどくっきりと脳にくり返し刻み込まれる。たとえばひとりの外国人が大きな控え室でぶらぶら歩いている。闘牛士みたいな服を着ている。胴着《ボディス》にはナイフで切ったような切り込みがある。体にぴったりした短い上着は、黄色がかった太い糸のレースで編まれている。この男は、ぶらぶら歩きを一瞬たりともやめず、驚いている

Kの目を釘付けにしていた。背中をかがめてKはこっそり男のそばに寄り、驚いて目を丸くしてじっと見つめた。レースの模様も、完全ではない房飾りも、上着の揺れ方も、全部よく知っていたけれど、見飽きることがなかった。いや、むしろ、とっくの昔に見飽きていた。いや、もっと精確にいえば、一度も見たいと思ったことがないのに、見てしまったのだ。「こんな仮装をするんだな、外国では！」と思って、Kは目をもっと大きく開いた。頭のなかでその男を追いかけているうちに、ソファーで寝返りをうち、ソファーの革に顔を押しつけた。

母のところへ行く

昼食のとき突然、Kは母親を訪ねなくてはと思った。もう春も終わりかけていたので、母親に会わなくなって3年目になる。あのときは母親から、おまえの誕生日のときには来ておくれ、と頼まれたので、いくつか障害があったけれども頼みを聞き入れた。それどころか、誕生日には毎年やってくるね、という約束までしたのだが、もう2回も約束を破っていた。そのため今回は、誕生日が来るのを待たずに、といっても誕生日は2週間後だったが、すぐに行こうと思ったのだ。たしかに、考えてはみた。

いますぐ行かなければならない特別な理由はない。それどころか、いとこからの報告も以前よりは落ち着いてきた。母親のいる小さな町には、いとこが商店を営んでいて、母親へのKの送金を管理してくれているのだが、そのいとこが2か月に1回、規則正しくKに様子を知らせてくれるのだ。母親の視力は失われつつあったが、それは医者に言われて何年も前から覚悟していた。逆にそれ以外の状態は、以前よりよくなっていた。年齢による悩みは、大きくならずに小さくなった。すくなくともあまり泣き言を言わなくなった。いとこの意見では、もしかするとそれは、ここ数年——Kも訪問したときにそのかすかな徴候に気づいて、かなりうんざりしたのだが——ものすごく信心深くなったことと関係しているのかもしれない。いとこはそのことを手に取るようにわかりやすく書いてきた。Kの母親を日曜日に教会に連れていくとき、以前はいやいや引きずられるようにして行ったのに、いまでは腕をもつだけでさっさと歩くというのだ。いとこはいつも心配性で、手紙の報告でも、いい面よりは悪い面を強調する人間だから、その手紙の言葉は信じることができた。

しかし、それはともかくとして、Kはこれから行くと決心したのだ。最近、自分にとってうれしくない点として、ある種の女々しさを確認していた。なにかをしたいと思ったら、どんなことでもほとんど無鉄砲にやろうとするのだ。――で今回は、その欠点がすくなくともいい目的の役に立った。

Kは窓のところへ行き、考えをちょっとまとめてから、すぐに食事を下げてもらい、秘書をグルーバハ夫人のところへやった。旅に行くことを伝えて、手さげカバンにグルーバハ夫人が必要と思うものを詰めてもらい、それをもって帰ってきてもらうことにしたのだ。キューネ氏には、留守のあいだにやっておいてもらいたい仕事をいくつか指示した。キューネ氏には不作法な癖がある。自分がなにをするべきかちゃんとわかっているのだから、指示など儀式にすぎないと我慢しているみたいに、顔をそむけて指示を聞くのだ。しかし今回は、その不作法にたいしてほとんど腹が立たなかった。そして最後にKは頭取のところへ行った。母親のところへ行かなければならないので、2日間の休みをもらいたいと頼んだら、もちろん頭取にたずねられた。お母さん、ご病気なのかね？「いいえ」と答えたが、それ以上の説明はしなかった。Kは、両手を後ろで組んで、部屋のまん中に立っている。額《ひたい》にしわを寄せて考えていた。もしかして出発の準備を急ぎすぎたのだろうか？　行かないでここにいるほうがよくないか？　行ってなにをするつもりなんだ？　感傷のせいで行こうと思ったのか？　感傷のせいで、ひょっとしたらこちらでやるべき大切なことをしそびれるのでは？　訴訟はもう何週間も静かにしているみたいで、おれにもはっきりした通知が来ていないが、いつ何時《なんどき》なにか動くチャンスがやってくるかもしれないのだ。おまけに年寄りの母親を驚かせることにならないだろうか？　もちろんそんなつもりはないけれど、おれの意思に反して驚かせてしまう可能性は大いにある。なにしろこのところ、おれの意思に反していろんなことが起きているのだから。それに母親はおれに会いたいなどと思っていない。以前は、いとこの手紙に、お母さんがとても会いたがっています、と定期的にくり返し書かれていたが、いまじゃ、そんな言葉はどこにもない。母親のために行くのではない。それは明らかだ。しかしおれのほうでなにか希望をもって行くのなら、おれは完全な馬鹿だ。あちらで結局は絶望して、馬鹿さ加減の報いを受けるだろう。しかし、こういう疑いは全部、K本人の疑いではなく、他人がKに吹き込もうとしたものであるかのように思えた。Kは、しっかり目を覚まし、行く決心を変えなかった。Kが思案しているあいだ、たまたま、いや――こちらの可能性のほうが大きいが――Kに特別に気をつかって、頭取は新聞を読みふけっていた。そしていま目を上げて、立ち上がりながらKに手を差しだし、もうなにも質問はせず、よい旅を、と言った。

Kは、それからまだ自分のオフィスのなかを歩きまわりながら、秘書が戻ってくるのを待っていた。頭取代理が何度かやってきて、Kの旅の理由を聞き出そうとしたが、ほとんど無言で追い払った。手さげカバンがようやく届いてから、急いでKは、呼んでおいた車にむかって下へ降りていった。まだ階段を降りていたとき、上で銀行員のクリッヒがいまごろになって姿をあらわした。書きはじめた手紙を手にもっている。どうやらKの指示がほしいらしい。Kは手をふって断ったが、頭でっかちのそのブロンドは鈍い男だったので、Kの合図を誤解して、紙をふりながらKの後を、転がり落ちそうになりながら追ってきた。Kは腹が立ったので、屋外の階段のところでクリッヒに追いつかれたとき、その手から手紙を取り上げ、ビリビリと破った。車に乗ったKがふり返ると、クリッヒはまだ自分の失態がわかっていないらしく、その場に立ちつくしたまま、走り去っていく車を見送っている。クリッヒの隣にいる守衛のほうは、うやうやしく帽子を脱いで挨拶していた。つまりKは、まだ銀行の最高幹部のひとりなのだ。Kがそれを否定しても、守衛は反論するだろう。Kの母親などはKのことを、どんなにちがうと言っても、頭取だと思っている。それも何年も前から。母親の考えによると、どんなにKの名声に傷がつこうと、Kの地位が落ちることはないだろう。ちょうど出発前には、いい徴候かもしれない。Kは、裁判所とさえつながりのある銀行員から手紙をひったくり、なんの挨拶もせずに破ってもよいのだと確信したのだ。やってはいけないことだったが、ぜひ、クリッヒの青白くて丸いほっぺたに大きな2発を食らわせてやりたかった。

ふたりが劇場から出たとき

ふたりが劇場から出たとき、小雨が降っていた。Kは、すでに出し物とその下手な舞台のせいで疲れていたのに、そのうえ叔父を自分のところに泊めなければならないと思うと、すっかり落ちこんでしまった。きょうこそビュルストナー嬢と話をしなければならないのだ。会えるチャンスもあるかもしれない。だが叔父といっしょだと台無しになる。たしか、叔父が乗れる夜行の列車が走っている。しかしきょうは、Kの訴訟のことで非常に忙しかったので、帰る気にさせることは、まず見込みがなさそうだ。それにもかかわらずKは多くを期待せず、言うだけ言ってみた。「叔父さん、ぼくはね」と、Kは言った。「近いうちに叔父さんの力が本当に必要になると思う。どの方面でなのかは、まだわからないけれど、ともかく必要になると思う」。「わしを当てにしていいぞ」と、叔父が言った。「どうやったらお前の力になれるか、ずうっとそればっかり考えておる」。「あいかわらずだな、叔父さんは」と、Kは言った。「ただね、叔母さんが怒らないか、って心配なんだ。すぐにまた叔父さんに、こちらに来てほしいと頼むことになったりすると」。「そんな心配なんかより、お前の問題のほうが大事だ」。「いや、そうとも言えないけれど」と、Kは言った。「でもそれはともかく、必要もないのに叔父さんを叔母さんから引き離したくない。2、3日もすると、また来てもらうことになりそうなんだ。だから、とりあえず帰っておいたほうが?」。「あしたにでも?」。「ええ、あしたにでも」と、Kは言った。「なんなら、これから夜行に乗るという手もある。それが一番楽かも」

解説――『審判』から『訴訟』へ

丘沢静也

深刻な『審判』から軽やかな『訴訟』へ

ピリオド奏法の指揮者、ロジャー・ノリントンがこんな話をしていた。

「ロンドンのナショナル・ギャラリーで、修復されたルーベンスの『麦わら帽子の女』を最初に見たときのことを覚えています。みんな、その色彩にショックをひどく受けていた。とても現代的で、新しい絵に見えたのです。それは古い尊敬すべき芸術品という感じではなく、とてもセクシーでした。人びとは芸術作品がりっぱであることを望みます」

『訴訟』は、これまで『審判』というタイトルで邦訳されてきた。深刻な響きのある『審判』のほうが、りっぱな古典にふさわしいと思われてきたからだろうか。

『訴訟』のドイツ語は、ブロートが編集した単行本（1925年）ではDer Prozess。

ブロート版のカフカ全集（1935年、1946年、1950年）ではDer Prozeß。史的批判版（1990年）ではDer Proceß。史的批判版（1997年）では、カフカがつづったままのDer Process。「審判」という意味はなく、「訴訟」とか「プロセス」という意味だ。

これはね、太宰治の文章だよ、と言うと、条件反射のように「破滅型」の眼鏡をかけて読む学生がいる。けれども、暗い眼鏡をはずして読めば、太宰治の文章は「落語のように」（三浦雅士）おもしろく、ユーモアにあふれている。カフカの場合も、「不条理」とか「不安」とか「絶望」といった眼鏡をかけて読む人がいる。しかし、牛乳びんの底みたいな眼鏡をはずして読めば、異様な設定で話が展開していても、細部には、平凡なサラリーマンが「そうだよ、そうなんだよな」と共感するような、日常的な心理が満載で、そこはかとなくユーモアがただよっている。『訴訟』はけっこう軽快で、喜劇のにおいもする。

おどろおどろしく深刻な『審判』は卒業したい。古典新訳文庫は、Der Processの意味をねじ曲げずに、すっきり『訴訟』というタイトルにした。なにしろ底本も、いちばんカフカに忠実であろうとしている史的批判版なんだし。

編集の問題

『訴訟』は、カフカの未完の小説の草稿である。カフカ自身がエンドマークをつけた作品ではない。つまり『訴訟』には、カフカ以外の手による編集という、ちょっとやっかいな問題がある。

生前、カフカ（1883〜1924）は無名の作家だった。死んだ年の1924年までに出版された作品もごくわずか。短編集では『観察』、『田舎医者』、『断食芸人』。短編では『火夫』、『判決』、『変身』、『流刑地で』。どれも小冊子のように薄い本だから、これらの短編を全部——それに、新聞・雑誌にだけ発表されたテキストもふくめて——集めても、1冊にまとめることができる程度の分量だ。実際、批判版カフカ全集では、〈生前に印刷されたもの〉として1巻（451ページ）に収められている。ちなみに批判版カフカ全集で「作品」は、全部で7巻。

カフカの「作品」の大部分は、カフカの死後、カフカの遺言に反して、カフカの親友でチェコの作家、マックス・ブロート（1884〜1968）の手によって出版された。

ブロートが編集した『訴訟』
初版（1925年）の復刻本。
表紙（左）とカバー（右）

　カフカは遺言で、未完の小説、未完の短編、日記、手紙をすべて破棄してほしいと頼んだという。自分の書いたもののなかで価値があるのは、『判決』、『火夫』、『変身』、『流刑地で』、『田舎医者』、『断食芸人』だけだと考えていた。

　『訴訟』は、カフカの死後、ブロートが編集して出版した最初のカフカである。１９２５年、ベルリンのディー・シュミーデ書店から単行本で出た。その初版の復刻本（２００８年）は、存在感のある本で、ブックデザインも魅力的だ。

ブロートがカフカの遺言を無視していなかったら、私たちはこの『訴訟』だけでなく、『城』や『失踪者』（『アメリカ』）も読めず、カフカの名前すら知らないままだっただろう。けれどもブロートがプレゼントしてくれたカフカは、ブロートの編集したカフカだ。

たとえば未完の小説『失踪者』を、ブロートは勝手に『アメリカ』という題名にして、主人公が救われる結末にした。また、カフカの『日記』——カフカの日記は創作ノートでもあった——を編集したとき、性的な記述をカットした。などなど、数えあげればきりがない。

ブロートはカフカを宗教思想家に仕立てようとした。そのせいもあって、まじめで深刻な「カフカ」像が流通するようになり、しかつめらしい顔をして「カフカ」が語られ、「カフカ」が論じられるようになったのかもしれない。

ブロート以後

1968年のブロートの死とともにカフカのノート類が読めるようになり、新しいカフカが姿をあらわすことになった。カフカ全集は（現在進行中のものをふくめて）、これまでのところ3種類ある。

1　**ブロート版カフカ全集**

最初の全集は1935年。1946年の全集で世界的なカフカ・ブームになる。その後も改訂されたが、編集方針は、カフカを「読みやすい作品」として提供することだ。新潮社のカフカ全集をはじめとして、ほとんどの邦訳は、このブロート版を底本にしている。

2　**批判版カフカ全集**

1974年からマルコム・パスリーたちカフカ学者が、カフカの草稿にもとづいて「カフカに忠実に」テキスト（本文）を確定した全集。まず1982年に『城』が出てから、『失踪者』、『訴訟』、『日記』、『遺稿Ⅱ』、『遺稿Ⅰ』、『生前に印刷されたもの』、『手紙1900〜1912』、『手紙1913〜1914』、『職務文書』とつづいている。

文学作品は、「テキスト編」の巻と「資料編」の巻でワンセットになっている。「資料編」には、カフカの加筆や削除をはじめ、句読点のひとつひとつの異同にいたるまで、詳細な報告がついている。

この批判版の「テキスト編」を底本にしているのが、白水社のカフカ小説全集／カフカ・コレクションだ。

3　史的批判版カフカ全集

カフカの草稿にもとづいた批判版であっても、テキスト（本文）を確定するという編集をやっている。だがローラント・ロイスたちは、カフカの書いたもの（手稿、印

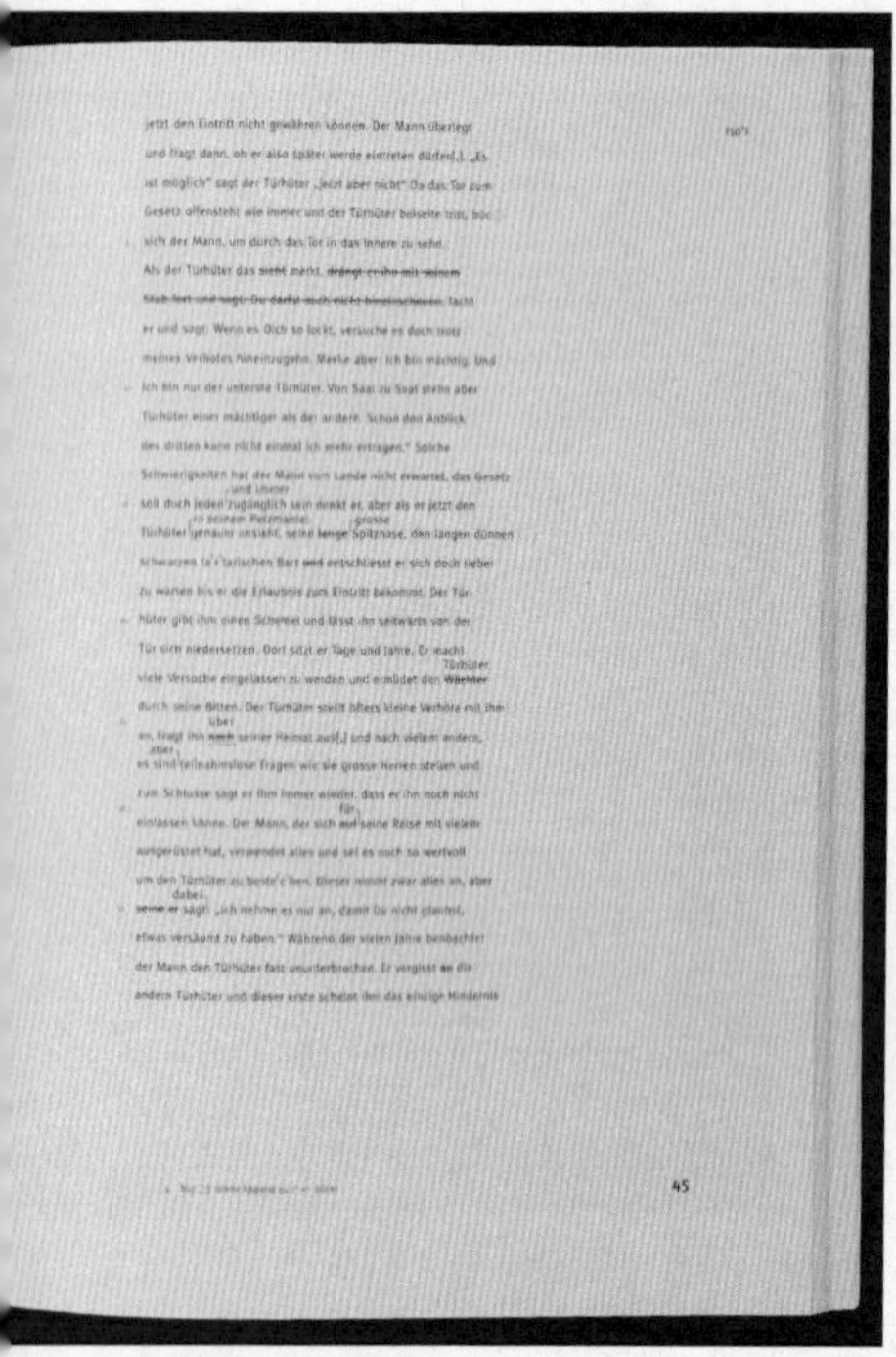
jetzt den Eintritt nicht gewähren können. Der Mann überlegt
und fragt dann, ob er also später werde eintreten dürfen[.] „Es
ist möglich" sagt der Türhüter „jetzt aber nicht" Da das Tor zum
Gesetz offensteht wie immer und der Türhüter beiseite tritt, bück
sich der Mann, um durch das Tor in das Innere zu sehn.
Als der Türhüter das sieht merkt, drängt er ihn mit seinem
Stab fort und sagt: Du darfst auch nicht hineinschauen. lacht
er und sagt: Wenn es Dich so lockt, versuche es doch trotz
meines Verbotes hineinzugehn. Merke aber: Ich bin mächtig. Und
ich bin nur der unterste Türhüter. Von Saal zu Saal stehn aber
Türhüter einer mächtiger als der andere. Schon den Anblick
des dritten kann nicht einmal ich mehr ertragen." Solche
Schwierigkeiten hat der Mann vom Lande nicht erwartet, das Gesetz
und immer
soll doch jedem zugänglich sein denkt er, aber als er jetzt den
in seinem Pelzmantel grosse
Türhüter genauer ansieht, seine lange Spitznase, den langen dünnen
schwarzen tatarischen Bart und entschliesst er sich doch lieber
zu warten bis er die Erlaubnis zum Eintritt bekommt. Der Tür-
hüter gibt ihm einen Schemel und lässt ihn seitwärts von der
Tür sich niedersetzen. Dort sitzt er Tage und Jahre. Er macht
Türhüter
viele Versuche eingelassen zu werden und ermüdet den Wächter
durch seine Bitten. Der Türhüter stellt öfters kleine Verhöre mit ihm
über
an, fragt ihn nach seiner Heimat aus[,] und nach vielem andern,
aber
es sind teilnahmslose Fragen wie sie grosse Herren stellen und
zum Schlusse sagt er ihm immer wieder, dass er ihn noch nicht
für
einlassen könne. Der Mann, der sich auf seine Reise mit vielem
ausgerüstet hat, verwendet alles und sei es noch so wertvoll
um den Türhüter zu bestechen. Dieser nimmt zwar alles an, aber
dabei
seine er sagt: „ich nehme es nur an, damit Du nicht glaubst,
etwas versäumt zu haben." Während der vielen Jahre beobachtet
der Mann den Türhüter fast ununterbrochen. Er vergisst an die
andern Türhüter und dieser erste scheint ihm das einzige Hindernis
45

史的批判版『訴訟』の「大聖堂で」語られる「掟の前で」の話。草稿とその古文書学的翻字

刷されたもの、タイプ原稿）を編集せず、できるだけそのままの形で提示しようと考えた。それが史的批判版だ。まず１９９５年にイントロダクションの巻が出た。

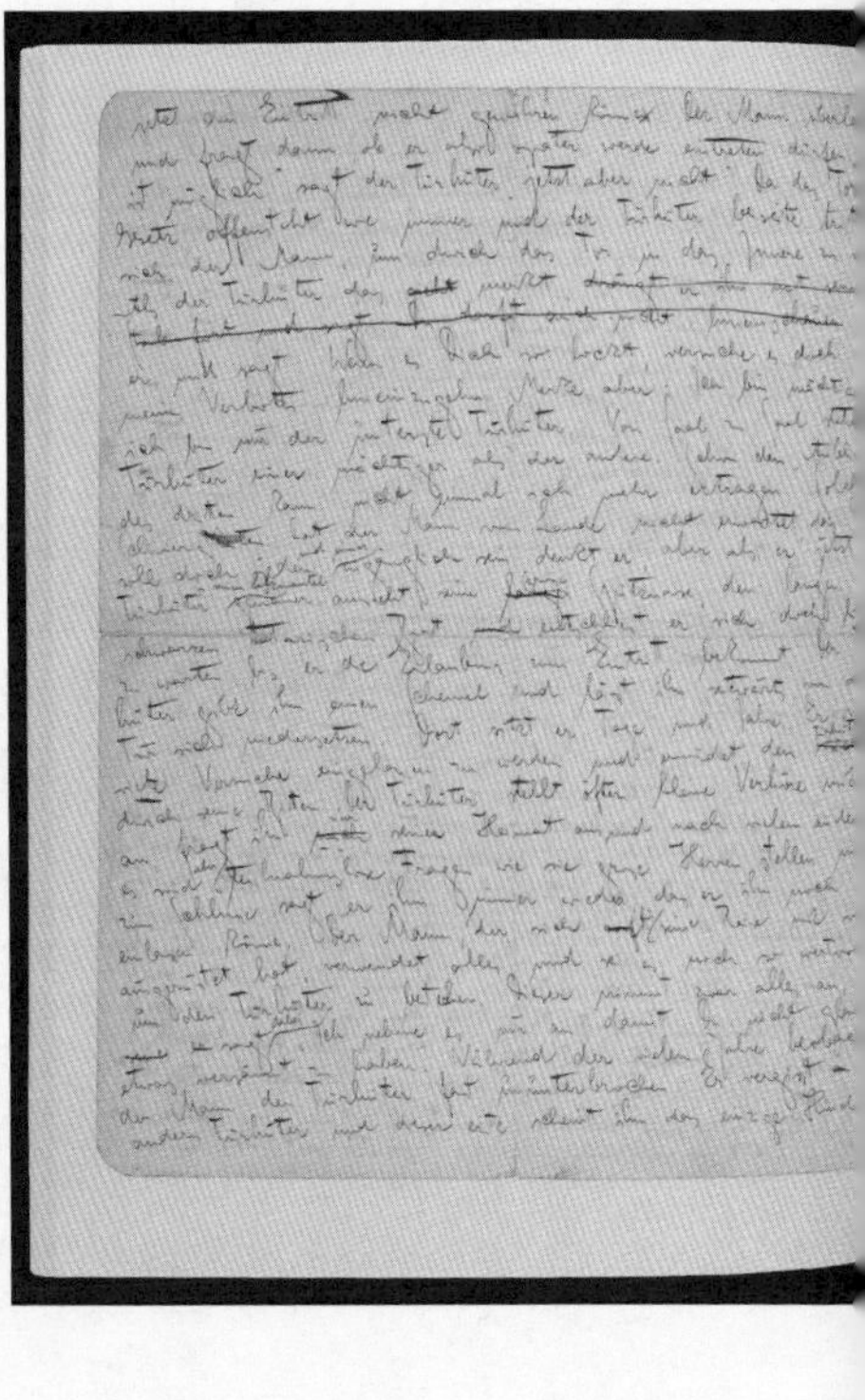

史的批判版は、紙本とＣＤ－ＲＯＭの２本立て。紙本は、見開き対照で、片方のページに草稿の写真、もう一方のページにその古文書学的翻字というスタイルである。生前に出版された『変身』のような場合は、初版の復刻本もついている。紙ベースの

データは全部、PDFファイル化されてCD-ROMに収められている。
古典新訳文庫の『訴訟』は、この史的批判版を底本にしている。

史的批判版の『訴訟』

カフカが生前に出版した作品は、カフカが目を通しているので、編集はあまり問題にならないが、『訴訟』の場合は草稿なので、悩ましい問題がある。『訴訟』は、先行する2つの版と、史的批判版とでは、編集の姿勢が大きくちがう。ブロート版でも批判版でも、「作品」になっているが、史的批判版では「草稿」のままだ。

ブロート版と批判版は、テキスト（本文）を確定し、章を配列して、『訴訟』を「線型の作品」として編集して、1冊の本にしている。だが史的批判版は、カフカが残した16束の草稿を、そのまま16分冊にして、ひとつの箱に収めている。16分冊には

史的批判版『訴訟』の箱と、16分冊＋解説冊子

順番をしめす番号はなく、配列の指示もない。

史的批判版の編者ロイスは、ブロート版の編集にも、批判版の編集にも、断片のあつかい方をはじめとして、たくさんの疑問を投げかけている。たとえばブロート版は、「章のわけ方も章のタイトルも、カフカによるものである」と主張しているのだが（そして批判版も、そのブロート版の主張をほぼ踏襲しているのだが）、かならずしも信頼できる主張ではない、と。

カフカは、草稿の束に表紙をつけて、そこに見出し語を書いていた。その見出し語が、いちおう章のタイトルとされている。表紙が残っていない場合、史的批判版では、その章の冒頭のセンテンスをタイトルとして使っている。

商人ベック

史的批判版で「商人ベック／弁護士の解任」の章の表紙を見てみよう。ちなみにここで表紙として使われている紙は、『火夫』のタイプ原稿の20枚目の下半分、の裏だ。

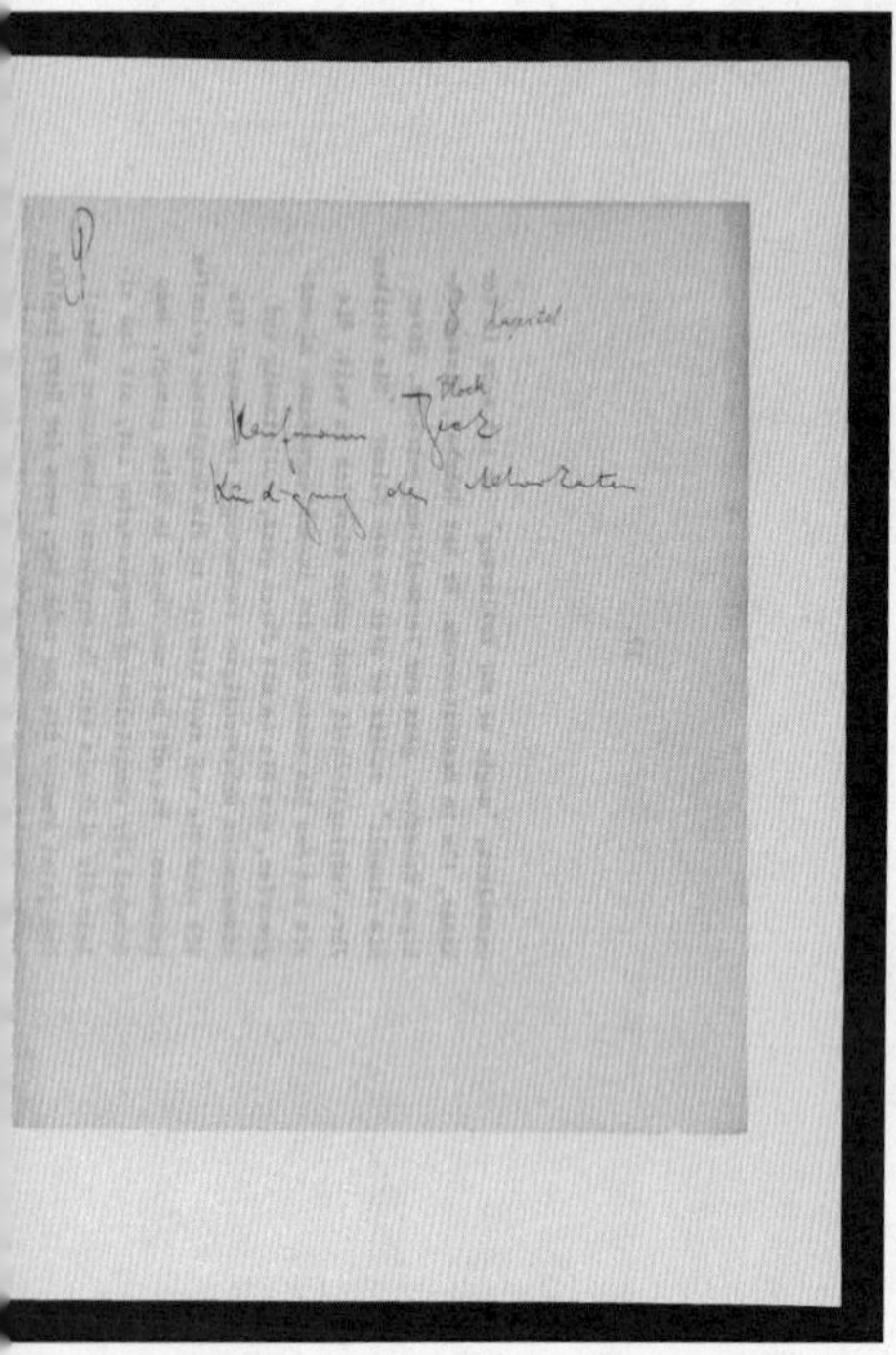

草稿「商人ベック／弁護士の解任」の表紙とその古文書学的翻字

左上のP（Der Process［訴訟］）と、中央の大きな文字Kaufmann Beck（商人ベック）とKündigung des Advokaten（弁護士の解任）は、カフカが黒のインクで書いたものだ。Beck（ベック）のうえにある小さな字のBlock（ブロック）と.Kapitel（第　章）は、ブロートが紫のインクで書いたもの。また、8は、ブロートが赤鉛筆で書いたもので、8.Kapitel（第8章）と読める。

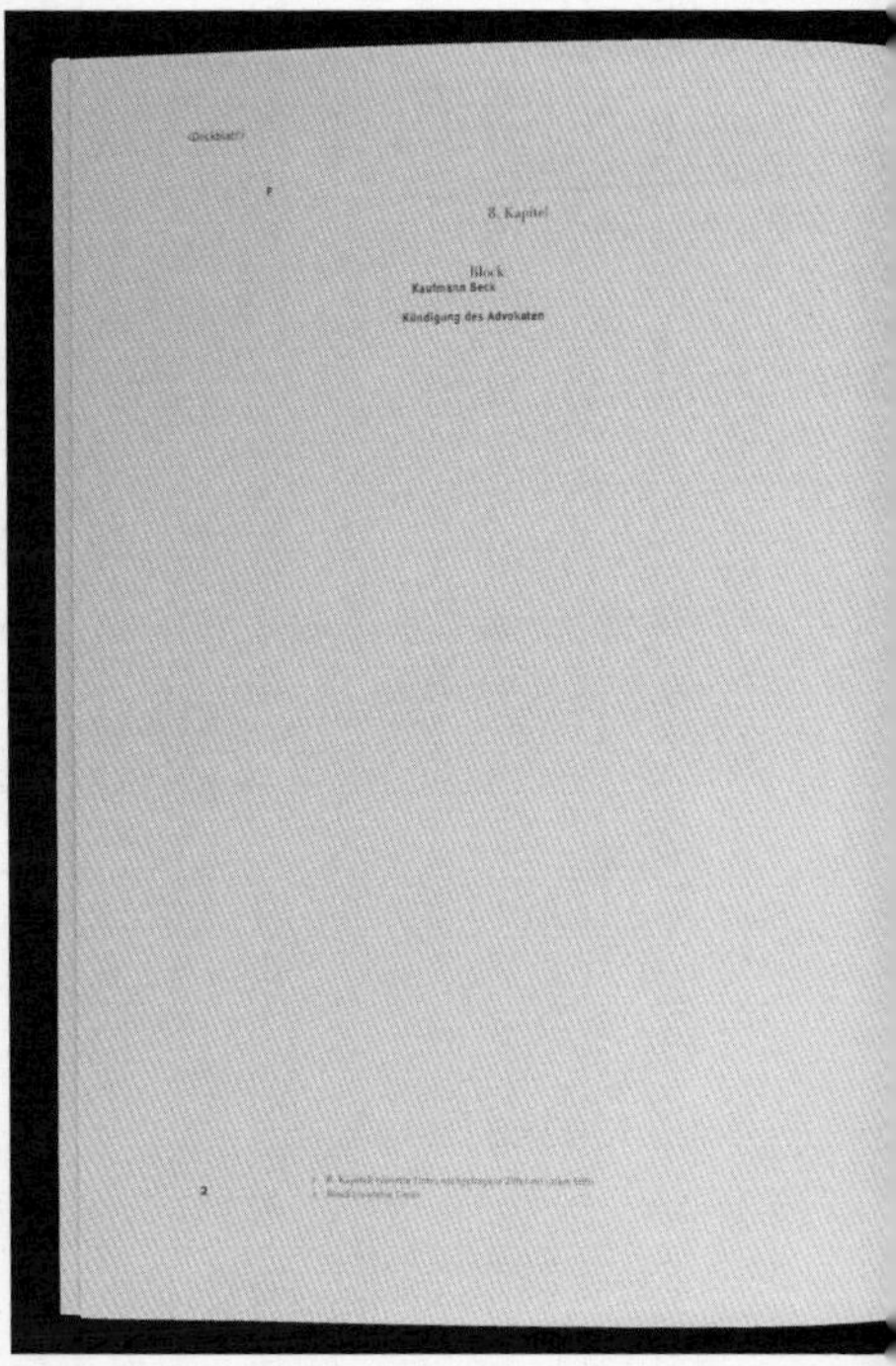

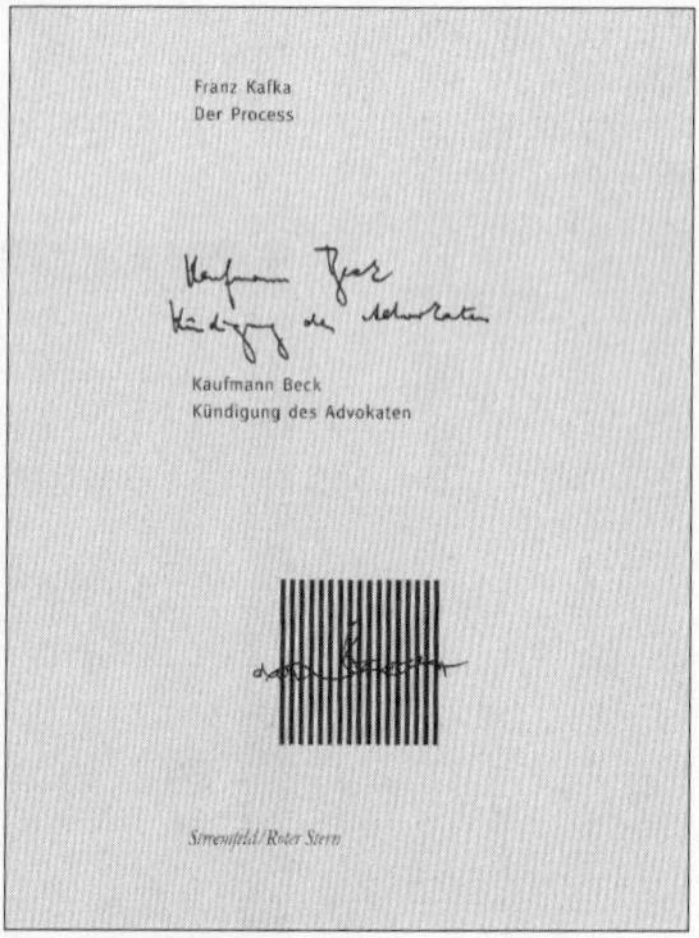

史的批判版『訴訟』の分冊「商人ベック／弁護士の解任」の表紙

ところで、この章の本文にブロックは登場するが、ベックは登場しない。そのためブロート版では、ベックをカフカの勘違いだと考えて、この章を「商人ブロック／弁護士の解任」としている。批判版でも、「商人ブロック／弁護士の解任」としているので、ブロート版とおなじ判断をしたわけだ。カフカの書いた「商人ベック」は、「商人ブロック」に差し替えられてしまっている。

ところが史的批判版は、ちがう。表紙を写真（と、その古文書学的翻字）でそのまま提示している。おまけに分冊のタイトルでは、ブロートの書き加えた「ブロック」はもちろん無視して、カフカの書いた「商人ベック／弁護士の解任」だけを採用している。

表紙では「商人ベック」、本文では「商人ブロック」。このズレについて、史的批判版の編者ロイスは、こんな推測をしている。カフカは本文では、商人の名前をブロックと書いていた。だが、草稿の束に表紙をつけて、見出し語を書く段になって、「ブロック」→「ユダヤ人」の連想を避けるため、ベックに変えようと考えた。そこで表紙に「商人ベック」と書いたのではないか、と。

エンドマークのない草稿

『訴訟』は、1914年8月11日に書きはじめて、1915年1月20日にペンを置いたとされている。だが1月20日は中断の日付にすぎない。カフカは草稿に手を入れるつもりが十分にあったらしい。

1917年11月14日、カフカはブロートに宛てた手紙で、「終わり」の章の「『恥ずかしさだけが生き残るような気がした』が、たとえば訴訟小説の最後の言葉だ」と書いている。しかし『訴訟』は、作者のエンドマークのない草稿にすぎない。

『訴訟』初版のあとがきで、ブロートは、「カフカはこの小説を未完だと見なしていた」と伝えている。カフカは、「訴訟はけっして最高審まで進むことはないので、ある意味でこの小説は、そもそも完成できないものであり、無限につづくものだ」と考えていたという。ドゥルーズ／ガタリが推測しているように、「終わり」の章（つまり、Kの処刑）は、Kの見た夢となる可能性もあったかもしれないわけだ。

書字狂《グラフォマニア》のカフカは、短編『判決』を一夜で書きあげた。カフカの草稿は、モーツァルトの自筆譜のように、直しが少ない。『訴訟』の「弁護士／工場主／画家」の章の最後の段落は、草稿（つまり史的批判版）では94枚目から121枚目まで、ひとつも改行がない。カフカが後で手を入れていたら、いくつかの段落に分けたかもしれないが、私たちは、カフカのかわりに改行できるほど偉くない。

カフカのものは、カフカに。わからないことは、わからないままに。勝手にカフカを編集しない。史的批判版の姿勢はラディカルだ。

門番の話

「掟の前で」は、『訴訟』の「大聖堂で」で語られる不思議なエピソードだ。１９１5年1月24日の日記によると、カフカは、婚約者のフェリーツェ・バウアーに朗読して聞かせている。この門番の話は、カフカ自身お気に入りで、生前に出版した短編集『田舎医者』(1920年)にも収められている。『訴訟』ではこの話をめぐって、聖職者と主人公のKが議論をする。

「いや」と、聖職者が言った。「すべてを真実だと考える必要はない。ただ必然だと考えればいい」。「憂鬱な意見ですね」と、Kは言った。「嘘が世界の秩序にされるわけか」(本書332ページ)

ふたりの議論は、この有名なやりとりで終わるのだが、ほかにも「大聖堂で」には、よく引用されるセリフがある。たとえば、「書かれてあることにたいする敬意が足りないぞ。物語を変えてしまっている」とか、「書かれたものは不変だが、意見というものは、しばしば、そのことにたいする絶望の表現にすぎない」とか。

点描画は、近くで見ると点の集まりでしかないが、引いて見ると全体が像を結ぶ。点描画とは逆に、カフカの作品は、細部ではクリアな像を結ぶが、全体の意味は「?」となる。

カフカ研究者のことを、M・エンデが皮肉っている。「もしもカフカが自分の小説で、カフカの研究者たちが解釈しているようなことを、言いたかったのなら、どうしてカフカは、それを自分で言ってしまわなかったのでしょうか?」

おまけに『訴訟』は未完の草稿だ。カフカ本人でもないのに、わかった顔をして、『審判』とはね、要するに……にほかならないんだよ」などと言うのは、かなり滑稽だ。企画のプレゼンテーションではないのだから、そう簡単にまとめたりしないでほしい。

フランツ・カフカ年譜

1883年
7月3日、チェコのプラハに生まれる。
父ヘルマンは、労働者階級出身のチェコ＝ユダヤ人で、商人。母ユーリエは、市民階級出身のドイツ＝ユダヤ人。

1889年〜1893年　6〜10歳
ドイツ系の小学校。

1893年〜1901年　10〜18歳
ドイツ系のギムナジウム。

1901年　18歳
プラハ大学に入学。最初は化学を、あとで法学を専攻。

1902年　19歳
夏学期にドイツ文学。10月にミュンヘンへ。冬学期にプラハで法律の勉強を再開。マックス・ブロートと出会う。

1904年　21歳
『ある戦いの記録』を書く。

1906年　23歳
法学博士になる。10月から司法実習。

1907年　24歳
『田舎の婚礼準備』を書く。10月、イタリアの保険会社アシクラツィオーニ・ジェネラリのプラハ店に就職。

１９０８年　25歳
雑誌に8つの小品を発表。7月、労働者傷害保険協会に就職。勤務時間は、午前8時から午後2時まで。１９２２年に退職するまで、ここに勤務。

１９０９年　26歳
雑誌に2つの短編を発表。マックス・ブロート兄弟と北イタリアに行く。その旅行記「ブレシアの飛行機」をプラハの新聞に発表。日記をつけはじめる。

１９１０年　27歳
労働者傷害保険協会の正職員になる。イディッシュ語（東欧ユダヤ語）劇団のプラハ公演にとても興味をもつ。10月、パリに旅行。

１９１１年　28歳
ブロート兄弟と北イタリアへ。チューリヒ近郊のサナトリウムに滞在。『失踪者』（第1稿）を書きはじめる。

１９１２年　29歳
7月、ヴァイマルへ旅行。8月13日、ベルリンの女性フェリーツェ・バウアーと出会う。文通がはじまる。『判決』、『変身』、『失踪者』（第2稿）を書く。小品集『観察』を出版。

１９１３年　30歳
『火夫』（『失踪者』の第1章）を出版。『判決』を文芸年鑑に発表。ウィーン、ヴェネチア、リーヴァに行く。

１９１４年　31歳
6月1日、フェリーツェ・バウアーと正式に婚約。7月12日、婚約解消。

『訴訟』にとりかかる。『流刑地で』を書く。グレーテ・ブロッホと知り合う。

1915年　32歳

1月、フェリーツェ・バウアーと再会。プラハではじめて自分の部屋を借りる。ハンガリー旅行。雑誌に『変身』を発表。『火夫』でフォンターネ賞。

1916年　33歳

フェリーツェ・バウアーとマリーエンバートに滞在。9月、『判決』を出版。ミュンヘンで『流刑地で』を朗読。

(妹オットラの借りていた)錬金術師通りの部屋で、短編を書く。

1917年　34歳

7月、フェリーツェ・バウアーと2度目の婚約。8月、喀血。9月、結核と診断される。(妹オットラが住む)北ボヘミアの村チューラウに滞在。12月、2度目の婚約を解消する。

1918年　35歳

プラハの労働者傷害保険協会に復帰。シレジアでユーリエ・ヴォリツェクと知り合う。この年、ハプスブルク帝国(オーストリア＝ハンガリー二重帝国)が解体し、チェコスロバキアが誕生。

1919年　36歳

『流刑地で』を出版。ユーリエ・ヴォリツェクと婚約。シレジアで『父への手紙』を書く。

1920年　37歳

療養のためメラーノ(南チロル)に滞在。ミレナ・イェセンスカと手紙のやりとりをはじめ、恋仲に。ウィーンでミレナと会う。プラハに戻る。短編集『田舎医者』を出版。ユーリエ・ヴォリツェクとの婚約を解消。いくつも短編を書く。12月、マトリアリィ（スロバキアのタトラ山地）のサナトリウムに滞在。

1921年　38歳
秋にプラハに戻り、職場に復帰。

1922年　39歳
シュピンデルミューレ（北ボヘミアの山地の保養地）に行き、『城』を書きはじめる。プラハで『断食芸人』を書く。7月1日、労働者傷害保険協会を退職。夏、プラニャ（南ボヘミア）に滞在。

1923年　40歳
7月、ミューリッツ（バルト海沿岸の保養地）で、ドーラ・ディマントと知り合う。パレスチナ移住を考えて、ヘブライ語の勉強を再開。9月、ベルリンでドーラといっしょに暮らす。『巣穴』を書く。

1924年　41歳
病状が悪化。3月、プラハに戻る。4月、『歌姫ヨゼフィーネ』を書く。キーアリング（ウィーン近郊）のサナトリウムに。6月3日、死去。6月11日、プラハ＝シュトラシュニッツのユダヤ人墓地に埋葬。

訳者あとがき——負ける翻訳

翻訳者は、裏切り者

史的批判版の『訴訟』は、16分冊だ。「カフカの草稿からテキスト（本文）を確定し、章を配列し、線型の作品に仕立てる」ことを断念して、16の草稿の束を順不同の16分冊にする、というラディカルな「編集」をしている。

しかし光文社古典新訳文庫には、文庫本としての制約がある。史的批判版を底本にしてはいるけれど、『訴訟』を16分冊にして出すわけにもいかない。では、どうするか。私は、人類学者レヴィ＝ストロースの言葉を思い出した。「まちがった分類であっても、分類したほうが動きやすい」

イタリアの諺にもあるように、翻訳者は裏切り者だ。びくびくしながら私は、史的批判版の「ラディカルな断念」を大きく裏切ることにした。「草稿」ではなく「作品」として、1冊の本にしてしまった。

それだけではない。裏切り者の私は、さらに開き直って、分冊（章）の並べ方を、なんと、批判版の並べ方に準拠させることにした。史的批判版は批判版の編集を批判して生まれたわけだが、どうせ並べるのなら、批判版に準拠させたほうが、批判版との異同もわかりやすくなるだろう。

批判版の翻訳と史的批判版の翻訳を並べると、416ページの表のような具合になる。

裏切りは、ほかにもある。史的批判版は、写真版（と、その古文書学的翻字）だから、カフカがどこをどう直したのか、ビフォー・アフターが一目瞭然だ。たとえば分冊「大聖堂で」の45ページの25、26行目で、カフカは、nach seiner Heimat を über seine Heimat と直している。だが、翻訳ではアフターだけを日本語にした。古文書学的翻字スタイルでビフォー・アフターをまるごと翻訳するのは、文庫本1冊の能力を超えてしまう。というわけで、批判版を参考にしながら、本文を確定してしまった。

さらに裏切りはつづく。『訴訟』の主人公は、ヨーゼフ・Kである。たんにKとしても登場する。しかし史的批判版では、ほかにも略号がたくさん登場しているのに、K以外は批判版に準じて、名詞に戻してしまった。F.B.はFräulein Bürstner（ビュル

批判版（白水社）	史的批判版（光文社）
逮捕	誰かがヨーゼフ・Kを中傷したにちがいなかった
グルーバッハ夫人との対話 ついでビュルストナー嬢	
最初の審理	最初の審理
ひとけのない法廷で 学生　裁判所事務局	誰もいない法廷で／ 学生／裁判所事務局
鞭打人	鞭打ち人
叔父　レニ	叔父／レーニ
弁護士　工場主　画家	弁護士／工場主／画家
商人ブロック　弁護士の解任	商人ベック／弁護士の解任
大聖堂にて	大聖堂で
最期	終わり
［断片］	
Bの女友だち	Bの友だち
検事	検事
エルザのもとへ	エルザのところへ
頭取代理との闘い	頭取代理との戦い
家屋	建物
母親訪問	母のところへ行く
	ふたりが劇場から出たとき

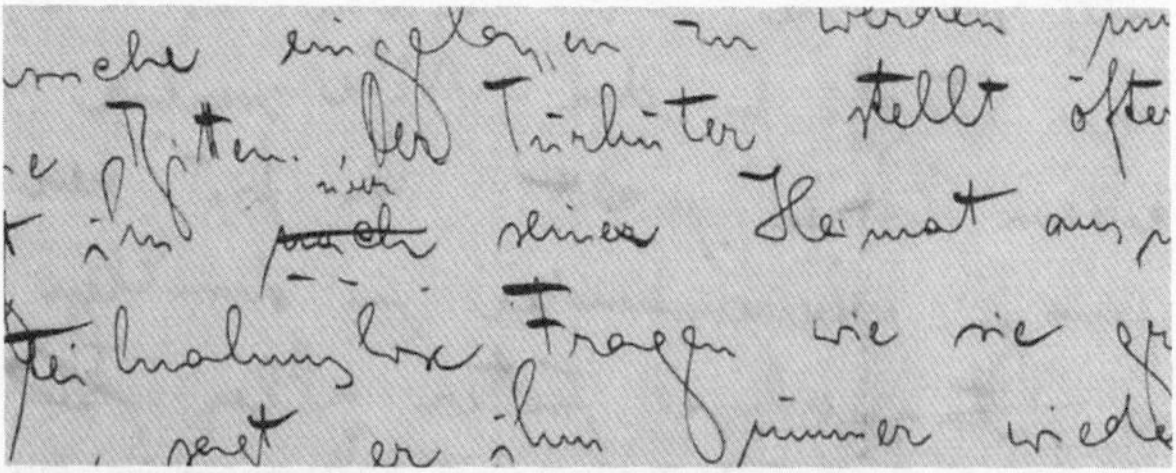

durch seine Bitten. Der Türhüter stellt öfters klein
über
an, fragt ihn ~~nach~~ seine~~r~~ Heimat aus[,] *u*nd nach v
aber
es sind teilnahmslose Fragen wie sie grosse Herre

カフカの手直し（nach seiner Heimat → über seine Heimat）

ストナー嬢）に、Adv.はAdvokat（弁護士）に、U.R.はUntersuchungsrichter（予審判事）に、T.はTürhüter（門番）に、G.はGeistliche（聖職者）に、といった具合だ。

ああ、裏切りのオンパレード。史的批判版の、せっかくの「草稿」志向を、「作品」志向へと後退させてしまった。これでは処刑されてしまう。処刑されないまでも、訴訟沙汰？

「サヨナラ」ダケガ人生ダ

翻訳には、「負ける翻訳」と「負けない翻訳」がある。

于武陵《うぶりょう》の漢詩「勧酒」（勧君金屈卮／満酌不須辞／花発多風雨／人生足別離）に

は、井伏鱒二の「負けない翻訳」がある。

コノサカヅキヲ受ケテクレ
ドウゾナミナミツガシテオクレ
ハナニアラシノタトヘモアルゾ
「サヨナラ」ダケガ人生ダ
（岩波文庫『井伏鱒二全詩集』）

ほれぼれするような名訳だ。原詩から大きく逸脱することなく、原詩に負けない表現になっている。訳者の井伏鱒二は一流の役者だ。一流の芸がある。

「負ける翻訳」では、訳者は役者ではない。黒衣《くろご》に徹する。オリジナルからできるだけ逸脱せず、犬のように忠実に翻訳しようとする。「忠実に」といっても、オリジナルの「なに」に忠実なのか、というむずかしい問題があるのだが、「負けない翻訳」の訳者が表現者志向であるなら、「負ける翻訳」の訳者は伝達者志向である。

では、カフカの場合、どちらの翻訳がふさわしいのだろうか。『訴訟』の「大聖堂で」で、聖職者がKにむかって言う。「書かれてあることにたいする敬意が足りないぞ。物語を変えてしまっている」。カフカのようにずば抜けた作家の場合、ブロート版から批判版へ、批判版から史的批判版への流れを見てもわかるように、オリジナルには圧倒的な敬意が払われている。

クラシック音楽のピリオド奏法は、自分が慣れ親しんできた流儀を押し通すのではなく、相手の流儀をまず尊重する。演奏家の「私」ではなく、作曲家の「私」を優先させる。芸術や文学ではオリジナルを尊重することが、ほとんど常識になってきている。

古典新訳文庫の底本は史的批判版だから、翻訳のスタンスはもちろん、「負ける翻訳」だ。それに私は、もともと弱虫で、長いものには巻かれる傾向があるだけでなく、「負けない翻訳」をするだけの表現欲や芸がほとんどない。

ブロート版の編集でさえ、たくさんの批判を受けて、1925年→1935年→1946年→1950年とバージョンアップするたびに、よりカフカの原文に忠実になっている。私が見た『訴訟』の邦訳は3種類だが、岩波文庫の『審判』(底本は1

946年ブロート版）も、新潮社カフカ全集の『審判』（底本は1950年ブロート版）も、どちらかといえばスタンスは、「負ける翻訳」だ。

だが、もう1種類の白水社の『審判』は、ブロート版ではなく批判版を底本にしているにもかかわらず、ところどころで「負けない翻訳」のにおいがする。

「負ける翻訳」と「負けない翻訳」は、どうちがうのか。

原文なしで翻訳を比較しても不毛だろうから、原文を引きながら、具体例をひとつ見てみよう。裁判所事務局ののぼり口。廷吏は、自分の女房をさらっていったエリートの学生が憎くてたまらない。こんな雇われ人でなかったら、あんな学生なんか、とっくの昔にこの壁に押しつぶしてやったのに、と、背の低いその学生をやっつける夢をKに語る。

Hier ein wenig über dem Fußboden ist er festgedrückt, die Arme gestreckt, die Finger gespreizt, die krummen Beine zum Kreis gedreht und ringsheum Blutspritzer.（批判版90ページ）

このセンテンスが、『審判』の「負けない翻訳」では、つぎのような日本語になっている。

「ここの床で羽がいじめにして、腕をねじり上げ、指をひっこ抜き、あの曲がった脚を十文字だ。まわりは血の海ときた」（白水社カフカ・コレクション『審判』85ページ）。

史的批判版のドイツ語は、批判版のFußbodenがFussbodenに戻されている以外、批判版とおなじドイツ語だが、「負ける翻訳」の『訴訟』では、こんな日本語になる。

「ここの壁にね、床よりちょっと高いところで、押さえつけられて固まってる。腕を伸ばして、指をひろげて、ゆがんだ脚はひん曲げられて輪になり、あたり一面、血を飛び散らせて」（本書100ページ）

「負けない翻訳」では、廷吏の憎しみが勢いをもって、みごとに表現されている。

けれど、廷吏の見る夢は、カフカが描いた絵とちがう。ちょっとユーモラスな図柄が見えないのだ。「負ける翻訳」は、カフカが輪を描いているところでは、輪と書こうとする。

『訴訟』の「負ける翻訳」も、ドイツ語と日本語の溝のせいで、オリジナルにうまく負けることができなかった場合がある。けれども、犬の分際は忘れなかったつもりだ。ご主人さまの「草稿」を勝手にブラッシュアップして、「作品」に仕上げようとはしなかった。「弁護士／工場主／画家」の最後の、あの長い段落も、もちろん改行しなかった。

オリジナルの「なに」を訳そうとするのか。どこに狙いを定めても、翻訳をすれば、オリジナルにはない「なにか」が、つけ加わってしまうだろう。と同時に、オリジナルにある「なにか」が、抜け落ちてしまうだろう。「負けない翻訳」にしても、「負ける翻訳」にしても、裏切りは避けられない。カフカは、どっちの裏切りが好きなんだろう？

史的批判版やピリオド奏法の話を、今野哲男さんと光文社文芸局長の駒井稔さんにしたのは、数年前のこと。「古典新訳文庫でカフカ、やりませんか」と言われて、『変身／掟の前で 他2編』の翻訳が生まれた。それからまた、「カフカ、やりませんか」と言われて、『訴訟』を翻訳することになった。

光文社文芸編集部の中町俊伸さんに担当してもらって、今回で私の古典新訳文庫は4冊目だ。いつも、わがままを聞いてもらっている。22歳の山田亜希子さんには、いつものように訳稿とゲラを読んでもらい、助言してもらった。ほかにもたくさんの人にお世話になった。ありがとうございました。

２００９年８月　丘沢静也

kobunsha classics
光文社古典新訳文庫

訴訟《そしょう》

著者 カフカ
訳者 丘沢《おかざわ》 静《しず》也《や》

2009年10月20日 初版第1刷発行
2025年3月15日 第7刷発行

発行者 三宅貴久
印刷 大日本印刷
製本 大日本印刷

発行所 株式会社光文社
〒112-8011東京都文京区音羽1-16-6
電話 03(5395)8162(編集部)
03(5395)8116(書籍販売部)
03(5395)8125(制作部)
www.kobunsha.com

落丁本・乱丁本は制作部へご連絡くだされば、お取り替えいたします。
ISBN978-4-334-75194-4 Printed in Japan

組版 新藤慶昌堂

いま、息をしている言葉で、もういちど古典を

長い年月をかけて世界中で読み継がれてきたのが古典です。奥の深い味わいある作品ばかりがそろっており、この「古典の森」に分け入ることは人生のもっとも大きな喜びであることに異論のある人はいないはずです。しかしながら、こんなに豊饒で魅力に満ちた古典を、なぜわたしたちはこれほどまで疎んじてきたのでしょうか。

ひとつには古臭い教養主義からの逃走だったのかもしれません。真面目に文学や思想を論じることは、ある種の権威化であるという思いから、その呪縛から逃れるために、教養そのものを否定しすぎてしまったのではないでしょうか。

いま、時代は大きな転換期を迎えています。まれに見るスピードで歴史が動いていくのを多くの人々が実感していると思います。

こんな時わたしたちを支え、導いてくれるものが古典なのです。「いま、息をしている言葉で」――光文社の古典新訳文庫は、さまよえる現代人の心の奥底まで届くような言葉で、古典を現代に蘇らせることを意図して創刊されました。気取らず、自由に、心の赴くままに、気軽に手に取って楽しめる古典作品を、新訳という光のもとに読者に届けていくこと。それがこの文庫の使命だとわたしたちは考えています。

このシリーズについてのご意見、ご感想、ご要望をハガキ、手紙、メール等で翻訳編集部までお寄せください。今後の企画の参考にさせていただきます。
メール　info@kotensinyaku.jp